“十二五”国家重点图书出版规划项目

中国近现代稀见史料丛刊【第二辑】

张剑 徐雁平 彭国忠 主编

赵元成日记（外一种）

赵元成 著
倪春军 整理

凤凰出版社

图书在版编目（CIP）数据

赵元成日记 ：外一种 / 赵元成著 ；倪春军整理
. -- 南京 ：凤凰出版社，2015.5（2017.3重印）
（中国近现代稀见史料丛刊．第2辑）
ISBN 978-7-5506-2125-1

Ⅰ．①赵… Ⅱ．①赵… ②倪… Ⅲ．①赵元成（1886～1960）－日记 Ⅳ．①K825.4

中国版本图书馆CIP数据核字(2015)第057119号

书　　名	赵元成日记(外一种)
著　　者	赵元成 著　倪春军 整理
责任编辑	汪允普
出版发行	凤凰出版传媒股份有限公司 凤凰出版社(原江苏古籍出版社) 发行部电话025-83223462
出版社地址	南京市中央路165号,邮编:210009
出版社网址	http://www.fhcbs.com
照　　排	南京凯建图文制作有限公司
印　　刷	江苏凤凰扬州鑫华印刷有限公司 扬州市江阳工业园蜀岗西路9号,邮编:225008
开　　本	880×1230毫米　1/32
印　　张	10.25
字　　数	266千字
版　　次	2015年5月第1版　2017年3月第2次印刷
标准书号	ISBN 978-7-5506-2125-1
定　　价	42.00元

(本书凡印装错误可向承印厂调换,电话:0514-85868858)

袁行霈先生题辞

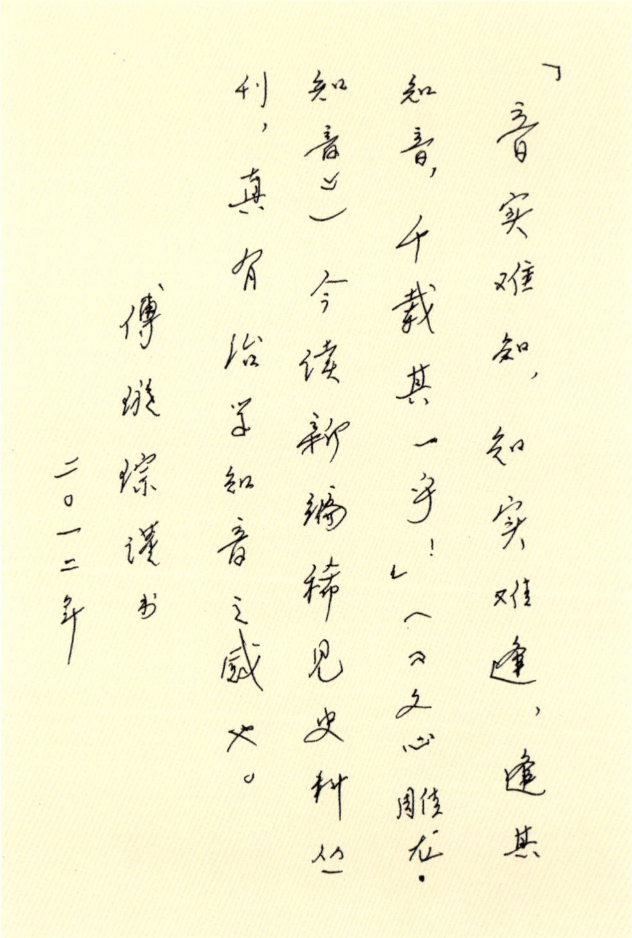

「音实难知，知实难逢，逢其知音，千载其一乎！」（文心雕龙·知音）今读新编稀见史料丛刊，真有治学知音之感矣。

傅璇琮谨书

二〇一二年

傅璇琮先生题辞

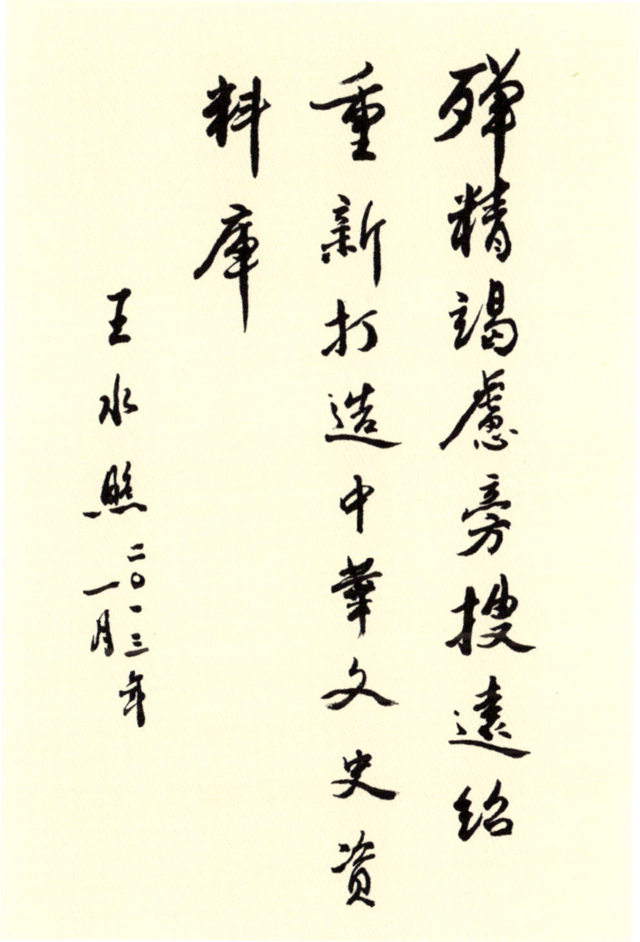

王水照先生题辞

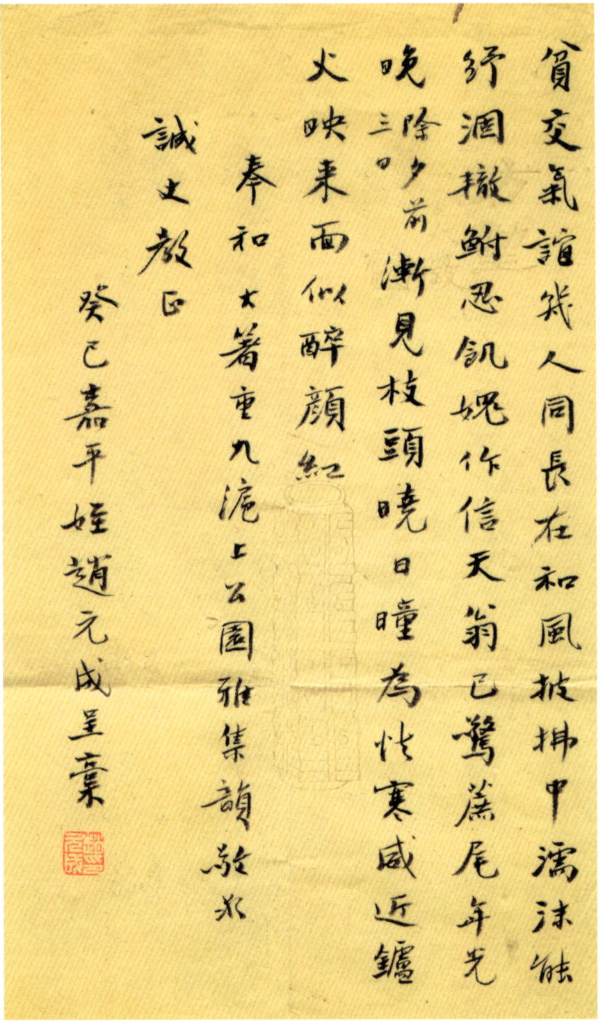
貧交氣誼幾人同，長在和風披拂中。濡沫能
紓涸轍鮒，忍飢媿作信天翁。已驚蔗尾年光
晚（除夕前三日），漸見枝頭曉日曈。為怯寒威近鑪
火，映來面似醉顏紅。
奉和 大著重九滬上公園雅集韻，敬求
誠丈教正
癸巳嘉平 姪 趙元成 呈稾

作者手迹

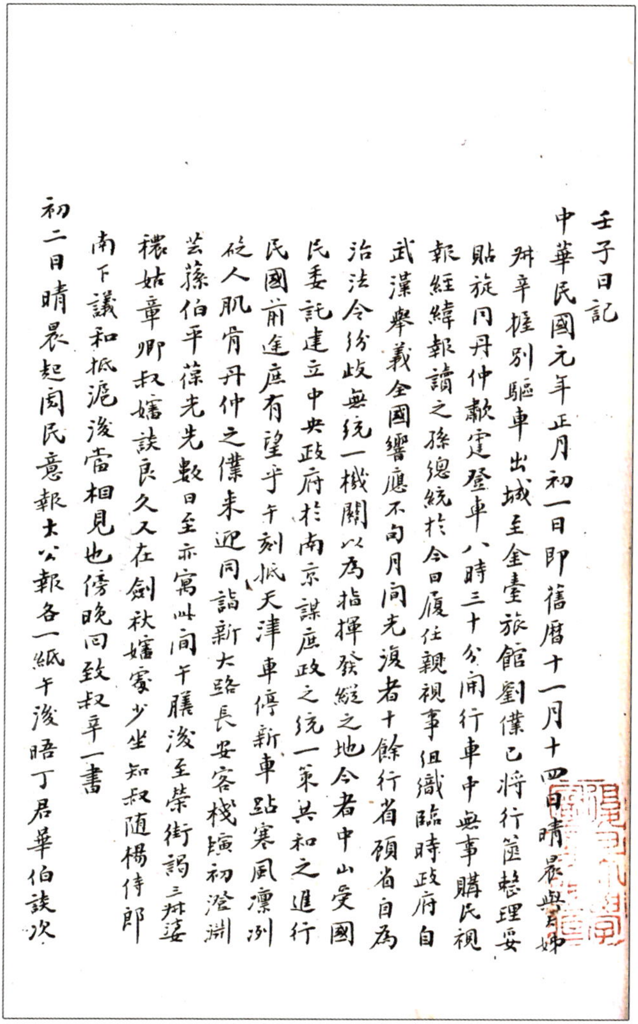

壬子日記

中華民國元年正月初一日即舊曆十一月十四日晴晨與姊瑂辛握別驅車出城至金臺旅館劉僕已將行篋整理妥貼旋同丹仲歘定登車八時三十分開行車中無事購民視報經緯報讀之孫總統於今日履任親視事組織臨時政府自武漢舉義全國響應不旬月間光復者十餘行省頃省自為治法令紛歧無統一機關以為指揮發縱之地今者中山受國民委託建立中央政府於南京謀庶政之統一策共和之進行民國前途庶有望乎午刻抵天津車停新車站寒風凜冽砭人肌骨丹仲之僕來迎同詣新大路長安客棧晤初澄淵芸蓀伯平葆先先數日至亦寓此間午膳後至榮街謁三姊婆禨姑章卿叔孀談良久又在劍秋孀處少坐知叔隨楊侍郎南下議和抵滬後當相見也傍晚回致叔平一書

初二日晴晨起閱民意報大公報各一紙午後晤丁君華伯談次

书影一

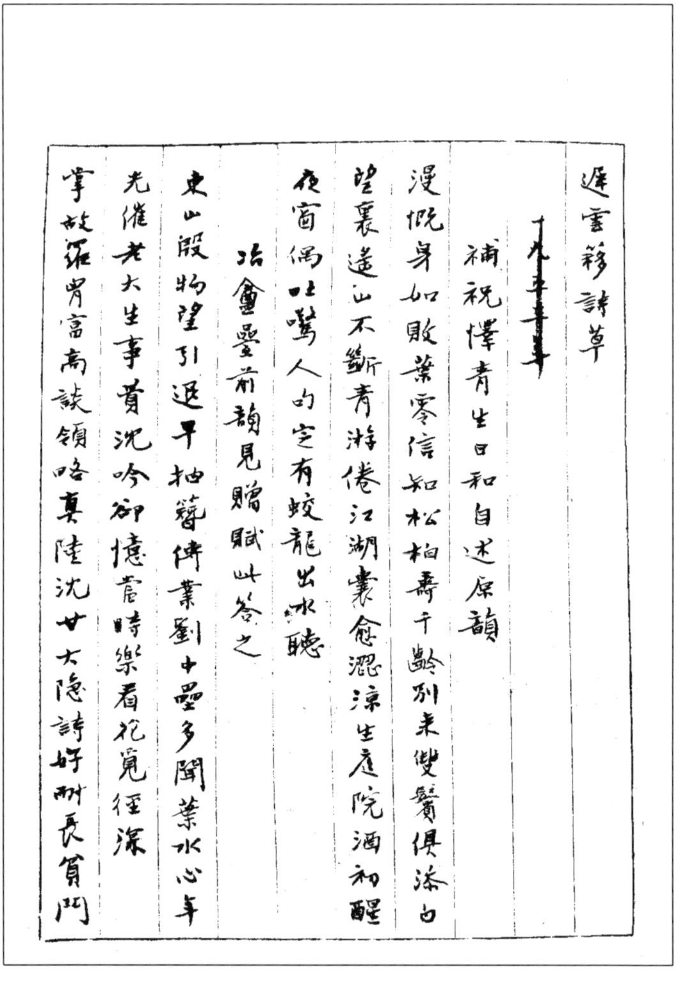

遲雲簃詩草

補祝澤青生日和自述原韻

漫慨身如敗葉零信知松柏壽千齡別來雙鬢俱添白
望裏遥山不斷青游倦江湖囊愈澀涼生庭院酒初醒
夜窗偶吐驚人句定有蛟龍出水聽

冶盦疊前韻見贈賦此答之

東山殷物望引退早抽簪偉業劉中壘多聞葉水心年
先催老大生事費沈吟卻憶當時樂看花覓徑深
掌故羅胸富高談領略真陸沈廿大隱詩好耐長貧門

书影二

《中国近现代稀见史料丛刊》总序

在世界所有的文明中，中华文明也许可说是“唯一从古代存留至今的文明”（罗素《中国问题》）。她绵延不绝、永葆生机的秘诀何在？袁行霈先生做过很好的总结：“和平、和谐、包容、开明、革新、开放，就是回顾中华文明史所得到的主要启示。凡是大体上处于这种状况的时候，文明就繁荣发展，而当与之背离的时候，文明就会减慢发展的速度甚至停滞不前。”（《中华文明的历史启示》，《北京大学学报》2007 年第 1 期）

但我们也要清醒看到，数千年的中华文明带给我们的并不全是积极遗产，其长时段积累而成的生活方式与价值观具有强大的稳定性，使她在应对挑战时所做的必要革新与转变，相比他者往往显得迟缓和沉重。即使是面对佛教这种柔性的文化进入，也是历经数百年之久才使之彻底完成中国化，成为中华文明的一部分；更不用说遭逢“数千年来未有之变局”、“数千年未有之强敌”（李鸿章《筹议海防折》），“数千年未有之巨劫奇变”（陈寅恪《王观堂先生挽词序》）的中国近现代。晚清至今虽历一百六十余年，但是，足以应对当今世界全方位挑战的新型中华文明还没能最终形成，变动和融合仍在进行。1998 年 6 月 17 日，美国三位前总统（布什、卡特、福特）和二十四位前国务卿、前财政部长、前国防部长、前国家安全顾问致信国会称：“中国注定要在 21 世纪中成为一个伟大的经济和政治强国。”（徐中约著《中国近代史》上册第六版英文版序，香港中文大学 2002 年版）即便如此，我们也不能盲目乐观，认为中华文明已经转型成功，相反，中华文明今天面对的挑战更为复杂和严峻。新型的中华文明到底会怎样呈现,又怎样具体表现或作用于政治、经济、文化等层面,人们还在不断探索。这个问题,我们这一代恐怕无法给出答案。但我们坚信,在历史上曾经灿烂辉煌的中华文明必将凤凰浴火,涅槃重生。这既是数千年已经存在的中华文明发展史告诉我们的经验事实,也是所有为中国文化所化之人应有的信念和责任。

不过,对于近现代这一涉及当代中国合法性的重要历史阶段,我们了解得还过于粗线条。她所遗存下来的史料范围广阔,内容复杂,且有数量庞大且富有价值的稀见史料未被发掘和利用,这不仅会影响到我们对这段历史的全面了解和规律性认识,也会影响到今天中国新型文明和现代化建设对它的科学借鉴。有一则印度谚语如是说:"骑在树枝上锯树枝的时候,千万不要锯自己骑着的那一根。"那么,就让我们用自己的专业知识与能力,为承载和养育我们的中华文明做一点有益的事情——这是我们编纂这套《中国近现代稀见史料丛刊》的初衷。

书名中的"近现代",主要指1840—1949年这一时段,但上限并非以一标志性的事件一刀切割,可以适当向前延展,然与所指较为宽泛的包含整个清朝的"近代中国"、"晚期中华帝国"又有所区分。将近现代连为一体,并有意淡化起始的界限,是想表达一种历史的整体观。我们观看社会发展变革的波澜,当然要回看波澜如何生,风从何处来;也要看波澜如何扩散,或为涟漪,或为浪涛。个人的生活记录,与大历史相比,更多地显现出生活的连续。变局中的个体,经历的可能是渐变。《丛刊》期望通过整合多种稀见史料,以个体陈述的方式,从生活、文化、风习、人情等多个层面,重现具有连续性的近现代中国社会。

书名中的"稀见",只是相对而言。因为随着时代与科技的进步,越来越多的珍本秘籍经影印或数字化方式处理后,真身虽仍"稀见",化身却成为"可见"。但是,高昂的定价、难辨的字迹、未经标点的文本，仍使其处于专业研究的小众阅读状态。况且尚有大量未被影印或数字化的文献，或流传较少，或未被整合，也造成阅读和利用的不便。因此，《丛刊》侧重选择未被纳入电子数据库的文献，尤欢迎整理那些辨识困难、断句费力、裒合不易或是其他具有难度和挑战性的文献，也欢迎整理那些确有价值但被人们习见思维与眼光所遮蔽的文献，在我们看来，这些文献都可属于"稀见"。

书名中的"史料"，不局限于严格意义上的历史学范畴，举凡日记、书信、奏牍、笔记、诗文集、诗话、词话乃至序跋汇编等，只要是某方面能够反映时代政治、经济、文化特色以及人物生平、思想、性情的文献，都在考虑之列。我们的目的，是想以切实的工作，促进处于秘藏、边缘、零散等状态的史料转化为新型的文献，通过一辑、二辑、三辑……这样的累积性整理，自然地呈现出一种规模与气象，与其他已经整理出版的文献相互关联，形成一个丰茂的文献群，从而揭示在宏大的中国近现代叙事背后，还有很多未被打量过的局部、日常与细节；在主流周边或更远处，还有富于变化的细小溪流；甚至在主流中，还有漩涡，在边缘，还有静止之水。近现代中国是大变革、大痛苦的时代，身处变局中的个体接物处事的伸屈、所思所想的起落，藉纸墨得以留存，这是一个时代的个人记录。此中有文学、文化、生活；也时有动乱、战争、革命。我们整理史料，是提供一种俯首细看的方式，或者一种贴近近现代社会和文化的文本。当然，对这些个人印记明显的史料，也要客观地看待其价值，需要与其他史料联系和比照阅读，减少因个人视角、立场或叙述体裁带来的偏差。

知识皆有其价值和魅力，知识分子也应具有价值关怀和理想追求。清人舒位诗云"名士十年无赖贼"（《金谷园故址》），我们警惕袖手空谈，傲慢指点江山；鲁迅先生诗云"我以我血荐轩辕"（《自题小像》），我们愿意埋头苦干，逐步趋近理想。我们没有奢望这套《丛刊》产生宏大的效果，只是盼望所做的一切，能融合于前贤时彦所做的贡献之中，共同为中华文明的成功转型，适当"缩短和减轻分娩的痛苦"

(马克思《资本论》第一卷第一版序言)。

《丛刊》的编纂,得到了诸多前辈、时贤和出版社的大力扶植。袁行霈先生、傅璇琮先生、王水照先生题辞勖勉,周勋初先生来信鼓励,凤凰出版社姜小青总编辑赋予信任,刘跃进先生还慷慨同意将其列入"中华文学史史料学会"重大规划项目,学界其他友好也多有不同形式的帮助……这些,都增添了我们做好这套《丛刊》的信心。必须一提的是,《丛刊》原拟主编四人(张剑、张晖、徐雁平、彭国忠),每位主编负责一辑,周而复始,滚动发展,原计划由张晖负责第四辑,但他尚未正式投入工作即于2013年3月15日赍志而殁,令人抱恨终天,我们将以兢兢业业的工作表达对他的怀念。

《丛刊》的基本整理方式为简体横排和标点(鼓励必要的校释),以期更广泛地传播知识、更好地服务社会。希望我们的工作,得到更多朋友的理解和支持。

2013年4月15日

目　录

赵元成日记

迟云簃诗草

前　言

《赵元成日记》三卷，稿本，复旦大学图书馆藏，原分别题作《辛亥日记》、《壬子日记》及《戊午日记》，作者不详，今考订为江苏武进赵元成撰。

卷一《辛亥日记》"七月初一日"云"先六世祖瓯北公有《七家诗话》之著"，"瓯北公"即清代学者赵翼，号瓯北，可知作者为赵翼六世孙。又，《辛亥日记》及《戊午日记》之"来信"、"寄信"中多次提及"纽约宣重弟"、"美洲宣重弟"、"纽约任弟"，"宣重"正是语言学家赵元任早年所用之号，"任弟"又恰恰对应"元任"之名，故作者应为赵元任之兄长。据《赵元任早年自传》云："伯父母一房生了有两女一男。大姊比我大十岁，哥哥比我大六岁，二姊比我大四岁。"[①]又云："哥哥叫元成，号敬谋。我叫元任，号宣重。在小学中学时候儿同学们都是彼此叫号的，后来到外国念书的时候儿嫌啰唆就一直没用号。"[②]赵元任祖父名执诒，有三子：长仪年，即元任伯父，子元霖（早殇）、元成；次宅年（早殇）；幼衡年，即元任父。因元任是家中独子，故其族内兄长仅有赵元成一人。又据永思堂《西盖赵氏宗谱》，元成生于光绪十二年丙戌（1886）七月十二日戌时[③]，而卷三《戊午日记》"八月二十日"亦云"前日为余初度"。按此处"八月二十日"系公元纪年，换算成阴历是七月十四，上推两日，恰为七月十二，与《西盖赵氏宗谱》所载赵元

① 赵元任《赵元任全集》，第15卷，下册，商务印书馆2007年版，第797页。
② 同上，第798页。
③ 《西盖赵氏宗谱》编写组编《西盖赵氏宗谱》，2003年重修本，第171页。

成生辰合,故可断定日记作者即为赵元成。

李镇瀛《江苏省文史馆(常州籍及寓常)馆员名录》云:“赵元成,字敬谋,男,武进人,生于1886年,卒于1960年。系前清举人。民国初年曾在审计院工作过,著有《文学概论》、《迟云簃诗钞》。”[①]又,《西盖赵氏宗谱》举其履历甚详:“行一,字敬谋。两江优级师范学堂第三公类科毕业,奖授师范科举人、中书科中书、政七品小京官,签分邮传部肃政厅书记官、审计院核算官、协审官、湖北第二区行政官督察专员公署科长、河南第四区行政督察专员公署科长、军事委员会委员长重庆行营同上校组员、军事委员会委员长成都行辕同上校秘书、国民政府主席重庆行辕军简三阶咨议。光绪十二年丙戌(1886)七月十二日戌时生。配刘氏,安徽候补县丞讳松年长女。”[②]此处所说的“举人”,并非旧时科举考试考中乡试之举人,而是清廷在废除科举之后对于师范学堂毕业生的一种奖励。根据光绪三十三年(1907)颁布的《学部奏定师范学堂毕业奖励章程》,师范学堂毕业生名列最优等者可进京参加“学位”考试,考试成绩列最优等、优等以及中等者皆可授以师范科举人。赵元成在清朝为官的时间非常短暂,辛亥革命以后,他主要在民国政府部门任职,新中国成立后又被聘为江苏省文史馆馆员,直至去世。当代书画家熊纬书系赵元成入室弟子,在其《卷庵诗文·师友篇》中有五古一首缅怀恩师:

> 吾师赵元成,瓯北嫡子孙。总结阳湖派,外家传说文。论诗汇众流,造诣至精醇。尺度高且苛,衡诗少许称。且憾李杜作,病痴亦频频。宜取诸家长,尽去其玷痕。此诗方臻妙,古今无几

---

① 中国人民政治协商会议江苏省常州市文史资料研究委员会编《常州文史资料》,第9辑,1989年,第209页。

② 《西盖赵氏宗谱》编写组编《西盖赵氏宗谱》,2003年重修本,第170—171页。按:“政七品”,当作“正七品”。

人。先生所作诗，存者鲜而精。反复极涂窜，仍恨未惬心。我以此律己，吟苦履艰深。佳篇不易得，遗憾同先生。吾年方及冠，向师聆至论。至壮年以后，略解师矩绳。取法宜至上，法严诗转贫。法求大致备，已及李杜尊。但未历艰苦，初始即浪吟。便日趋下游，诗道安可云。此理颇辩证，学者视勿轻。地覆天翻后，师由蜀返宁。党对先生厚，月惠养老金。罗致文史馆，安居于金陵。五八大跃进，卒年近八旬。今又十余载，先生骨早冰。呜呼先生法，传之供参寻。先生无子孙，入室有谢君。谢又早夭折，篆籍名春申。衣钵今付我，传灯一线存。吾学呼贫贫，两鬓雪霜盈。卧病白马庙，沧州聊寄身。每忆师遗嘱，空自涕沾巾。[1]

所谓“瓯北嫡子孙”，即日记所云“先六世祖瓯北公”；所谓“外家传说文”，因元成生母史氏是道光十八年进士史致谔孙女、同治庚午科举人史恩绪女[2]，作者在《日记》中亦称史致谔(字士良)为曾外祖，而史恩绪从兄恩绵著有《说文易检》一书，故熊诗称元成外家传有《说文》之学。熊诗云“五八大跃进，卒年近八旬”，可以判断李镇瀛谓其卒于1960年应该是可信的。

赵元成一生经历了晚清、民国以及新中国三个不同的历史时期，其著作亦带有明显的时代烙印。本书所收其民国初年的三卷日记，记录了辛亥(1911)、壬子(1912)以及戊午(1918)三年他在太原、上海、常州、北京四地的所见所闻，因为时间地域之特殊性而具有极其珍贵的史料价值，主要体现在以下三个方面：首先是史学价值，日记以亲历者的角度真实记录了一系列重大历史事件。如卷一《辛亥日记》记述山西起义甚为详细，从九月初八日起义爆发，到十一月十一

---

① 祝立芝编《观复集·熊纬书》，河北美术出版社2010年版，第58页。

② 顾廷龙主编《清代朱卷集成》，第119册，台湾成文出版社有限公司1992年版，第329页。

日逃离并城,在这两个多月的恐慌与动荡中,作者以平民的视角为我们呈现了义军入城、火烧两署、清军入晋、乏驴岭之战等历史场景,其文字可补正史之阙。更为可贵之处在于,作者并非置个人于事件之外,而是以"天下兴亡,匹夫有责"的入世心态审视历史,对事件之发展、国家之命运、历史之走向均提出了自己的见解与看法,可谓"当代人"笔下之"当代史"。除山西起义外,卷二关于清帝逊位、南北和议、京津暴动、宁赣兵变、军界冲突、议会党争、俄国入侵新疆等事件的记载,卷三关于总统选举、一战胜利的评论,都为我们提供了解读这段历史的新维度。因此,赵元成的这部日记,既是一个平民眼中的"辛亥史",也是一个文人经历的"辛劳史",更是一个国家乃至一个民族的"辛酸史"。日记的另一价值在于文学,日记保存了作者的读书札记、诗文创作和文学评论。从作者的阅读习惯来看,几乎每日坚持读书看报。报纸主要是时政新闻一类,而读书兴趣则极为广泛。如卷一《辛亥日记》记载所读多为集部之文,有吴兆骞《秋笳集》、黄宗羲《南雷文定》、王昙《烟霞万古楼诗文集》等,尤喜读词集,如陈允平《西麓词》、凌廷堪《梅边吹笛谱》、纳兰性德《饮水词》以及《草堂诗余》、《乐府雅词》、《阳春白雪》等。到了1918年《戊午日记》中所读书则转为史、释两类,特别是对后者用力甚勤,读之亦多。作者读罢一书以后,会在日记中略书数语,或记作者生平,或论思想内容,或辨版本源流,皆具有一定的学术价值。作者的诗文创作亦颇为丰富,其于病中所填词二十余阕结为《茂陵秋雨集》,其中数篇录于日记之中;而其所撰《箴今日之志士》、《禁烟感言》等文章,皆关乎民生大计,文章大意亦见于日记。此外,日记的史料价值还体现在教育、经济、园林等各个方面,如作者关于学校手工科课程的讨论当引起教育史研究者的重视,作者日记末所附"会计录"反映了当时社会经济的发展情况,而作者在京沪两地的园林游记是关于当时园林建筑的珍贵史料……以上这些,均散见于日记之中,读者如能细细品读,定当有所收获。

需要指出的是,日记所用干支纪日时有舛误,如卷一《辛亥日记》

“八月廿四日戊戌(10 月 15 日)”当作“戊午”,“廿五日己亥(10 月 16 日)”当作“己未”,“廿六日庚子(10 月 17 日)”当作“庚申”,“廿七日辛丑(10 月 18 日)”当作“辛酉”,“廿八日壬寅(10 月 19 日)”当作“壬戌”,“廿九日癸卯(10 月 20 日)”当作“癸亥”;又如卷三《戊午日记》“九月二十一日丁未(9 月 21 日)”至“九月三十日丙辰(9 月 30 日)”,各条干支分别当作“辛未”、“壬申”、“癸酉”、“甲戌”、“乙亥”、“丙子”、“丁丑”、“戊寅”、“己卯”、“庚辰”。为免繁冗,除作者已自行更正外,余皆保留原貌,不再另出校记,望读者注意。

除日记外,赵元成尚有诗文集六卷传世,题作《赵敬谋先生诗文手稿》,今藏常州图书馆。诗文集首二卷为《迟云簃诗草》(词附),卷三为文,卷四为挽联、杂联,卷五为祝词、象赞、颂词、诔文,卷六为寿诗、挽诗及诗钟。从熊纬书诗中可以看到,赵元成的文学成就主要在诗,今人羊牧之编《续毗陵诗录》①即据其诗稿选录十一首,而熊诗云“先生所作诗,存者鲜而精”,可能作为门人的熊先生亦未见到赵元成诗稿之全帙,故本书于日记之后附《迟云簃诗草》二卷,以见赵氏诗学之全貌。所谓“论诗汇众流,造诣至精醇”,元成不仅能作诗,亦能评诗,其评吕思勉《诚之诗稿》之文字俱见于李永圻、张耕华所编《吕思勉先生年谱长编》②,本书不再重收。

本书整理过程中,复旦大学图书馆、常州图书馆提供了文献使用之便利,同门卢康华兄襄助良多,在此一并致谢!

倪春军

甲午孟夏记于沪滨寓庐

---

① 羊牧之编《续毗陵诗录》,江苏文艺出版社 1994 年版。

② 李永圻、张耕华编撰《吕思勉先生年谱长编》第一卷云:“一九五三年,先生依据残存日记,将旧日所作诗稿,抄录一册,再加上自己的评语和注释,送请赵敬谋、陈研因、汪叔良教正。现将先生的自评与赵、陈、汪诸位的评语录入于原诗后。”上海古籍出版社 2012 年版,第 11 页。

凡　例

一、本书收录《赵元成日记》(以下简称《日记》)三卷，附《迟云簃诗草》(以下简称《诗草》)两卷。

二、本书所收《日记》及《诗草》均以作者稿本为底本。

三、本书横排简体。异体字一般径改为通行之字，但要以不害文意为先；其影响文意者，予以保留。

四、原稿文字有误或语句扞格者，则出校记说明。

五、原稿所见作者之批注及删改文字，均以脚注形式列出。

六、原稿空缺待补字处，约略可计字数者用“△”表示。

七、原稿漫漶不清或不能辨认之字用“□”表示。

八、原稿所附诗文创作及唱和文字，皆另起一行，低二字录入。

九、《日记》卷一使用农历，卷二、三使用公历，今统一为公历，并括注于日期之后。

卷一　辛亥日记(1911)

七月初一日丙寅(8月24日)　晴。早起至学务公所阅各科文牍。在耀藜处听刘君云亭鼓风琴。午后到会议厅,学使莅,议公所经费等事。散后偕澄渊至军医局晤燮康、宾卿,略谈。复往诒远堂访振贤并晤润之,俄爱理亦来,谈良久,薄暮回署。夜间复贫卿一书。阅《北江诗话》,乡先辈洪稚存先生著。先生邃于经史词章之学,著作等身,自评其诗"如激湍峻岭,殊少回旋",洵属定论。论诗上下千古,目光如炬,绝无浮光掠影之谈。向时先六世祖瓯北公有《七家诗话》之著,持论尤具卓识,于查初白推崇甚至。先生颇不谓然,然在当时同负盛名,至今大江南北言诗者无不奉为圭臬焉。

初二日丁卯(8月25日)　晴。早起至学务公所会议厅,学使先在,与烈侯谈公所地址轇轕事,旋散。午后阅《北京日报》、《北方日报》、《帝京时报》、《京津时报》、《神州日报》各数纸。四时至中区师范学堂授课。课毕回署,雨。夜间阅《日湖渔唱》一卷。

初三日戊辰(8月26日)　晴。早起至学务公所会议厅,学使先在,议预备咨议局开会交议议案。午后阅《神州日报》三纸。浴于增盛泉,逢南琴。回署阅《日湖渔唱》一卷,至上房久坐。

初四日己巳(8月27日)　晴。晨起阅《日湖渔唱补遗》、《续补遗》各一卷,宋词章,陈君衡永平①著。西麓词和平婉雅,为词中之正轨,沈郁不及碧山而清旷过之,迢逸不及梦窗而婉雅过之,亦南渡后一大家也。集中颇多和清真之作,知其渊源有自,惟就表面观之,则

① "永平",当作"允平"。

迥不同耳。午后为澄渊书屏条四帧,录旧作八律。夜间阅《秋笳集》一卷。接贳卿书。

初五日庚午(8月28日) 晴。早起至学务公所会议厅,学使先在,议改良教育官报,旋散。午后到科办事,阅《神州日报》二纸。四时至中区师范学堂授课,课毕回署。夜间复梦醒一书,阅《秋笳集》一卷。

初六日辛未(8月29日) 晴。晨起至学务公所会议厅,学使先在,讨议一切。午后到科办事,雨,回署批习字卷。傍晚至水巷访爱理,谈良久。复至通顺巷万亿兴取钱,归已上灯时矣。灯下阅《秋笳集》一卷。

初七日壬申(8月30日) 阴雨。晨起至学务公所会议厅阅各科文牍,学使莅,议检定教员办法。旋散,阅《北方日报》、《国风日报》各数纸。午后到科办事。四时至中区师范学堂授课。课毕与子安闲谈。回署,阅《秋笳集》二卷。

初八日癸酉(8月31日) 晴。早起至学务公所会议厅,学使莅,议预备出省查学。散,阅《国风日报》、《京津时报》、《帝京新闻》各数纸。午后偕澄渊至宁化府访静山,渠正午餐,略谈,并以近作《送翁弢甫廉访入觐诗》见示。柬约螾初,寻来,即成局,十二转终。在该处夜膳,回署读《秋笳集》。

初九日甲戌(9月1日) 晴。早起至学务公所会议厅阅各科文牍,学使莅,议筹设浚华书局分发行所。散后到科办事,阅各种报纸。四时至中区师范学堂授课。课毕至帽巷购物,步行返署。夜间致贳卿一书,阅《秋笳后集》一卷。

初十日乙亥(9月2日) 晴。晨起至学务公所会议厅,学使先在,讨议一切。散后到科办事,南琴邀至其家手谈,未刻偕往。静山先在,澄渊继来,遂成局。夜膳后回署,阅《秋笳集》,国初吴兆骞撰。集中诸作气体雄壮,格调苍老,多作变徵之音。盖先生负旷世才,数奇沦落,万里投荒,备历艰险。昔贤谓不如此则无《秋笳》一集,其人恐不传。天之厄之，正所以传之也。其然乎？其不然乎？先生字汉槎，吴江人。

十一日丙子(9月3日)　阴。早起阅《绛云楼书目》一卷。午后霁。至上马街践澄渊之约，静山、嫔初、芸荪先在，遂作手谈。伯平来，旋去。十二转终，即在该处夜膳，膳罢偕芸荪、嫔初至小巷同庆班小坐，晤爱理，略谈，回署已十一时矣。接任弟纽约来书。

十二日丁丑(9月4日)　晴。晨起至学务公所。是日学使赴省外查察学务，偕南琴至火车站往送。各科同事先后莅止，八时开车。澄渊邀至渠家，稍坐，同赴公所。午后致若愚一柬，阅《神州日报》、《国风日报》各数纸。四时至中区师范学堂授课，课毕至军医局晤筱轩、少卿诸君，知若愚已往三府，匆匆雇车返。同若愚至上房为外祖母暨龙弟诊脉，立方而去。夜间阅《绛云楼书目》一卷。

十三日戊寅(9月5日)　晴。早起至学务公所实业、普通两科办事，阅《帝京新闻》、《北方日报》各数纸。午后接北京盛梦醒书，知师范毕业生录用中书各员，由内阁奏定改用小京官，大约公部①后尚须入都一行也。又得上海王蕴章书。至鼎臣处闲坐，承以其赴归化纪游之作见示。汉垒秦关，寒沙晓角，塞垣风景，描写无遗，惜气体尚欠雄浑耳。回署阅《绛云楼书目》二卷。得爱理缄，覆之。夜间接贫卿里中来函。为某君书便面，录《石洲诗话》一则。在外祖书斋久坐。

十四日己卯(9月6日)　晴。早起至学务公所阅各科文牍。午后至军医局访筱轩，并以梦醒函交阅，旋往中区师范学堂授课。课毕至南校尉营访听彝丈，待良久始归，略坐即与辞。途经诒远堂，晤振贤、润之，谈一时许，上灯时回署。阅《绛云楼书目》一卷。

十五日庚辰(9月7日)　晴。早起至学务聿公所②，阅《北方日报》、《帝京新闻》、《北京日报》各数纸。午后静山来，偕静山、澄渊访

---

① “公部”，当作“公布”。

② “聿”，衍。

培荪,不值。静山先返,余同澄渊至巡警学校访蟫初、芸荪,晤谈良久。步行返署,上慈亲一书,代外祖母致镜舫姨丈一函。夜间阅《教育杂志》"言论"、"实验"两门。

十六日辛巳(9月8日) 晴。早起至学务公所,阅《国风日报》、《神州日报》、《京津时报》各数纸。午后往藏书楼取书,四时至中区师范学堂上课。课毕回署,若愚先在,至上房为外祖母暨五姨诊脉。夜间阅《教育杂志》"教材"、"史传"、"调查"、"法令"、"记事"、"答问"数门,微雨。

十七日壬午(9月9日) 晴。晨起至学务公所阅各种报纸。日长无事,徘徊亭中,疏柳垂垂,似不胜情,诵桓大司马"树犹如此,人何以堪"之句,不禁感慨系之,填《临江仙》一阕以寄意:

弱絮飞莺何处是,春光回首依依。永丰坊里昔人稀。纤腰余一捻,憔悴苦难支。　　最是江潭摇落后,教人转忆当时。濛濛一抹雨如丝。可能依旧绿,重与系班骓。

傍晚回署批习字卷,夜间阅《教育杂志》"言论"、"杂志"、"验"①"修养"、"调查"、"记事"、"法令"六门。接大姊函,知已遄返都门,寓钱粮胡同。至外祖书斋久坐。

十八日癸未(9月10日) 阴。清晨伯崇过访,谈良久去。为静山书屏条六帧,临三希堂苏长公书。午后雨,爱理来,在此长谈。致静山柬,并馈以肴馔。夜间致锦生叔一书,附任弟函。覆校高等巡警学堂高等科毕业刑法大意、法学通论、大清违警律、大清律、户籍法大意试卷各六十三本。

十九日甲申(9月11日) 阴。晨起至学务公所阅各科文牍,午后阅报纸数种。二时至中区师范学堂授课,雨。课毕同子安在赵君

---

① "验",衍。

季玉处小坐,君名书麟,五台人,本校图画教习也。回署,若愚来,陪至上房为外祖母暨欢弟诊脉,旋去。夜间覆校巡警学堂行政法、警察学、民法大意、民刑诉讼法大意、柬文、本处地理各科试卷。

二十日乙酉(9月12日)　阴。早起至学务公所办事,子鲁来,晤谈。午后得二舅父书。静山来,知不日南旋,从此云天万里,未知何日始得剪烛西窗、同话巴山也。三时至中区师范学堂授课,新招乙班于今日开学,学生约三十余人。课毕回署,得静山柬,大雨。复贳卿一书。夜间覆校巡警学堂地方自治章程、各省咨议局章程、现行法制大意、国法学各科试卷,阅《教育杂志》"杂纂"、"文艺"、"问答"三门。

廿一日丙戌(9月13日)　阴。晨起至学务公所,天寒衣薄,殊不可耐,阅《京津时报》、《神州日报》各数纸。接捷臣丈书。午后又得式恭、澄江来函。二时至中区师范学堂授课。回署阅《教育杂志》"附录",灯下覆校巡警学堂各省警察章程、国际私法、各种选举章程三科试卷。

廿二日丁亥(9月14日)　晴。晨起至车站,是日静山南归,送者二十余人。河梁携手,闲话移时,俄顷汽笛声作,遂珍重而别。至公所阅各科文牍。午后阅《神州日报》数纸。傍晚偕同事诸君步至车站迎学使,谒见稍坐,即回公所。夜膳后归,覆校巡警学堂统计学、国际公法、宪法纲要、监狱学、算学各科试卷,略觉疲倦。上灯后即就寝,夜半腹泻。

廿三日戊子(9月15日)　晴。早起仍患腹泻,盥漱毕至学务公所会议厅小坐。午后到科办事,精力疲苶,胃量锐减,匆匆返署。得贳卿书。伏枕假寐。接慈亲谕并夹衣两件,系希周丈自里中带来者。夜半雨。

廿四日己丑(9月16日)　阴雨。微患发热,起坐无力。午后晴,夜间又雨。竟日不食,亦不觉饥,梦幻迷离,未能安眠。

廿五日庚寅(9月17日)　晴。热仍未退,不思饮食。希周丈枉过，新自南中来，不日即须赴祁履任。午后爰理来，未晤。傍晚延寿臣诊脉，云系湿温之症，立方而去。夜间精神略爽。

廿六日辛卯（9月18日）　晴。接梦醒都中来函，知师范毕业裁缺人员已由叙官局签分，余名在邮传部。午后阅《小说月报》。傍晚延若愚诊治，筱轩同来，即以梦醒、福根来函交阅，谈良久去。睡前仍服昨方。

廿七日壬辰（9月19日）　晴。是日精神觉好，阅《小说月报》。傍晚澄渊过访，长谈移晷。夜间外祖来此小坐，旋去。欹枕无聊，填《南柯子》一阕：

玉镜星前誓，金钗枕畔盟。班骓一去恁无情。空向燕山、汾水记规程。　　泪渍灯微晕，愁多鬓减青。已惊病骨忒伶俜。更奈秋寒、次第到银屏。

廿八日癸巳（9月20日）　晴。午前凫亭过访，略谈即去。傍晚寿臣来诊视。夜间阅《小说月报》。客馆卧病，百感纷来，念身世之苍茫，慨关河之飘寄。浮云出岫，归岂无心；沟水分流，激应有意。惟秋燕如客，江鸥笑人，绵绵天涯，渺渺乡井。况一枝远借，本非夙愿。邛崃之驭，不叱而将回；朝歌之车，闻名而悔入。我瞻四方，惟有歌《行路难》耳。

廿九日甲午（9月21日）　晴。是日胃纳略开。阅《小说月报》。长日无事，惟以填词自遣。

八月初一日乙未（9月22日）　晴。早起阅《小说月报》，接篔卿里中来书。午后阴，致若愚一柬，读《饮水词》。傍晚雨。夜间复大姊函。宵深不寐，冷雨敲窗，百感填膺，独吟成调：

夜凉孤馆，听梧桐、叶上雨声犹滴。推枕寻衣还起坐，坐也恹恹无力。睡鸭香销，寒蛩啼罢，无语空凄咽。今宵梦断，依然红泪沾臆。　　转忆临别丁宁，离尊未尽，便忍轻抛撇。盼到莺笺翻覆看，又惹愁肠千折。梦已如烟，愁还似水，往事休频说。一灯相对，轻寒又透帘隙。

初二日丙申(9月23日)　阴。上午寿臣来诊视，云恙已全退，可望就愈。午后晴，致听彝丈一柬，索便面也。复贯卿函。傍晚得南琴缄。学使派余查视师范学校，定后日往。夜间阅《饮水词》一卷，填小令数阕。

初三日丁酉(9月24日)　晴。早起至外祖书斋小坐，复南琴一柬。栉发。午后澄渊过访，谈良久去。上慈亲一书。傍晚寿臣来。夜间读《饮水词》。

初四日戊戌(9月25日)　晴。晨起致凫亭一缄，续假三日。旋乘车至学务公所会议厅阅各科文牍。自上星期始实行考勤。署到[①]晤子明，约定初七日往查师范学堂。鼎臣以和余《感事诗》见示，少谈即返。傍晚若愚来，同至上房为外祖母诊脉。夜间代外祖复陈吉人一书。读《饮水词》，国朝性德撰。德字容若，满洲人，工倚声，在国初亦推作手。其词凄婉闲丽，惜意境未深厚，措词亦多平衍。少作名《侧帽词》，朝鲜使臣以重金购之，并题两绝句，亦艺林佳话也。

初五日己亥(9月26日)　阴。早起至学务公所谒见学使，散后乘车回署，雨，旋霁。傍晚寿臣来，同至上房为龙、欢两弟诊脉。夜间阅《蒿庵闲话》一卷，复君特一书。

初六日庚子(9月27日)　阴。晨起至学务公所会议厅阅各科文牍。学使莅，讨议一切。散后到科办事，阅各种报纸。接汝霖徐州来函，内附致策清信，又得任弟书。回署午餐，检病中倚声之作，长短调共二十余阕，汇为一册，题曰《茂陵秋雨集》，选录数篇于后：

---

① “署到”，疑倒。

怪宵来、尖风料峭,碧阑干畔谁凭。看星听雨浑无绪,不奈年时愁病。重记省。恁似绮年华,容易凋青镜。秋心暗惊。尽目断遥天,银河迢递,谁与寄芳讯。　　文园渴,憔悴腰肢瘦损。月华偏照孤影。添衣量药无人顾,零乱髻鬟慵整。鸳被冷。便小睡朦胧,脉脉还轻醒。寒宵偏永。自起剔残灯,银筝低按,哽咽不成韵。

调寄《买陂塘》

同心初结。何事天涯轻远别。后会难期。强说欢娱泪已垂。　　轻寒恻恻。风雨无情飘竟夕。欲睡还休。断续虫声咽暮秋。

调寄《减字木兰花》

西风一夕催秋到,征鸿更无消息。汾水东流,雁关北峙,细数年时踪迹。关河寥寂。甚如此流光,等闲抛掷。笛怨蛩寒,伤心一片暮云碧。　　凭栏几回搔首,叹茫茫人海,同怨沦谪。白夹量愁,青楼扶梦,输与樊川词笔。断笳凄咽。恁歌哭无端,雄心犹昔。起舞婆娑,鸡声窗外月。

调寄《齐天乐》

迢递三巴栈路遥。烽烟惨淡阵云高。请缨未遂终军愿,空向寒灯拭佩刀。　　人起舞,雁哀号。岂真群盗竟如毛。捷书不向甘泉奏,宵旰谁纾圣主劳。

调寄《于中好》

西风萧索,倚高楼、南望暮云千里。吊古悲秋,无赖甚、旧日壮怀都废。醉拭青衫,狂揩白眼,都是穷途泪。茫茫尘海,何人能会此意。　　转怪当日灵均,澧兰沅芷,何事伤憔悴。世事悠悠宁足道，说甚汗青金紫。骏骨荒凉，蛾眉谣诼，扰扰红尘里。一声长啸，栖乌夜半惊起。

调寄《百字令》

极目关山秋色迥，西风吹上平芜。裙腰屐齿认模糊。寒虫偎断砌，野烧接荒垆。　　莫怨王孙消息杳，年时小阅荣枯。愁烟满地恨何如。池塘催梦醒，一雁下寒芦。

调寄《临江仙》

露湿寒花月一钩。簟纹灯影漾轻愁。无端旧事上心头。
但有情人终懊恼，便无言处也绸缪。药炉烟里又今秋。

调寄《浣溪纱》

雨泣花愁总寂寥。可怜人对可怜宵。红颜憔悴倩谁描。
依约晚风吹鬓影，侵寻旧恨上眉梢。倩魂消尽不须招。

曲曲屏山月上迟。画栏伫立恁多时。爱教鹦鹉念郎诗。
密约无凭犹怅望，残宵有梦总依稀。年来瘦损旧腰肢。

青鸟西飞竟未还。银河吹彻玉笙寒。更无人与凭栏干。
魂梦长依金屈戌，音尘难问玉连环。人间何处觅蓬山。

帘幕沉沉掩洞房。良宵絮语漏偏长。轻摊鸳被怯新凉。
斜倚枕棱微欲睡，渐松衣扣暗闻香。那时情味彀思量。

又撰《小引》一篇附录于左：

仆夙弄柔翰，即耽倚声，辞发篇宕，体成侧艳。残花中酒，喜吟子野之词;飞絮满城,戏效方回之句。每当销夏余闲,嬉春多暇,兴会所至,欢感无端,骚情羁绪,一寓于词。玩习既久,篇什遂多,顾赋性拙鲁,曼辞雕琢,未能窥姜史诸家之眇旨也。弱冠而后,饥驱出游,蹀躞楚汉,遨游燕蓟,关河飘寄,索居鲜欢。翻袖中之诗本,绮语全删;看襟上之酒痕,豪情都歇。尘事牵率,屏弃铅椠久矣。寄迹并门,忽忽一稔。新寒中人,偶婴小极,崔骃病损,卫玠愁多。萧寂蜗居,围一炉之药气;阑珊鹤梦,避半榻之茶烟。凄闷无俚,辄复弄笔,引来旧恨,填入新词,非无有感之言,半属缘情之作。斜阳烟柳,聊自写其忧思;缺月疏桐,讵敢托夫忠爱。汇而存之,以志泥爪云尔。

寿臣来,同至上房为二弟诊脉。夜间阅《蒿庵闲话》,又阅元《草堂词选》上卷,夜半雨。

初七日辛丑(9月28日) 时阴时雨。清晨子明来,同至两级师范学堂晤王少由、刘伯琴两监学,略谈。俄监督罗维之太守来,导余等参观附属中学文科讲堂,时黄教习授英文。旋复至数学选科讲堂,伊东教习授微分。此班已届毕业,此系补习未完课程。又至优级第一分类科讲堂,姚教习授英文;中学实科,乔教习授历史;优级第二分类科,寇教习授经学;初级完全科乙班,周教习授读经;甲班,张教习授教育各科,教授均尚合法。少由、伯琴邀至监学室稍憩,复由两君导观初级完全科,吴教习授化学。至操场,耿教习教柔软体操。又往理化器械室、博物标本室、学生寝室、自习室、饭厅一阅,大致整洁布置,亦臻妥惬。查毕,子明回公所,余遂独归。午后英人某君来,同至上房为二弟诊治,旋去。阅《草堂词选》中卷。夜间致任第一书,雨。

初八日壬寅(9月29日) 阴。晨起至学务公所会议厅阅各科文牍。学使莅,讨论诸事。午后照例到科,三时至中区师范学堂授课。课毕在凫亭、子安处略谈,仍回公所。偕营东至农林学堂访程养吾监督,为林科学生毕业事也。归,经过长春洞照相馆,入内小坐。

傍晚回署，阅元《草堂诗余》下卷，元庐陵凤林书院辑。是书去取未免失当，久为人所指摘，竹垞诋之尤力，而樊榭独以采撷精妙称之，殊不可解。集中诸人半皆南宋遗民，故不乏激楚哀怨之吟，概称曰元人，亦欠允当也。夜间上外姑一书。

初九日癸卯(9月30日)　晴。晨起至学务公所会议厅，学使先在，议农林学堂毕业事。午后照例到科，旋乘车回署，阅《采硫日记》一卷。夜间批习字卷，复梦醒一书，至上房久坐。

初十日甲辰(10月1日)　阴。清晨伯平过访，索观拙作，携诗草一册去。崔雁宾如鸿、郝用和汝贵、李桐孙安定、李梦琴文定、杨介臣绍华来，五君皆孟县高等小学毕业生也。阅《采硫日记》二卷，国朝仁和郁永和撰。编中于台湾山川夷险、形势扼塞、番俗民情纪载极详，末卷复述治台之策，颇具卓识。承平之世，士大夫苟且偷安，不务远略，海隅荒徼，几同化外，虽隶版图历百余年仍未脱狉獉之俗。甲午一役，我师不竞，逮和议告成，遂以数千里膏腴之地拱手割弃。阅近人调查台湾情形，谓其地自属日后，学校林立，制度秩然，一改旧观，经营之速实堪惊骇。循是以往，日进无已，或能抗衡上国亦未可知。读郁公此篇，追忆盛时，不胜今昔之感焉。接叔辛姊丈函，知得津浦铁路总公所文案差。至学务公所访幼桢，不值，因赴上马街践澄渊之约。午膳后同至城守尉营访仲馨，值他出，未晤。复至南校尉营访丹仲，晤谈。偕往柳巷隆兴栈晤花月兰，适芸荪先在，稍坐。又至公所与幼桢一谈，归。迂道水巷访爱理，亦未晤。返署阅《嵩洛访碑日记》一卷，国朝黄小松易撰。接述周白下来书。夜间上慈亲一书，阅《南雷文定》数篇。

十一日乙巳(10月2日)　晴。早起至学务公所会议厅，学使莅，议黎城县事。散后到科办公，阅《国风日报》数纸。二时至中区师范学堂授课，课毕步行回署。夜间阅《南雷文定》一卷，在外祖书室小坐。

十二日丙午(10月3日)　晴。晨起至学务公所会议厅阅各科文牍，编《调查两级师范学堂意见书》，大致谓该校开办数年，先后毕业者不下五百人，监督与学生感情素孚，教员亦皆一时知名之士，以故成效卓著。惟附属小学自去岁毕业尚未续办,应及早添招开班,以为师范生实地练习之准备。至手工一科,欧美各国小学均列于必修科,良以儿童学习手工,足以确正形体之观念,养成勤劳之习惯,且可磨练手指各筋,于智育、德育、体育裨益良多。该校为全省模范,似应增设此科以预储小学师资。午后至南校府营访希周丈,晤谈,并晤崔君松泉。旋至中区师范学堂授课,课毕往商务印书馆购物。夜间复贲卿一书,阅《南雷文定》数篇。

十三日丁未(10月4日) 晴。早起至学务公所会议厅阅各科文牍。午后到科办事,阅《神州日报》两纸。二时至中区师范学堂授课,课毕赴通顺巷天合元兑钱。夜间阅《南雷文定》一卷。

十四日戊申(10月5日) 阴雨,旋止。乘车至学务公所,在子明处稍坐即返。接大姊都中来信,劝余入都谋差,计非不善,但恨为定章所限耳。希周丈折柬招饮于两江会馆,辞之。夜间又雨,代澄渊拟《上王干臣观察书》,条陈实业事宜。

十五日己酉(10月6日) 晴。早起至学务公所贺节,学使正在厅事旁习射,退至各科同事处周旋。饭后迂道中区师范学堂一转,回署阅《南雷文定》二卷。贺外祖节禧,侍谈良久,并观《滋蕙堂帖》。夜间阅《小说月报》。散步中庭,月明如水,家山万里,欲归不得,徘徊短吟,依依其为怀也。得贲卿书。

十六日庚戌(10月7日) 晴。早起阅《南雷文定》二卷。竟日枯坐,郁侘无聊。午后至军医局访筱轩,略谈,同出,遇澄渊于途。又逢少卿,偕至澄渊寓中稍坐。复访浥芗,遂作手谈,十二转终。因留夜膳,回署已二鼓矣。

十七日辛亥(10月8日) 晴。早起复叔辛、大姊一书,附上三叔祖一禀。午后至军医局访筱轩,同至澄渊寓,稍坐,偕访浥芗,复作手谈。夜膳后返,阅《南雷文定》一卷。

十八日壬子(10月9日) 晴。天气骤寒,略似初冬。早起至学务公所,接北京盛梦醒书。午后到科办事,接锦生叔济南来函。三时至中区师范学堂授课，课毕仍回公所。是日陆申甫中丞查察省垣各校，顺来公所。衣冠鹄候，上灯时始莅，一揖而退。中丞直隶宛平人也。回署，又致大姊一函。

十九日癸丑(10 月 10 日)　晴。早起至学务公所会议厅，学使莅，议北区设初级师范学堂派龚子和、王象图前往筹议开办事宜，散后到科办事。午后同澄渊至新南门街泰安栈访金谪苍，不值。顺往巡警学堂访蟥初、芸荪，谈一时之久，即返公所稍憩。又至军医局晤少卿，略谈。后至中区师范学堂授课，课毕返署，雨。阅《南雷文定》一卷。夜间批习字卷。希周丈来。

二十日甲寅(10 月 11 日)　晴。晨起至学务公所，学使莅会议厅，议东南区设初级师范学堂派叶冠生、李芬圃前往。散后到各科办事，二时至中区师范学校授课。课毕回署，经过军医局入访筱轩并晤孝先，谈良久，步行而归。

廿一日乙卯(10 月 12 日)　晴。早起至学务公所会议厅讨议一切。散，到科办公，阅高平县高等小学毕业经学卷三十一本。傍晚自公所出，遇君徐于途，偕至郭家巷物产品评会事务所晤耀藜、干臣，稍坐。入往对门访芬圃，谈良久，步行回署。夜间阅《南雷文定》一卷，上二舅父一书。

廿二日丙辰(10 月 13 日)　晴。晨起至学务公所会议厅阅各科文牍，接佩荪柬附静山来函。午后学使莅厅，谈鄂省兵变事。武昌失守，汉口继变，廷寄沿江各督抚严密防范。武汉为东南数省枢纽，一旦有事，长江上下游闻风响应，大局殊亟亟可危。蒿目前途，良用殷忧。二时至中区师范学堂授课。课毕回署，阅《南雷文定后集》一卷。夜间复贲卿一书，至外祖母处一谈。

廿三日丁巳(10 月 14 日)　晴。早起至学务公所会议厅，学使先在，讨议一切。午后到科办事，阅高平县高等小学毕业修身卷三十一本。回署整理衣笥。夜间阅《南雷文定》一卷。

廿四日戊戌(10 月 15 日)　晴。晨起批习字卷，阅《南雷文定后集》一卷。午后为筱珊书单条一幅,至兴道街访伯崇并晤李君伯良,谈移时。复往水巷访爰理,不值。顺访振贤,谈良久,步行而归。知爰理曾枉顾,叠次相左,殊怅怅也。上慈亲一书。夜间代外祖复文星斋太守、谢△△军门各一书。

廿五日己亥(10月16日) 晴。早起至柳巷秦晋官栈访朱仲笙太姻伯,不值。因赴公所会议厅阅各科文牍。学使莅,议院札考察属吏事,散后循例到科。二时至中区师范学校授课。课毕返署,阅《南雷文定》一卷。复王莼农一书。阅《说文解字》。

廿六日庚子(10月17日) 晴。早起至学务公所会议厅,学使莅,议河东中学堂考试毕业事。散,循例到科,接贳卿来函。午后至红四牌楼闲步。三时至中区师范学堂授课。课毕回署,阅《南雷文定》一卷。夜间复婉纫二妹一书,不接来信已两阅月矣,未审何故。至上房久坐,阅《说文解字》。

廿七日辛丑(10月18日) 晴。晨起至学务公所,是日孔子诞辰,随学使及各科同事齐集孔子神位前行三跪九叩礼。散后阅报纸数种,在会议厅午餐。餐毕至军医局访筱轩,晤谈,同往上马街访澄渊,不值。顺访浥芗,坐良久。同行至四牌楼,遇少卿、蠙初、芸荪,遂至少卿家,即与蠙初、筱轩、浥芗作手谈,八转终。即在该处夜膳,返署阅《南雷文定》一卷,阅《说文解字》数页。

廿八日壬寅(10月19日) 晴。晨起至学务公所会议厅阅各科文牍,学使莅,讨议一切。散,到科办事,阅《北方日报》、《北京日报》、《京津时报》各一纸。午后阅凤台县高等小学毕业国文卷廿七本。傍晚浴于增盛泉,晤戴叔良。略谈即归,阅《南雷诗历》一卷。夜间上何卿叔一书,候起居且询豫中消息也。阅《说文解字》。

廿九日癸卯(10月20日) 晴。早起至学务公所会议厅,学使莅,议咨议局开会交议案事。散,循例到科,午后阅各种报纸。二时至中区师范学堂授课,回署批习字卷。夜间阅《南雷文定》一卷,复贳卿函,阅《说文解字》。

三十日甲子(10月21日)　晴。晨起至学务公所会议厅阅各科文牍,学使莅,讨议一切。散,阅《北方日报》、《北京日报》、《京津时报》、《帝京新闻》各一纸。午后澄渊邀至其家观菊,并以其夫人题画属题。稍谈,仍回公所照常办事。返署,在外祖书斋小坐。傍晚至水巷访爱理,晤谈良久。夜间阅《南雷诗历》两卷。

九月初一日乙丑(10月22日)　晴。晨起阅《南雷文定》附录一卷,明黄梨洲先生撰。先生名宗羲,字太冲,余姚人。邃于汉学,旁及文献象数,莫不探赜索隐,穷其窔奥。其文不名一家,悉源本经术,胎息《史》、《汉》。集中多碑版之文,于国难诸公表章尤力,可补史乘之阙。诗非先生所长,然意境高旷,亦非恒人所作[①]企及也。又阅《西昆酬唱集》一卷。午后临《三希堂帖》。至上马街访澄渊,不值。询知在浥芗处,因造访,渠正与伯平、嫔初手谈,浥香让余入局。局终回署,已二鼓矣。

初二日丙寅(10月23日)　晴。晨起至学务公所会议厅阅各科文牍,学使莅,讨议一切。散,到科办事,晤杨君季龙,君名长溶,山西万泉人,毕业日本明治大学,新委公所事业科科员。阅各种报纸。二时至中区师范学校授课。课毕至两江会馆访伟士,晤谈良久,并晤姜桂岑大令。回署阅《西昆酬唱集》一卷,宋杨大年亿等撰。宋初袭五代之余,士大夫言诗者皆宗白乐天。逮杨大年、钱思公、刘子仪辈出,一变旧习。其诗以玉溪为宗而参之以温飞卿、曹唐、罗邺诸家,大率典瞻富丽有余而才力微嫌薄弱,时人号为"西昆体"。此编即杨、刘诸人唱和之作也。

初三日丁卯(10月24日)　晴。晨起至学务公所会议厅阅各科文牍,学使莅,议筹设东南区师范学校。散,到科办事,阅各种报纸。三时至中区师范学堂授课。回署阅《乐府雅词》一卷。夜间复捷臣丈一书,在外祖书斋小坐。

---

① "作",衍。

初四日戊辰(10月25日) 晴。晨起至学务公所会议厅,学使莅,讨议一切。散,循例到科,阅各种报纸。二时至中区师范学堂授课。回署阅《乐府雅词》一卷。夜间判习字卷。

初五日己巳(10月26日) 晴。早起至学务公所会议厅,学使先在,讨论各事。午后阅《北方日报》、《北京日报》、《帝京新闻》各一纸,照常到科办公。接贯卿书,知已返梁溪,并劝余南旋。回署阅《乐府雅词》一卷。夜间判习字卷,复贯卿一函。

初六日庚午(10月27日) 晴。晨起至学务公所会议厅,学使莅,议令科员练习判牍,缘正、副科长事务过繁也。散,阅《国风》、《北方》、《京津》、《帝京》各报。二时至中区师范学堂授课,讲许氏《说文》大略,课毕回署。傍晚筱轩过访,在此长谈,因留夜膳,旋去。灯下阅《乐府雅词》一卷。

初七日辛未(10月28日) 晴。早起至学务公所会议厅,学使莅,谈武汉乱事。散,阅各种报纸。午后归,经诒远堂入访振贤,谈一时许。返署阅《乐府雅词》一卷,判习字卷。自武昌变起,湘陕继陷,近又得九江警信。烽火连天,家山万里,只身飘寄,有同萍梗,不觉对此茫茫,百感交集。卧后思之,久不成寐。

初八日壬申(10月29日) 晴。晨闻枪声,初疑为爆竹,继闻声甚厉,急披衣起,遣仆出询。归报兵变,中心惊骇殊甚,盖不虞变起若是之速也。俄外祖自外来,云顷间出行至抚辕前,见兵士咸荷枪环守,臂系白布。旋闻人言新军作乱,巡抚已遇害,大事去矣。余念此间距抚署仅不及一里,且系衙署,恐有不测,因劝外祖出避。犹豫未定,独步室中,一筹莫展。午后始决议迁避,命仆往赁屋,外祖母、舅母、从母暨弟妹等先往,余随外祖继至。途中兵卒往来如织,漫无秩序,贫民荷钱者、携物者纷纷不绝。盖变兵既占抚署,遂任令若辈掠取财物也。余出署时,仅携包袱一、洋圆数十枚。屋在灰市街,系贾姓宅,同居十余家,余等仅赁得两椽。外祖及余居其一室,北向,甚广阔,为堆贮谷粟之所,向无人居。中祠观音、财、土诸神,器物纵横,尘垢存积，一旧榻半已朽坏。余暨外祖同卧，被则借诸仆人，缘仓卒出走未及携取也。部署甫毕，惊魂稍定，乃至同居董先生处闲谈。时已曛黑，步回己室，俄闻枪声乱发，则仆人又报火起矣。启后门登高眺望，则远近房舍俱在烟焰中，抚藩两署及繁盛街市均付之一炬。大火熊熊，上烛霄汉，呼号之声凄惨以厉，私心焦惧万分，念出走必为流弹所中，不如静以俟之，或可幸免。归室枯坐，夜半火稍止，余焰映窗纸犹作赤色。犬嗥如豹，令人心悸，彻夜枪声不绝。

自上月得武昌失守消息，银根顿紧，人心惶惧，学生多有请假归者。月初讹言益甚，教会中亦得鄂中警告，省中大吏颇注意及此。会西安兵变，蒲州府驰电告急，始议遣兵往援，而别调大同镇巡防队合一标三营之兵组织省防新军，以驻省填扎为名，实防缓急有变也。初六日，一标标统黄国梁率马队管带张治尧率炮队出发，又续派步队一、二营拟于初八开队。先一夕发出子弹，已戒途矣。有姚以玠者，二营督队官也，素抱激烈思想。至是遂与鄂军通谍，乃召两营兵士，激之曰："吾军素乏训练，能力薄弱，诸君所知也。今贸然令出战，是无异驱之死地。君等愿束手待毙乎？抑思有以自全乎？"士卒本惮远行，且宪防河果有死机也，惧甚，因问计将安出。姚曰："革命耳。"众曰："何谓革命？"姚曰："攻抚署，劫藩库，幸而成，共享荣贵；不成，再作计较，未晚也。"众韪其言，莫敢先发。姚曰："今计已定，愿往者举手。"众相顾怡愕，有一卒素患狂疾，贸然举手，众咸和之，得五十人，率以行，黎明入城，直攻抚署。抚署卫队仅数十人，猝不及备，仓皇四散，变兵如入无人之境，纵枪乱击。中丞夫人△氏卧未起，中弹死。中丞闻变，出行至三堂，拟加申谕。乱兵突前，遂死之。公子亮臣侍讲光熙，衣军衣出，伏尸痛哭，亦遇害，仆役从死者三人。协统谭振德驰至，痛斥变兵，遂为所杀。军事参议官姚鸿法闻警，急以电话询一标三营、二标三营，两营管带熊国斌、瑞镛均答兵实未变，然无子弹不能御敌。急驰至巡防营，佥以众寡不敌，莫敢应命。姚知事不可为，遂驰归，中途为变兵拥去。当变兵起事之初，别以一队攻满营，毙三十余人,余均出走。既戕巡抚,则攻藩署,围咨议局,胁副议长杜上化为总参谋,又推姚参议为大都督。姚不从,遂拘之,囚藩司王士云方伯庆平于别室。继推一标标统阎锡山为大都督,出示安民,称中华民国军政分府,纪元用黄帝四千六百零九年。大致谓此次起义,系为恢复汉室、改良政治起见,军警商学各界务安本业,万勿惊扰云云。乃据军装局,发兵守藩库及繁盛街市,时城内外各营已尽变。一标三营管带熊国斌既领得子弹谋反,正拟率所部攻咨议局,劫王方伯、姚参议出,驱逐变兵。谋既定,闻阎锡山招,贸然往。言词龃龉,发两枪狙击,不中,为阎卫兵所杀。二标三营管带瑞镛亦仓皇出走。两营兵士无统,遂大乱,劫藩库。守兵不能御,则从而和之,次及街市,凡繁盛之区如羊市街、帽巷、通顺巷等大小各肆,莫不抢掠一空。阎都督闻警,亦深焦灼,率队出巡。然不敢发禁令,恐兵士溃裂,将不可收拾也。土匪、无赖乘间肆劫,复以火焚房舍,于是省中精华尽付之一炬矣。先是,道途传言变兵将于十三起事,适有防河之役,迫不及待,遂先发。假令出征兵队缓发子弹,彼固无所藉手;或全军遍发,则未伺谋之兵犹可设法抵御;又或大同巡防队已先抵省,则变兵有所忌惮,亦不敢遽萌异志。徒以陆抚莅任伊始,情形隔闳[①],布置疏略,而姚参议又力言新军程度幼稚,决无他虞。事机舛错,措手不及,以致顷刻之间酿此大变。岂浩劫固关气运耶?抑人谋之不臧耶?

初九日癸酉(10月30日) 晴。昨宵兵变纵掠后,侵晓始徐徐回营。军政府乃出示禁止劫掠,嫁其罪于巡防警察,诛数十人,乱始定。贫民乘间检取遗物,多遭惨杀。自是街衢行人禁止携带什物,违者以掠夺论,并禁夜行。

初十日甲戌(10月31日) 晴。兵变据城后,建军政府于咨议局,规划诸事,又令朱明府文翰仍任阳曲县办理安抚事宜,练民团以卫闾阎,人心粗定。

---

① "隔闳",当作"隔阂"。

十一日乙亥(11月1日)　晴。午后阅《中华民国日报》一纸，系就《并州官报》所改，以鼓吹民族主义、提倡共和政治自任。然持论不能根据学理，纪载亦多失实，文笔尤浅陋不足观，殊无价值可言也。秋夜渐长，悲笳四起，隔巷犬嗥如豹，枪声尤凄厉骇人。独坐听之，不觉泪涔涔下。

十二日丙子(11月2日)　晴。阅《中华民国日报》一纸。自变起后，居民纷纷迁避，煤米均不入城，大有匮乏之虞。嗣军政府出示招徕，始敢照常贸易。又开大盈仓积谷以供军食。

十三日丁丑(11月3日)　晴。晨起至水巷访爱理，不值。顺访子航，并晤搢臣、伟士、听彝诸公，均寓子航处，谈良久。又至学务公所晤佩芝、椵臣、鼎臣、渭川，俄澄渊来，知曾两次枉过，盖审余已迁居，遂至相左也。邀至渠家，蟥初、少卿、筱轩、燮康先后至。生逢厄运，同处危城，话及当日仓皇情事，良用怵魄怆神。薄暮返寓，阅《中华民国日报》一纸。

十四日戊寅(11月4日)　阴。晨起随外祖至天平巷相宅，宅南向，正室系屋主所居，因赁定东西两厢，租金八元，东厢现尚有人居，须缓日方能迁让。回理事署整理衣箧，乔君子美派两兵护送至寓。承大掠之后，宵小咸怀觊觎之心，军政府严刑峻法绳之，因禁行人携物，以故迁居者尚不能自由搬运器物也。

十五日己卯(11月5日)　时阴时晴。早起上剑秋叔一书，又致叔辛、大姊一函。时邮局照常收信，惟不许缄口。函中但告近状平安，不能详述此间情事也。至三桥街理发，煤气熏蒸，殊不可耐。回寓无事，填《临江仙》一阕以寄慨：

孤雁南飞关塞迥，凭栏细数归程。五更凉重雨难成。灯昏人被酒，烟冷月胧明。　　满目江山无限感，何人泪洒新亭。橐驼风过塞尘腥。蓦惊残梦醒，画角起边营。

十六日庚辰(11月6日) 晴。早起上慈亲一书,又代外祖母致四姨母一缄邮寄凤台。阅《中华民国日报》一纸。

十七日辛巳(11月7日) 晴。早起至街头闲步,遇丁仆,云学务公所招余会议要事,遂往。学使暨同事数人均在总务科,闲谈良久。今日议事系焕卿、子和等发起,子和先去,焕卿事冗,不果来,遂罢议。澄渊邀至其家,谈次知蟆初、丹仲已迁避乡间,大约事定仍须回城也。坐两小时始返,途经羊市、通顺各街,惟余一片瓦砾映照于夕阳中,野犬三两,迎人乱吠。旧日雕梁画栋,无复仿佛,苍凉惨淡,怆人心脾。庾子山之哀江南、鲍明远之赋芜城,未必伤心人别有怀抱也。晋中自闯贼肆扰后,二百余年未见兵革,一旦经此巨劫,小民多流离失所,财产损失尤难偻计。后顾茫茫,殊无安宁之望,首难诸人之肉其足食乎?

十八日壬午(11月8日) 晴。午刻张仲选太守来,为言陆抚家属流离颠沛,衣食不给。其三公子慎斋主政,甫自都中来,现寓八旗会馆,嘱转达外祖为筹借一切,俾免冻馁。傍晚至鼓楼街购物。

十九日癸未(11月9日) 晴。早起至师范学堂晤周君华堂,谈次谓新简晋抚吴寿卿中丞禄贞甫拟莅晋,行抵石家庄为部下所刺,军遂溃。晋军乘间夺得枪械粮米无算,仍回太原。至被刺之原因,佥谓吴与晋军联合,满人惎之,遂行暗杀。或谓袁项城审吴蓄异志,遣人刺之。殆不可信。访伯平,承以近日日记见示,叙述乱事颇详,足供史家搜采,谈良久归。傍晚随外家迁居天平巷,外祖及余居东厢,屋虽狭隘,然颇清洁,较之前居,已有霄壤之殊。布置卧具,夜睡甚酣。

二十日甲申(11月10日) 阴。乔子英来,在此久坐,渠在军政府任转运,颇悉彼中情事。言该党志骄气盈,不务远略,职员尤萎靡无振作气,将来恐不免失败也。阅《湘军志》一卷,雨。

二十一日乙酉(11月11日) 阴。早起阅《湘军志》。澄渊过访,在此长谈。云朝廷因川鄂事变,下诏罪已,另行组织内阁,简袁世凯为总理大臣,自后不许亲贵干预朝政,并采第二十镇统制张绍曾之议颁布宪法重要信条十九条于天下，人心已定，大局可望和平了结。余谓此等谕旨若降于八月以前，已足餍人民之望，决不致酿此巨变。今则乱机已动，不可复遏，加以冯军在汉口肆行淫掠，惨无人理，人心愈益激昂，恐非区区空言所能解决也。致筼卿一书。武汉事起，筼卿函促南归，蹉跎未决，遂罹今日之厄。检阅前函，不禁悔恨交并矣。夜坐无事，填《相见欢》小令录左：

黄昏城角凄凉。断人肠。望极遥天雁影、总微茫。　风和雨。催秋去。漏初长。依旧五更梦醒、是他乡。

廿二日丙戌(11 月 12 日)　阴。早起阅《宪报》两纸，又阅《中华民国日报》一纸。至商务印书馆，一走即回。

廿三日丁亥(11 月 13 日)　阴。早起至军医局晤燮康，少坐。偕至少卿家访筱轩，不值。顺往中区师范学堂晤皃汀、子安，知学生已解散，皃汀亦拟回里，惟子安居守。又至学务公所，在幼桢处略谭。接筼卿两函，系初四、初十所发。又得大姊、联妹信各一，知南北均平安，私衷略慰。访爱理于法政学校，未晤。归途经过新闻杂志代派社，购《国风日报》读之，途中遇雪。夜间阅《湘军志》一卷、《中华民国日报》一纸。

廿四日戊子(11 月 14 日)　阴。雨雪天甚寒，杜门不出，阅《湘军志》。致皃汀一柬。静夜无聊，俯仰生平，百端交集，偶填小令，以抒羁屑：

水天空阔愁无际。梦断疏钟。摇落江枫。那更云山几万重。　征鸿过尽无消息。倦倚西风。怯下帘栊。只有灯花似旧红。

廿五日己丑(11 月 15 日)　阴。早起阅《湘军志》，得皃汀柬并纸币四张。军政府成立后,改学务公所为学务处,议定省中各校教员本月俸给一律补发,故余得领取此款。至理事府取《说文》,缘凫汀索还也。夜间阅《中华民国日报》一纸。

廿六日庚寅(11月16日) 晴。晨起阅《内阁官报》,午后回署取物。夜间阅《顺天时报》,革军于十三日攻克上海,道署被焚,江苏巡抚程德全宣告独立。自是革军势力日益扩张,清廷号令不复及于东南矣。

廿七日辛卯(11月17日) 晴。晨诣察院后访振贤,渠设南货肆于水巷,初八之变惨遭回禄,衣物荡焉无存。至是依其友赵△△,△△,浙人也。至上马街访澄渊,晤谈,浥芗、依鲁先后来,在彼午膳。傍晚回,阅《中华民国日报》。夜间阅《湘军志》一卷。

廿八日壬辰(11月18日) 晴。晨起阅《湘军志》。午后读《乐府雅词》,整理衣笥。夜间阅《中华民国日报》一纸。

廿九日癸巳(11月19日) 晴。清晨访爱理于水巷,不值。少待即归,商量南旋,终无良策,留余午膳。膳后同渠来寓,坐两小时许,始去。夜间阅《湘军志》,填《卜算子》一阕:

> 倦眼对秋光,芳草迷征路。不为悲秋已断肠,那更猿啼苦。　愁借酒杯消,恨逐江流去。望断遥天一雁无,黯黯斜阳暮。

三十日甲午(11月20日) 晴。竟日闲坐,闷甚,午后阅《乐府雅词拾遗》一卷。夜雪,阅《中华民国日报》。

十月初一日乙未(11月21日) 晴,俄而大雪。夜间阅《阳春白雪》。道路传言各营兵士将于明日围攻咨议局勒索军饷,缘旧章新军月饷仅四两五钱,事变以后增至三十元。而库空如洗,各属钱粮又迟不交纳,军政府绌于应付。暴动之起自在意中,不胜忧惧。致賓卿一书。

初二日丙申(11月22日)　晴。清晨澄渊饬人见招,早餐毕即往。路颇泥泞,跋涉维艰。途逢芸生,遂偕行。抵寓,与蟥初等闲谈。是日寄儿晋生周岁,澄渊治肴馔享客,酒酣耳热,笑语间作,几忘身在患难中矣。傍晚归,夜间阅《阳春白雪》二卷。

初三日丁酉(11月23日)　晴。早起至水巷访爱理,晤谈。午膳后同诣上小墙湖广会馆访伯平,不值。晤养吾,畅论时局。渠颇主张南北分立,大致谓北方之民程度幼稚,未知共和大计。今东南各省已联络一气,基础大定,莫如先组织临时政府,选举总统,徐图攻取。若因西北牵掣,迁延日久,必生他变。其言不为无见,然吾国财政现方处万分困难之地位,承平之际已苦支绌,分立以后军用额势必骤增。应付乏术,暴动堪虞,矧对内对外亦多窒碍。矧就吾国历史地势上观察之亦万无分立之理。虽时贤多持此说,余未敢随声附和也。归遇伯平、幼谷,立谈数语,即返。夜阅《阳春白雪》。

初四日戊戌(11月24日)　晴。清晨费子怡来,君名毓桂,屺怀先生子也。云正太火车有开通消息。余以有南归之望,私心颇喜,但恐未必确耳。渠又言晋抚已简张锡銮,有取道大同北来之说。午后阅《中华民国日报》一纸。子怡又来,旋去。夜间阅《阳春白雪》二卷、《茶花女遗事》数页。大风如吼,彻夜未已,心绪滋劣,久不成寐。

初五日己亥(11月25日)　晴。早起阅《茶花女遗事》。览赵君致舅母函,述民军攻制造局暨江苏独立事甚详。夜间阅《阳春白雪》一卷。天气骤寒,大类隆冬,围炉静坐,无聊已甚。患难以来,心绪有不可言者,读书之暇,惟学填小令自遣而已,录《卖花声》、《朝中措》两阕于左:

何处暮笳声。日落云平。碧天秋色迥凄清。绕树啼乌栖不定,似怨飘零。　　别恨共谁论。极目销魂。柳丝犹带夕阳痕。多少悲秋残梦影,写入芜城。

夜凉哀雁带边声。万感逼孤檠。断梦惊余难续,乱愁划尽还生。　　江山如旧，斜阳巷陌，寒雨芜城。休诵兰成词赋，天涯一例飘零。

初六日庚子(11月26日)　晴。清晨出行，适澄渊之仆持函来，急展读之，则篔卿书也。书中述近状平安，余心稍慰。因诣上马街访澄渊，蟥初、芸荪、浥芗先在，丹仲、锡畴陆续来。云阅《南中新闻》，苏浙联军合攻金陵，钱良、张勋拒守，剧战数日，官军渐不支，大约不日可下云。午膳后访子怡，值他出，未晤。访爱理于水巷，谈良久回寓，接叔辛书。知前函已达，都中近尚安谧。际万方多难，家书叠至，亲朋无恙，寸衷之喜可知也。夜间阅《中华民国日报》一纸、《阳春白雪》一卷、《外集》一卷。

初七日辛丑(11月27日)　晴。早起阅《茶花女遗事》、《阳春白雪外集》，宋赵立之闻礼选。立夫[1]擅倚声，其所采择颇见精审，彭甘亭称"是书与《乐府雅词》斥哇去郑，归于雅音，宋代选家，此其职志"，亦足见推崇备至矣。午后阅《梅边吹笛谱》，歙凌廷堪次仲撰。夜间上慈亲一书。

初八日壬寅(11月28日)　晴。早起至理事府署整理书籍，回寓，子怡在此，谭良久。云清廷简渠楚南本翘为山西宣慰使，三晋人民睹流血之惨剧，咸愿早日和平解决，得此温旨，争延颈企踵，望宣慰之贲临矣。又闻江苏简张季直、浙江简汤蛰仙两公，均不奉诏。张覆内阁电有"无词可宣、无情可慰"等语，东南人心之激昂于此可见一班。傍晚浴于增盛泉。夜间复大姊一书。阅《中华民国日报》一纸。

初九日癸卯(11月29日)　晴。午前至邮政局投函，回寓阅《中华民国日报》一纸，读《烟霞万古楼文选》。

初十日甲辰(11月30日)　晴。阅《烟霞万古楼文集》二卷。比来世事沧桑，中原俶扰，屏迹危城，理乱不闻，如在井底。寒灯短榻，

---

① "立夫"，当作"立之"。

惟藉陈编遣此岁月。虽复胸次萧然，不奈旅况岑寂，每咏少陵风尘涕泪之句，辄搔首太息也。

十一日乙巳(12月1日)　晴。晨诣桥头街第一钱局兑钱。乱后财政骤绌，军政府印刷军用手票藉资周转，顾信用未著，市面仍不能行使。至是开设官钱局兑换现款，亦便民之政也。赴学务公所晤南琴、一峰、畏钦，略谈。阅《国民公报》、《北京日报》各数纸，略知各省近日情形。丹仲来，偕访澄渊于上马街，并晤蟆初、咏生、鞠如诸君，闲谈良久。薄暮归，知爱理曾枉顾。接干云梁溪来书，尚系前月望前所发者。夜间阅《烟霞万古楼文集》二卷。

十二日丙午(12月2日)　时阴时晴。曩子和以素笺索书，卒卒鲜暇，未能报命。丧乱以来，久疏笔研，今晨偶从旧箧中检得，信笔书之，又为某君书小屏条两方。午后阅《小说月报》。夜间读《烟霞万古楼诗》一卷。

十三日丁未(12月3日)　晴。晨接虞山二妹书。至水巷访爱理，适华辛如、王采南先在，卓庵继来，闲谈移晷。三君先后去，余复至邮局寄书。回寓午餐，阅《中华民国日报》。夜间读《烟霞万古楼诗》。

十四日戊申(12月4日)　晴。早起阅《小说月报》。夜间读《烟霞万古楼诗》，本朝王仲瞿昙撰。仲瞿之学无所不窥，尤工骈俪，才气横溢，议论崇闳，鸿章巨制，直逼齐梁。生平著述甚富，大半散佚，仅存文六卷、诗二卷。顾文亦多残阙，怀才不遇，坎壈以终，仅此区区之词章之末亦将就湮没，造化之厄文人何其酷也。上外祖母一禀。闲步庭中，月明如昼，寒气侵人，始归寝。

十五日己酉(12月5日)　晴。晨起至学务公所晤南琴、焕卿、子和、一峰、畏钦。事变以后，同人星散，惟五君仍留学务处办事。余将曩昔所借藏书楼书籍缴还，复诣上马街访澄渊，并晤蟆初。午饭后偕澄渊、咏生访丹仲于校尉营寓斋，观所临苏长公《西楼帖》。佩荪亦来，渠于乱后避地城西格丫，称昨始返城探询消息、补领校薪。浥芗来，谈良久。同澄渊诣少卿家访筱轩，不值，遂归。夜间阅《小说月报》。

十六日庚戌(12月6日) 晴。早起读《香屑集》二卷。子怡、听松来。夜间复婉纠二妹一书。

十七日辛亥(12月7日) 阴。早起读《香屑集》二卷,本朝黄唐堂先生著,凡二十卷。纯集唐人诗句,天衣无缝,具有化工,可称绝技。词中则有朱竹垞《蕃锦集》,亦极集句能事,堪与是书媲美。

十八日壬子(12月8日) 晴。晨赴邮局寄信,因诣水巷访爱理,晤谈良久。某君来,云得都中密电,监国已逊位,南军方议和,大局有和平解决之望。渠等有事他适,余独返。王豫生、费子怡先后来。傍晚至理事府署取书。夜间读《香屑集》三卷。

十九日癸丑(12月9日) 晴。晨鹿季眉来,访伯平于湖广会馆,渠正同友人看竹,略谈。偕至校尉营访丹仲,不值,晤佩荪、芸荪,众以清廷逊位、和局将成不胜欣喜。余谓内阁既成立,即负完全责任,摄政监国本应取销。此事与皇位无涉,即与大局无关。众以余言为妄,余亦自笑存之。出晤夔康,知筱轩已南归,遂返。子怡来,云日内拟旋里,并劝同行。余本有归志,徒以关山难越留滞此邦,今友朋纷纷言旋,余心不能无动。然长途跋涉,险阻堪虞,外祖亦不以冒险进行为然,余亦颇踌躇不能决。傍晚至商务印书馆访辛如,云得最确消息,此间驻守娘子关军队已调出关外,日内恐有战事。时已曛黑,匆匆归。夜间阅《香屑集》一卷。

二十日甲寅(12月10日) 晴。晨仲咸丈来,旋去。至上马街访澄渊,不值,留柬而去。途逢幼贞,立谈数语。午膳后仲咸复来,知子怡已去,爱理亦于昨日南旋。江海骚动,风鹤震惊,二三友朋,风流云散,殊乡留滞,归梦无凭,渺渺南云,恨不能奋飞也。阅《中华民国日报》一纸。姜桂岑来。夜间阅《香屑集》二卷。

廿一日乙卯(12月11日) 晴。《中华民国日报》发行号外,革军占井径,夺大炮数尊、粮食无算。余心滋惧,盖战衅既开,难忘和平解决也。季眉、豫生来。夜间读《香屑集》。

廿二日丙辰(12月12日)　阴。晨卧未起，仲咸丈来，云得确耗，革军大败，官兵已入关，人心恼惧，城中岌岌可危。早餐后诣军医局访若愚，渠甫自娘子关回，为述两军战事甚详。自吴禄贞被刺后，清廷即简张锡銮为晋抚，又命第三镇统制曹琨统大军攻晋。会南北议和，迟回于石家庄而不进。逮宣抚东来，革军即遣使与之浃洽，而激烈者仍复主战。突于十九日出关挑战，官军御之，战于乏鱼[①]岭。官兵小却，死伤颇众，炮械多为革军所夺。次日复战，因众寡不敌，革军大创。廿一日敢死队复勇猛进攻，抄官兵后，官兵分队合围。革军驰突不得出，后队不赴援，竞走入关，弃而不守。于是官兵唾手夺回雄关，进规太原矣。是役也，姚以玠实任全军司令，以其属先奔，守关将士从之，遂大溃。都督阎锡山出关督战，大势已去，亦驰回太原。时城中残卒尚数千人，居民闻警，扶老携幼作避地计。市肆全闭，警卒星散，秩序颇乱。归途经过稟署见安民告示，大致谓新抚将莅晋，已会同筹办处、咨议局派员往迎，并饬巡警保卫民居，万勿纷扰迁避云云。革军既失败，犹诡云击退官兵，行将议和。某君献策尽焚城中庐舍，胁居民出走，俾官兵抵境秋毫无所得。阎氏不可，尽出财政部余款分给将士，整队出南门，云将渡河联合秦军作卷土重来之计。未知他日能践此言否。三晋居畿辅之右，表里山河，地形险要，事起以后，京师大震。假令当时命重将扼守关隘，遣一军出井径以窥幽燕，一军出雁门以掠张绥，复联结齐豫作犄角之胜，京师援军路绝，刍挽不继，不出旬日大功可成。计不出此，苟且偷安，惟以攘夺权利排斥异己为务。内政统措置乖方，应敌张皇无术，欲不覆亡，其可得乎？丁华伯来。阅《香屑集》。夜间安置箱箧，备意外也。卧后时闻枪声，不胜惴息。是日险象不亚革军初起事时，阖境戒严。

廿三日丁巳(12月13日)　晴。晨起阅《香屑集》。豫生、季眉来。是日间有土匪入民家劫掠财物，为李提法所侦得，饬兵逮捕，立

---

① “鱼”，当作“驴”。

即正法。自是宵小敛迹,不敢作非分想矣。

廿四日戊午(12 月 14 日) 晴。晨行街衢,见沿门皆插黄旗示归顺清廷之意,军警咸以黄绢为标志,商店仍未开市。访伯平于湖广会馆,晤谈良久。归途阅张锡銮《通告三晋人士文》。午后读《香屑集》,阅《教育杂志》“学术”门。

廿五日己未(12 月 15 日) 晴。早起阅《教育杂志》“征文”、“实验”、“修养”、“调查”、“法令”各门,午后又阅“记事”、“文艺”两门。革军既溃,军政府亦解散,清抚未莅,用人、行政均由李提法盛铎主持。李才略优长,措置得宜,不辞劳怨,舆论翕然。外祖亦时往赞助一切。姚参议鸿法复招集溃卒筹备防堵,阖境赖以安谧。

廿六日庚申(12 月 16 日) 晴。晨诣上马街访浥芗,不值,访澄渊,亦未晤。翻阅蟥初日记,知畴昔之夜澄渊挈眷属仓皇奔避致受虚惊。又有驻防兵卒藉搜索枪械为名擅入民家,顿形骚扰。访若愚于军医局,立谈数语。出逢少卿,邀至渠家,为言随革军出娘子关医治受伤兵卒,备受险阻,兵溃以后几不免。今得归来,不翅班定远生入玉门也。

廿七日辛酉(12 月 17 日) 晴。早起阅《教育杂志》“问答”门。午后澄渊过访,云有自娘子关归者,言该处地形险要,有一夫当关万夫莫开之势。假令战败以后以全力扼守此关,清兵虽勇,无如我何。乃弃而不守,拱手让人,致使三晋版宇重沦异族,惜哉!长谈移晷,并约同行。傍晚外祖自梁署归,云新抚奉调入都,大队来晋尚无期,人心浮动,殊可虑也。

廿八日壬戌(12 月 18 日) 晴。晨诣校府营谒公骕学使,略谈即返。致贳卿一书,详述乱后情形。阅《并州日报》。

廿九日癸亥(12 月 19 日) 晴。晨起上继慈一书。外祖归,言溃兵四散,穷蹙万状,多有投械归降者。经过祁、太各邑,已先事戒备,得获安堵,惟乡镇略遭蹂躏。祁、太为山西财富之源,今得保全无恙,异日重加整理,不难恢复旧观也。

十一月初一日甲子(12月20日)　阴。学填小令。傍晚得大姊都中来书，知史、左两外家均避地沪渎，慈亲亦随往，并致函召赏卿。变乱以来，讫未得里中消息，展读之余，私怀良慰。

初二日乙丑(12月21日)　晴。晨起诣上马街访澄渊，若愚、燮康、咏生先在，闲话良久，芸荪亦来。午膳后，偕澄渊、芸荪、宋君至学务公所晤一峰、幼贞、畏钦。阅《北方日报》一纸。复访丹仲于校尉营，佩荪、伯平、燮康均在。阅《时报》。镇浙沪联军会攻南京，夺取紫荆山天保城[①]。十三日进克省城，士气百倍，竞议北伐，张勋退屯徐州。傍晚回寓，阅《并州日报》。

初三日丙寅(12月22日)　阴。晨诣新闻杂志代派社阅《北方日报》。清廷派唐绍怡为议和全权大臣，与民军总代表伍庭芳[②]在沪商酌各事。伍坚持民主主义，唐允电袁内阁取决并续展停战期。午后仲咸丈来。接大姊书。阅《并州日报》。

初四日丁卯(12月23日)　阴。午后至钟鼓楼一转，即归。军兴以来，农辍于野，货滞于市，两军之士丧元断脰与夫老弱之转于沟壑者何可胜计。如此世界，岂得长高枕而卧、鼓腹而喜乎？

初五日戊辰(12月24日)　阴。自太原失守，革军即占据正太铁路，专供运输军队，并拆毁娘子关、石家庄间铁轨以阻官兵进攻。至是革军溃走，正太全路始开通。午后澄渊过访，商略南归之计，旋去。至附近一转，又赴理事府署取书籍。

初六日己巳(12月25日)　晴。晨出逢螾初，立谈良久。访澄渊于上马街寓所，咏生、卓庵先在。阅《时报》数纸，满清大局十去八九，改革之事万众一心。但恐稽延时日，各国商务大受影响，外交界种种问题或将缘衅而起耳。胡、王先后去，余留午膳，商定初九启程。余迂道入都，渠等候于析津同行。复偕澄渊诣校尉营访丹仲，不值，

---

① “荆”，当作“金”。“保”，当作“堡”。

② “庭”，当作“廷”。

取词稿归。顺至公骕学使寓斋辞行,略谈,返。得干云函,又接赟卿初十、十四两函。夜间复干云、赟卿各一缄。

初七日庚午(12月26日) 晴。晨接慈亲上海来谕,旋又得大姊书。午刻上慈亲暨二舅各一函,禀陈行期。季眉来,旋去。傍晚澄渊过访,在此小坐。整理行箧,夜坐有感,得五律四章:

倦向高楼倚,兵声动远空。三关沈暮霭,万马啸秋风。禾黍临城近,河山作镇雄。不须吊陈迹,草没晋阳宫。

风冷铜驼陌,艰难劫后身。哀时同庾信,草檄薄陈琳。湖海消豪气,衣冠溷俗尘。苍茫向谁说,此意竟沈沦。

望眼迷南北,江山正惨凄。鸦归千树暗,日落万山低。远戍明烽燧,荒城咽鼓鼙。行歌还醉哭,不是怨卑栖。

太行山色外,十里阵云高。霜碛埋荒草,秋风激怒涛。吹笳惭越石,奏乐隐敖曹。漂转休长叹,消愁有浊醪。

初八日辛未(12月27日) 晴。晨理行箧。听松来,亦拟明日动身。俄仲咸丈来。午后同虎妹至鼓楼街购物。夜侍外祖母长谈。

初九日壬申(12月28日) 晴。黎明即起,早餐后至外祖母处辞行,旋驱车出南门。外祖亲送至停车场。听松、叔良先在,两君行李过多,时间迫促,不及过磅。余为所牵掣,亦不克登车,诣站长室购票。复偕赴晋恒栈,在章文卿处久坐。章绍兴人,赁捐局委员也。入城访澄渊于上马街并晤蠙初、咏生,正部署行箧,均拟明晨南旋。匆匆回天平巷寓,外祖、听松已先归。午膳后辞别外祖,年余随侍,备荷饮食教诲之惠,一旦远离,殊难为怀。同听松出城,途逢谭君涤尊,嘱代探京汉火车情形。至车站检视行李,晚宿于晋恒栈。

初十日癸酉(12月29日) 晴。晨丁纪来馈食,匆遽不及举箸,挈行李登车。蠙初、澄渊、咏生先在,车夫某与丁成相识,与余同坐,颇承照应。车过娘子关,乱石嵯峨,峰峦壁立,地形险要,实惟三晋之咽喉。曩者革军曾与官兵距战于此,天险坐失,遂致覆亡。今余袱被南旋,重过战地,旌旗已杳,壁垒都非,凭吊遗踪,平增无限感喟焉。五时抵石家庄,丹仲、芸荪来迎,偕澄渊、蠙初、咏生诣晋通栈晤王君葆光。君名文溥,安徽怀宁人也。夜间蠙初为余述月兰之历史,并托代访其踪迹。

十一日甲戌(12月30日) 晴。夜半即起,偕丹仲至京汉车站。史、钱两女士者与澄渊夫人同任女子师范教习,亦有都门之行,澄渊嘱予为之照料一切。行李到站,两女士竟舍而登车,余急走呼。时方曛黑,咫尺莫辨,误坠于铁轨,楚甚良久,始能发声。勉起上车,六时许开行。经过真定、保阳等处,均停。二时许抵北京,同丹仲及其友王君啸霆下。王名钟槐,安徽望江人也。过崇文门,关吏略加检视即去。因赴西河沿金台旅馆,屋颇轩敞,急进午餐。驱车入城,日下繁华不减畴昔,惟心目中总觉有一种萧索气象。诣钱粮胡同访叔辛,谈良久。入晤大姊,乱后重逢,畅谈往事,真如梦寐。阅《光华日报》,清太后允开临时国会解决君主民主问题,昨日十七省代表在南京选举总统,孙文得十七票当选为临时大总统。晚宿寓斋。

十二日乙亥(12月31日) 阴。晨起理发。午后乘车至棉花下四条胡同谒襄臣舅,谈良久。又诣北柳巷国光新闻社访弼士,现充该报主笔,无南归意。旋回金台旅馆取物。入城访李卿叔于华东饭店,不值。晤二婶,略谈。俄叔归,留余夜膳,并托到沪代询伯俞要函事。仍回叔辛处,上外祖一禀,略述都中情形,又致畏钦一书。夜半大风。今日南京参议院议决改用阳历,并以中华民国纪元。

来　信

正月十二日	接常州刘笕卿书
十四日	接通州王式恭书
十六日	接奉天余君特书

十七日　接北京婉纴姊书
廿五日　接常州刘筼卿书
廿八日　接常州丁捷臣书
廿九日　接常熟婉纠妹书

二月初三日　接常州吴咏生书
初七日　接无锡刘筼卿书
初九日　接常州慈亲书
十二日　接交城徐澄渊书
廿八日　接常州大姊书　接无锡刘筼卿书
接杭州刘干云书

三月初二日　接常熟婉纠妹书
初七日　接纽约宣重弟书
初九日　接北京盛铭书函
初十日　接无锡刘筼卿书
十二日　接奉天余君特书
十二日　接广州陈研因书
十五日　接上海果仁堂启
廿三日　接徐州何汝霖书
廿四日　接济南锦生叔书　接常州刘筼卿书
廿九日　接常州慈亲书　接常熟二妹书

四月初六日　接常锡[1]内子书
初七日　接南京丁赤楼书
十二日　接北京婉纴姊书

---

① "常锡",当作"无锡"。

十五日　接常州二舅父书　接无锡刘筼卿书
廿五日　寄[①]无锡刘筼卿书

五月初二日　接常州慈亲谕　接无锡内子书　接常熟二妹书　接无锡内子书　接常州丁捷臣书
初四日　接奉天余君特书
初七日　接常州慈亲书
初九日　接北京张襄臣书　接北京盛梦醒书
十一日　接徐州何汝霖书
十五日　接纽约任弟书　接常州内子书
十六日　接张家口叔祖书
十七日　接广州陈研因书
廿三日　接奉天大姊书
廿七日　接常熟二妹书

六月初一日　接常州内子书
初七日　接常州内子书
初十日　接常州二舅父书　接常州刘筼卿书
十八日　接开封何卿叔书
廿一日　接纽约宣重弟书　接无锡刘干云书
廿二日　接奉天婉纴姊书
廿五日　接常熟婉纠妹书
三十日　接常州刘筼卿书

闰六月初七日　接奉天大姊书
十二日　接常州继慈书

---

① “寄”，当作“接”。

十四日　接常州内子书
廿四日　接常州内子书
廿五日　接常熟二妹书
廿七日　接北京盛梦醒书
廿八日　接奉天余君特书

七月初四日　接常州内子书
十一日　接纽约任弟书
十三日　接北京盛梦醒书　接上海王蕴章书
接常州刘贯卿书
十七日　接北京大姊书
二十日　接常州二舅书
廿一日　接常州丁捷臣书　接江阴王式恭书
廿三日　接常州刘贯卿书　接常州慈亲书
廿六日　接北京盛梦醒书

八月初一日　接常州刘贯卿书
初六日　接徐州何汝霖书　接纽约宣重弟书
初十日　接北京陈叔辛书　接南京吴述周书
十四日　接北京婉纴姊书
十五日　接常州刘贯卿书
十八日　接北京盛梦醒书　接济南锦生叔书
廿二日　接泰兴杨静山书
廿六日　接常州刘贯卿书

九月初五日　寄[1]梁溪刘贯卿书

---

① “寄”,当作“接”。

廿三日	接北京婉纴姊书　接无锡刘筼卿书　接常熟二妹书　接无锡内子书
十月初六日	接无锡内子书　接北京大姊书
十一日	接无锡刘干云书
十三日	接常熟婉纲妹书
十一月初一日	接北京大姊书
初三日	接北京大姊书
初六日	接无锡内子书　接无锡刘干云书
初七日	接上海慈亲书　接北京大姊书
廿六日	接无锡内子书　接无锡内子书
廿八日	接无锡内子书
廿九日	接通州潘丹仲书
十二月初一日	接通州徐澄渊书
初七日	接北京婉纴姊书
十八日	接南京徐澄渊书
十九日	接太原丁成书

寄　信

正月初六日	寄梁溪外姑书
初八日	寄北京大姊书
初九日	寄常州丁赤楼书　寄常州丁捷臣书
初十日	寄常州慈亲书
十三日	寄无锡刘筼卿书　寄常州吴咏笙书
十八日	寄常熟婉纲妹书

廿一日	寄无锡刘筼卿书
廿五日	常州[1]继慈书
廿八日	寄通州王式恭书
廿九日	寄常州刘筼卿书
二月初三日	寄北京大姊书
初六日	付常州慈亲书
初九日	寄南京吴咏笙书
初十日	寄无锡刘筼卿书
十二日	寄北京盛铭书函
十三日	寄文水徐澄渊书
十九日	寄常州慈亲书
廿二日	寄常熟二妹书
廿三日	寄无锡刘筼卿书
廿八日	寄奉天余君特书
三月初一日	寄无锡刘筼卿书
初二日	寄北京大姊书
初四日	寄张家口叔祖书
初八日	寄常州慈亲书
初九日	寄常州丁捷臣书
十一日	寄无锡刘筼卿书
十三日	寄杭州刘干云书
十六日	寄北京盛梦醒书　寄北京石豫圃书
二十日	寄北京剑秋叔书
廿一日	寄常州刘筼卿书

① “常州”前脱“寄”字。

廿二日　　寄常州继慈书
廿四日　　寄常熟二妹书
三十日　　寄无锡内子书

四月初三日　　寄北京大姊书
初五日　　寄常州继慈书
初八日　　寄纽约任弟书
初九日　　寄无锡内子书
十三日　　寄奉天余君特书
十五日　　寄广州陈研因书
十六日　　寄无锡刘篑卿书
十九日　　寄常州继慈书
廿一日　　寄北京大姊书
廿三日　　寄河南何卿叔书
廿五日　　寄徐州何汝霖书
廿六日　　寄常熟二妹书
廿七日　　寄无锡内子书
廿九日　　寄张家口叔祖书

五月初三日　　寄常州慈亲书　寄常州二舅父书
初七日　　寄无锡外姑书　寄无锡内子书
初九日　　寄济南锦生叔书
十三日　　寄常州慈亲书
十五日　　寄常州丁赤楼书
十六日　　寄上海谢砺恒书
廿五日　　寄常熟二妹书
廿三日　　寄常州内子书

六月初七日	寄常州继慈书　寄常州内子书
十二日	寄奉天大姊书
十二日	寄常州丁捷臣书
十四日	寄无锡刘篔卿书
十六日	寄奉天余君特书
十八日	寄崇明张襄丞书
十九日	寄上海盛梦醒书
廿一日	寄常州刘篔卿书
廿七日	寄常州继慈书　寄常州外祖母书　寄常熟婉纫妹书
廿八日	寄张家口三叔祖书
廿九日	寄无锡刘篔卿书

闰六月初二日	寄苏州何汝霖书
初七日	寄开封何卿叔书
初九日	寄奉天大姊书
十二日	寄常州内子书
十五日	寄常州继慈书
十一日	寄纽约任弟书
十八日	寄广州陈研因书
二十日	寄常州刘篔卿书
廿二日	寄常州朗存舅书
廿六日	寄无锡刘干云书
廿九日	寄常州继慈书　寄常熟二妹书　寄常州内子书

七月初五日	寄北京盛梦醒书
初十日	寄常州刘篔卿书
十五日	寄常州继慈书
十八日	寄济南锦生叔书

二十日　　寄常州刘箕卿书

八月初一日　　寄北京婉纴姊书
初二日　　寄常州刘箕卿书
初三日　　寄常州继慈书
初六日　　寄奉天余君特书
初八日　　寄纽约宣重弟书
初十日　　寄北京盛梦醒书
十一日　　寄常州慈亲书
十三日　　寄常州内子书
十八日　　寄北京陈叔辛、婉纴姊书　寄北京三叔祖书
十九日　　寄北京婉纴姊书
初九日　　寄无锡外姑书
廿二日　　寄常州二舅书
廿三日　　寄常州内子书
廿六日　　寄常州慈亲书
廿七日　　寄上海王莼农书　寄常熟婉紃妹书
廿九日　　寄汴梁何卿叔书　寄锡山刘箕卿书

九月初三日　　寄常州丁捷臣书
初六日　　寄无锡刘箕卿书
十五日　　寄北京剑秋叔书　寄北京大姊书
十六日　　寄常州慈亲书
廿二日　　寄无锡内子书

十月初二日　　寄无锡刘箕卿书
初九日　　寄常州慈亲书　寄北京大姊书
十三日　　寄无锡内子书

十五日　寄常州外祖母书
十八日　寄常熟二妹书

十一月初一日　寄无锡内子书　寄常州继慈书
初七日　寄无锡内子书　寄无锡刘干云书
寄上海外祖母书　寄上海慈亲书
十二日　寄太原陈外祖书　寄太原李畏钦书
十三日　寄北京陈叔辛书
二十日　寄无锡刘筤卿书
廿四日　寄无锡刘筤卿书
廿六日　寄无锡刘筤卿书

十二月初十日　寄太原陈外祖书
十一日　寄通州潘丹仲书　寄通州徐澄渊书
十五日　寄天津婉纴姊书
二十日　寄天津章卿叔书
廿一日　寄张口[1]三叔祖书
廿二日　寄纽约宣重弟书
廿三日　寄通州王式恭书　寄天津婉纴姊书
廿七日　寄无锡外姑书

会　计　录

入洋三十元

正月初三日　付车钱三角
初四日　付车钱二角

---

① “张口”,当作“张家口”。

初八日	付澄借一元
初八日	付理发一角
十一日	付车钱一角
十二日	付手巾七角
十三日	付竹纸二角　付寄信一角
十四日	付猴戏一角
十五日	付增盛二角　付水池八角
十八日	付茶叶五角
十九日	付车钱二角
十九日	付理发一角
二十日	付牙刷二角
廿一日	付七巧二角
廿二日	付纸烟一角
廿四日	付手巾二角
廿六日	付教育一元五角
廿七日	付棉袄六元八角
廿八日	付小照一元三角　付花子一角

正月共用洋十五元

二月初一日	付贾公四角
初二日	付车钱一角　付理发一角
初三日	付车钱一角
初澄借[1]	付澄借一元
初六日	付纸烟一角　付小影五角　付词选一元二角
初七日	付皮夹一角　付皮夹一元四角　付雨罍六角
	付小雅一元三角

① "澄借",当作"四日"或"五日",涉下文而误。

初九日　　付长春二元

十二日　　付图钉一角　付石章二角

十三日　　付邮票二角

十六日　　付古钱三角　付十种二角

十九日　　付理发一角

二十日　　付洋车一角

廿六日　　付夹裤三元　付长衫二元

二月共用大洋十五元

入洋三十元

三月初一日　　付理发一角　付纸烟一角　付茶叶八角　付增盛三角

初二日　　付纸烟一角

初四日　　付手帕五角

初四日　　付童话五角

初六日　　付骡车二角　付理发二角　付水果二角

初九日　　付缎鞋一元四角　付骡车三角　付车钱一角　付照相一元七角

十二日　　付请客十八元　付徐觌二元　付红香一元　付白稟一角

廿二日　　付理发二角　付教捐二元

廿七日　　付纸烟二角

三月共用大洋三十元

入洋三十元

四月初一日　　付理发一角　付丝带五角　付空中四角　付牙粉一角　付烟匣一角　付车钱二角

初五日　　付栉发二角

初七日　　付邮票二角

初九日　付送票二角　付宣纸一元　付牧斋一元二角　付折扇五角　付茶叶五角　付车钱一角

十三日　付理发一角　付纸烟二角

十九日　付增盛三角　付理发一角

二十日　付车钱三角　付布袜三角　付扇子二角　付玩物二角　付车钱一角　付修表三角　付骡车二角　付纱马十元　付理发四角　付长春二元

四月共用大洋二十元

入洋三十元

五月初三日　付理发三角

初四日　付公赏二元　付赏郭一元　付福侯一元　付赏署十元　付字典七角

初七日　付汉溪四角　付格本三角

初八日　付银铢二角　付车钱一角

初十日　付信封一角　付代墨二角

十五日　付司马四角　付理发一角　付车钱一角　付牙粉一角

十七日　付茶叶五角　付纸烟二角　付潮脑二角

廿一日　付香水五角　付胰子四角　付十种四角

廿二日　付理发二角

廿五日　付白布三角　付裤带三角

五月共用洋二十元

六月初六日　付修表八角

十一日　付理发三角　付皮箱五元

十九日　付缎鞋一元四角　付车钱二角　付点心一元一角　付无药四角　付实验三角

二十日　　付茶叶五角　付洋烛三角　付夹袍六元　付布衣四元

六月共用大洋二十元

入洋三十元

七月初一日　　付洋烛三角　付理发二角　付增盛二角　付象图一元　付耀藜一元

初二日　　付宣纸三角　付眼镜一角

初五日　　付单帖一角　付石砚二元　付缎带三角　付多宝六角　付车钱二角

初九日　　付寄信五角

初十日　　付纸烟二角

十一日　　付邮票二角　付理发三角

十三日　　付车钱一角

十五日　　付增盛一角

二十日　　付宣纸三角　付实验二角

廿六日　　付车钱三角

廿九日　　付茶叶五角　付干臣一元　付官纱十元

闰月共用洋二十元

入洋三十元

七月初一日　　付车钱二角　付式恭二元　付助耿二元　付信纸三角

初三日　　付信纸三角　付增盛三角　付理发一角　付手巾一角

初七日　　付邮票五角　付车钱二角

十一日　　付理发二角

十二日　　付同庆一元　付车钱三角　付车站一角

十九日　付苹果二角　付霖生一元三角
廿二日　付车钱一角　付车站一角
廿九日　付信纸二角　付茶叶五角　付法学十元
　　七月共用洋二十元

八月初二日　付名刺二角　付纸烟二角
初三日　付理发二角
初八日　付车钱二角　付邮票五角　付信笺四角
初十日　付洋皂五角　付地龙一角
十二日　付教育六角　付车钱一角　付小说二角　付游戏二角
十三日　付银硃二角　付车钱四角　付公赏二元　付校赏一元
十五日　付郭赏一元　付侯王一元
十八日　付车钱二角　付快信二角　付理发二角
廿二日　付洋烛二角　付信封一角　付署赏十元　付青笋一角
　　八月共用洋二十元

入洋三十元

九月初一日　付庚子四角　付水匙一角　付点心三角　付茶叶五角　付绒靴二元八角　付车钱三角　付理发一角
初三日　付车钱三角
初五日　付茶叶五角
初七日　付留青八角　付车钱一角　付赏丁三元
初九日　付纸烟二角
十四日　付理发一角　付邮票一角
十八日　付点心五角　付布衣四元　付棉背六元
　　九月共用大洋二十元

十月初一日　付赏崔五角　付新闻一角　付理发二角
初七日　付纸烟三角
初八日　付增盛一角
十一日　付点心四角
廿八日　付麻糖一角　付洋烛三角　付邮票一角　付丫梨一角　付理发一角　付点心一角　付纸烟一角　付铜环一角　付邮票四角

十月共用洋十元

入洋五十元

十一月十二日　付川资四十七元　付点心六角　付兑钱四角　付澄借二元

十一月共用洋五十元

全年共用洋二百六十元

卷二　壬子日记(1912)

中华民国元年正月初一日即旧历十一月十四日(1月1日)　晴。晨，与大姊、叔辛握别。驱车出城，至金台旅馆，刘仆已将行箧整理妥帖，同丹仲、啸霆登车，八时三十分开行。车中无事，购《民视报》、《经纬报》读之。孙总统于今日履任视事，组织临时政府。自武汉举义，全国响应，不旬月间光复者十余行省。顾省自为治，法令纷岐，无统一机关以为指挥发纵之地。今者中山受国民委托，建立中央政府于南京，谋庶政之统一，策共和之进行，民国前途庶有望乎！午刻抵天津，车停新车站，寒风凛冽，砭人肌骨。丹仲之仆来迎，同诣新大路长安客栈，蠙初、澄渊、芸荪、伯平、葆光先数日至，亦寓此间。午膳后，至荣街谒三叔婆秾姑、章卿叔婶。谈良久。又在剑秋婶处少坐，知叔随杨侍郎南下议和，抵沪后当相见也。傍晚回，致叔辛一书。

初二日(1月2日)　晴。晨起阅《民意报》、《大公报》各一纸。午后，晤丁君华伯。谈次，听松已来津，寓泰安栈，因造访，不值，怅怅而返。夜间同咏笙、澄渊至金华桥购物。两君赴友人之招，余独归。南旋有两途，一由津至秦皇岛，遵海而南，直达申江；一由津至济南换乘胶济车抵青岛，航海南下。时张勋兵屯徐州，有退扰济鲁东之说，而滦州所驻军队，亦适于今日起事。途中或有阻隔，与同人筹商至再，仍不能决。

初三日戊寅(1月3日)　晴。晨起始定计，与蠙初、澄渊、咏笙、葆光、啸霆取道秦皇岛南归。四时至京奉车站，五时许开行。慢车沿路停留，在唐山停时尤久，盖因滦州兵变，前路恐有阻碍也。逮抵滦，沿途兵士皆臂缠白布，居民多闭户不出，车竟得安然过，亦云幸矣。

傍晚抵汤河，乘骡车至秦皇岛，住公泰栈，隘陋殊甚，与�初、葆光、啸霆同榻。

初四日己卯(1月4日)　晴。昧爽即起，随行李至广平轮船，船系开平煤矿公司所有，专运煤炭者也。时值下货，煤屑飞扬，殊不可耐。布置粗就绪，同蟫初、澄渊、咏生登岸藉吸新鲜空气，策蹇入市，诣广盛园揽镜自照，几类非洲土人，不禁哑然失笑。膳毕，步行回舟，晚宿舟中，卧处逼仄，竟夕未得安眠。

初五日庚辰(1月5日)　晴。晨偕蟫初、澄渊跨卫入市早膳，晤卓庵、华伯两君，亦同舟南旋。购物少许，相将回舟，乘客陆续至，夜九时解维。

初六日辛巳(1月6日)　晴。傍晚有风，颇觉颠顿，未能进食。夜登舱面远瞩，银涛万顷，苍渺无际，一轮皓月，圆满皎洁，寒气袭人，徘徊良久，成两绝句：

> 长风万里卷秋潮，碧海青天两寂寥。独起开窗揽明月，共君天外话无聊。
>
> 几年小劫换沧桑，且喜河山近故乡。回首旧游疑梦寐，并州城外月如霜。

初七日壬午(1月7日)　晴。与同人闲话，知明日可抵沪上，不胜欣慰。惟念同舟旬日，情逾李郭，一旦劳燕分飞，能无怅惘？爰各将住址开明，互相交换，以便他日通函问询，并拟到申合摄一影以为纪念。夜，舟入黄海，波平如砥。

初八日癸未(1月8日)　晴。故乡渐近，归思倍切。遥见烟岚缥渺，海鸟纷飞，均依依有故人重逢之意。二时入吴淞口，泊于浦东。同蟫初、葆光、啸霆乘划船渡江。良久抵岸，随行李至三洋泾桥新大方栈。夜，伯平、丹仲来。两君取道青岛南下，亦于今日抵申。旋雇人力车至广西路谒左外祖父母、慈亲，在彼久坐，详述晋乱及归途情形。群以余脱身锋镝，交相庆幸。晤幼安表舅，知亦避地申江。又至楼下谒庄伯扬姑丈暨三姑母，少坐。出晤新民舅、彭甫表弟。十二时回栈，致贫卿一书。

初九日甲申(1月9日)　阴。晨偕蠙初访丹仲、伯平、芸荪于泰安栈，访澄渊、咏生于荣华栈，均晤谈。诣广西路谒慈亲，略坐。复至北公益里谒史外祖母，大、二舅母，侍谈良久，并留下榻。午膳后诣庄甫、彭甫两表弟，至华安坊访二妹，因未记门牌，遍讯不得，同至四马路购物。回栈小憩，澄渊、丹仲过访，旋去。啸霆、葆光赴安庆，珍重而别。夜间，复至广西路左外家一走，归宿栈中。

初十日乙酉(1月10日)　晴。晨偕蠙初诣荣华、泰安两栈同人处略坐。回栈整理衣件，雇人力车至北公益里外家，侍外祖母长谈。午后，偕庄甫、彭甫诣德兴里。左外家于今晨自广西路迁居于此，粪除安排，正形忙碌。因诣华安坊谒姑母，并晤二妹暨蓬士、清士诸表弟。旋同二妹至昌寿里谒四祖婆，俄价轩表叔亦来，谈次知里中亲朋强半在沪。自武汉事起，全国骚动，盗贼横行，风鹤频警，海内人士虽有良田巨宅，俱无以安其故土，相率避地来此。噫！偌大中国，竟无托足之地，致仰庇于外人，良可慨也！夜膳后回华安坊，与毅士同榻。

十一日丙戌(1月11日)　晴。晨偕毅士访庄君伯俞，不值。至老德兴里，慈亲以里中讹言时起，欲余挈眷同居沪上。因随外祖、慈亲至附近相宅，粗有眉目。至华安坊，姑母闻余有卜居之意，亦欲往观。饭后诣左外家，偕慈亲往，仍未定议。步至北公益里，二舅自里中来，云地方近尚安谧，屠敬山先生任民政长，并荐赵伯党为司令，秩序如常，可无他虞。夜间，同俊臣舅、彭甫至大马路，浴于问津园。宿于外家。

十二日丁亥(1月12日)　阴。晨诣前衖新民舅处一谈，即诣老德兴里谒慈亲，商定僦屋于新德兴里，与外家仅隔一巷，便于定省。致贫卿一函，促其来申。午刻，趁电车至大马路春申楼，践新民舅之招，剑秋叔、朗存舅、思诚、述文先在，细酌长谈，四时始散。偕剑叔、朗舅诣琅嬛里谒伟臣祖姑丈，少谈，复访思诚昆季于永年里，小坐即归。夜间，同俊臣舅、彭甫至大马路一转。

十三日戊子(1月13日)　阴。晨偕二舅至修德里谒孟琪大叔婆，晤谈良久。继至永年里访思诚昆季，新民舅、袁君幼铨先在，剑秋叔续来，众询和议消息。叔谓自唐使辞职后，往返电商尚无眉目，惟大局不致决裂，则可断言。二舅招饮于益汤弄招商菜馆，随众同往。肴馔颇佳，价值殊昂。酒散，冒雪而归。有顷，雪霁，诣德兴里谒慈亲，侍谈良久。旋同外祖、外祖母、鉴唐舅手谈，局散回寓，已十时矣。

十四日己丑(1月14日)　晴。晨致大姊一函，告以抵沪后情形。偕二舅诣南林里访幽瞩叔，不值。顺至华安坊访辛孟姑丈暨伯俞，均未晤。二舅他适，余诣德兴里左外家稍坐。接贺卿函，询来沪须用各物，走笔作覆。午膳后，同外祖母、鉴唐舅、袁凤声表兄手谈，略负。又接贺卿函。夜返公益里。

十五日庚寅(1月15日)　晴。清晨，幽瞩叔过访，在此小坐，同趁电车至静安寺路沧州别墅谒剑秋叔，晤谈。俄伟臣丈来，午刻分道回寓。饭后诣德兴里，同左外祖诣和康里访德斋舅祖，少坐。余复至华安坊访辛孟姑丈，又值他出，晤二妹，略谈。复访爱理于梅福里，长谈移晷。顺诣昌寿里四祖姑及耿斋表叔，又访价轩丈于元昌里，不值。仍至德兴里一走，十时归，在新民舅处稍坐。是日补祝民国元旦，市衢商铺一律悬灯庆贺，各团体持枪提灯周行各处，士女倾城往观，备极一时之盛。二舅归，为余述之，深悔未同往也。

十六日辛卯(1月16日)　晴。晨偕二舅诣泰德里访显卿，时正卧病，登楼入谈，并晤祥孙。二舅他往，余独归。辛孟姑丈枉过，略坐即去。午后诣德兴里，在外家夜膳。接贺卿函，定于明日来沪。

十七日壬辰(1月17日)　晴。晨接丹仲通州来函，旋诣德兴里，随慈亲至附近购物。二时，步往宁沪车站迎贺卿。乱后重逢，不觉悲喜交集。照料行李，随至德兴里新赁屋中，慈亲、二妹来，安排粗就绪，同诣左外家夜膳，十时回。自是暂居沪上，一椽小住，敢辞皋庑，赁春之劳，四壁空存，差免蜀垆涤器之叹。然而风尘澒洞，郊圻多战伐之声；草木变衰，词赋半离忧之作。况浮沈湖海，豪气全消，荏苒年华，修名未立，仰追往昔，俛念来兹，能毋抚膺而太息乎？

十八日癸巳(1月18日) 晴。晨诣德兴里谒慈亲，略坐即回，毅士过访。午后至华安坊晤姑母、二妹，旋偕清士、毅士品茗于永安茶居。两弟先返，余复往四马路购物。归，迂道至北公益里侍外祖母闲谈，晤汉辅表弟，名宝骏，季安表舅之子。

十九日甲午即旧历十二月初一日(1月19日) 晴。晨诣德兴里谒慈亲，饭后至公益里，汉辅先在。遂同俊臣舅、彭甫弟作手谈，十二转终，偕往浙江路理发店剪辫。辫发之制，大害卫生，非特地球五大洲无此怪状，即历史数千年亦罕先例。满洲入关，肆强迫之淫威，使和同于胡俗，当时士民因抵抗而遭残杀者何可胜计。豚尾之称，至今腾笑外邦。中土光复，首先剪除此物，实吾人民之大幸。余来沪旬余，见此邦人士无复发辫垂垂，不禁欢喜赞叹。因亦毅然剪去，脱除烦恼，还我本来，何快如之。

二十日乙未(1月20日) 晴。晨诣德兴里，侍慈亲闲谈。得箕卿缄，以干云患恙嘱代延价轩丈往诊。至元昌里造访，值他出，少待即归，同诣南公阳里谒刘鹤笙伯岳，陪价轩登楼视干云疾。云系温症，立方而去。适外姑自梁溪来，侍谈良久，回德兴里稍坐。复诣华安坊，得价轩缄，同姑母、二妹至大马路永安茶居啜茗。仍返德兴里外家夜膳，十时回寓。

廿一日丙申(1月21日) 晴。晨诣德兴里问安，午后回。毅士过访，旋去。同学陈君毓芗居余右邻，傍晚往访，谈宁垣近事甚详。张勋在宁固属横暴，光复以后，民军尤漫无纪律，悍将骄卒率队横行劫掠之事，视为固常，因是不获宁居，避地来沪。夜间，蓬士招予手谈，赴之。同坐许君元祥、清士表弟，十一时归。

廿二日丁酉(1月22日) 晴。晨诣德兴里，随慈亲至附近购物。午后诣华安坊，观二妹等手谈。回寓，毓芗枉过，略谈即去。同篔卿至公益里谒外祖母,侍谈良久,因留夜膳。雨,篔留宿,余独归。

廿三日戊戌(1月23日) 阴。晨诣德兴里问安。午后同外祖、外祖母、鉴唐舅手谈,微雨,十一时归。

廿四日己亥(1月24日) 阴雨。代篔卿致彤卿妹一书。和议迁延,匝月仍无端倪。南军竞言北伐,拟分四道进兵,规复中原,虽未必见诸实事,然亦足以壮声威而摄敌气也。既感时事,复伤羁旅,诗成七言,时惟二鼓。

索索凉风振弊裘,凭轩涕泗又横流。忧时空献平戎策,去国谁同下濑舟。莽莽风云悲易水,冥冥氛祲满神州。黄龙痛饮期何日,北望中原志未酬。

隔江羽檄日纷纭,山色苍茫接阵云。汉将旌麾开幕府,吴宫巾帼亦雄军。论功谁继桓宣武,却敌人思虞允文。愧我书生无壮略,拟将椽笔扫妖氛。

笳吹声喧上将营,登坛庾亮旧知名。江山半壁卑南渡,父老中原盼北征。月暗斗刁沈战气,风来草木助威声。伫看露布星驰日,更挽银河洗甲兵。

小阅沧桑劫外天,行歌醉哭沪江边。新春白夹仍湖海,大道朱楼自管弦。求士人谁售马骨,封侯相己负鸢肩。皋桥赁庑成何事,日暮还吟《五噫篇》。

廿五日庚子(1月25日) 阴,微雨。午后诣德兴里问安。阅《新闻报》一纸。接大姊函,知有津门之行,缘都中人心浮动,不能不作避地计也。代鉴唐舅写湖南谭都督信。

廿六日辛丑(1月26日) 晴。是日,祖妣忌辰,设祭。午后阴,随慈亲至华安坊晤联妹、蓬士,略谈即归。致庄甫、彭甫一缄,取所存衣笥等件,夜间渠饬人送来。竟日枯坐,郁郁无聊。初抵海上,以为此邦乃全国文明之中心,又为革命事业之枢纽,其社会程度之进步,必有大慰吾人之望者。果也！国旗飘扬，军警整饬，党会新闻日臻发达，辫发胡服绝迹于途。余从僻陋之区来，骤睹此现象，乌能不欢欣愉快？及细察其内容，则争权攘利如故也，选舞征歌如故也。鸦片之馨，雀战之声，时接触于鼻观耳鼓。然则今日之上海，较之昔日之上海，有以异乎？无以异乎？

廿七日壬寅(1月27日)　阴。上午诣德兴里，在彼阅《新闻报》。是日，先王父诞辰，归设祭，慈亲、二妹先后回。午后，霞妹偕杨女士来舍，蜗居逼仄，款客无地，遂至华安坊访蓬士晤谈。俄二妹、清士归，遂同看竹，十六转终，返寓。

廿八日癸卯(1月28日)　晴。晨起上陈外祖一函，邮寄并州。午后诣德兴里问安，阅《时事》、《新闻》各一纸，夜膳后回。沪滨小住，忽忽旬余，夜窗无事，补成《卜居诗》四律：

戎马仓皇际，鸠巢此暂营。青衫羁客感，白板故乡情。奔走非长策，浮沈愧此生。赁舂缘底事，十亩误躬耕。

旧腊谁存汉，新居此避秦。春盘还介母，寒具且留宾。本不因人热，更谁怜我贫。偶从江浦过，挥泪吊春申。

小筑远尘市，萧然环堵居。诛茅来宋玉，涤器效相如。旧宅怀三径，残编傲五车。幽栖堪避俗，何必羡陶庐。

到处留鸿爪，同栖挽鹿车。长怀谢庭絮，且种广陵瓜。故国犹兵火，荒原自鼓笳。临江新卜宅，更莫赋无家。

廿九日甲辰(1月29日)　晴。晨复丹仲、澄渊各一书，午后清士、联妹、五妹来访，过老德兴里，少坐。复邀余至其家手谈，同往。俄大舅母、霞妹来，略谈即去。雪，十时回寓。夜半，隔巷失慎，梦中惊觉，披衣下楼，见烈焰飞腾，距余居仅数武耳。俄顷华洋救火会纷至，洋筒齐发，人声鼎沸。复登楼取衣笥诸物，置于道左，时余科头跣足，状极狼狈。左外祖来视，命仆人助余照料，殊可感也。顷之，火势稍杀,知可无碍,仍将各物运回,诣德兴里小坐,即归。篔卿下楼时,仓卒伤股,为调药酒饮之。忆在并门时,乱卒横行,纵火肆掠,几为所困。不图南旋以后,又复受此虚惊。犹幸雪后天寒,微飔不起,火龙得力,立时救熄,弊裘残籍,得获保全,宁非天之厚我欤!

三十日乙巳(1月30日)　晴。晨,鉴唐舅过访,同至附近观火焚遗迹。焦土劫灰,良堪恻怆,使不幸昨宵吾庐为所延及,安知今日不亦供人凭吊耶?慈亲、鉴唐舅母、二妹先后来,余往附近购物。午后,随慈亲及二妹诣北公益里谒外祖母,略谈。登楼,二舅等正作竹戏。新民舅母嘱余暂代。薄暮告辞,送二妹至华安坊,步行回寓。

三十一日丙午(1月31日)　晴。晨诣德兴里问安,外祖招饮于宝善街同乐园,回舍更衣。出巷晤徐君尧卿、吴君佩珂及鉴唐舅,偕往,俄德斋舅祖亦来。酒散,仍诣德兴里,同外祖母、慈亲、静姨看竹,十一时归。报载北方将士赞成共和,奏请清帝即行退位。

二月初一日丁未(2月1日)　晴。晨诣德兴里问安,家中人来,知干云枉过,即返。晤谈良久,并留午餐。渠恙已全瘥,不胜欣慰。仍至德兴里代外祖写购地公司股票,傍晚诣华安坊晤清士,俄蓬士、二妹归,略谈即返,霞妹来。夜间复大姊一书,代篔卿写彤妹信。

初二日戊申(2月2日)　晴。晨访毓芗并晤顾君少怡、张君正侯,皆两江师范同学也。诣德兴里,代外祖写购地公司股票。饭后回寓,访干云于公阳里,晤谈。偕至大马路五龙日升楼啜茗,复往四马路购物,趁电车回。清士、联妹来,邀至渠家看竹,偕往,晤姑母,略谈,即入局,十二转终归。

初三日己酉(2月3日)　晴。晨起上章卿叔一书,附寄戒烟丸方。蓬士、清士、毅士昆玉过访,旋去。午后诣德兴里问安,阅《新闻》纸,晤联妹,略谈。薄暮回寓,清士、五妹来,仍邀余看竹,固辞不获。夜膳后同往,晤张耽伯丈,十一转终,归,已三鼓矣。抵沪以来,无所事事,惟以手谈消磨岁月,盖当沈顿无聊之极,不得不寄之博弈以泄其思。然而尺电莫留,英年飙忽,时乎不再,负负空呼,牧猪奴戏,其能免于士行之讥乎？

初四日庚戌(2月4日)　晴。晨诣德兴里写购地公司股票。午后同外祖母、鉴唐舅、袁钟翰表兄手谈。俄外祖归，余恳暂代，即趁电车至公阳里访干云，不值。回寓稍憩，仍诣德兴里入局，十二转终，回。

初五日辛亥(2月5日)　晴。晨诣德兴里问安。午后至沪宁车站。是日外姑、干云回锡，购月台票送渠等上车，闲谈良久，车始开行，惘惘而归。饭后至公益里外祖母处小坐，同联妹诣余庆里访虞姊，姊自武林避地来此。俄余竹舫姻伯、少舫姊丈先后归，谈二时许，仍返公益里，又在新民舅处闲谈。夜膳后返寓，接澄渊白下来函，不日将来沪上。

初六日壬子(2月6日)　晴。晨诣东王家宅澄衷学堂访利恒师，不值。阍人导余至养正巷寓斋访之，值他出，表姑母及太夫人出见，谈良久。归，上三叔祖一书。午后诣德兴里问安。夜间同外祖、外祖母、鉴唐舅手谈，八转终。回寓接太原丁仆来函，略知彼间情形。

初七日癸丑(2月7日)　晴。晨诣公益里践外祖母之召，偕庄甫、彭甫趁电车至南市新舞台。外祖母，大、二舅母暨联妹先到，相将入场。是日演《探母》、《乾元山》、《宦海潮》、《送[①]夜明珠》等剧，剧散回公益里，阅《昭代名人尺牍续集》。九时归，得澄渊柬，知顷间曾偕丹仲、螾初枉过，明日拟往访之。至德兴里一转。和议久延，危机隐伏，倘战衅一开，不特地方糜烂，生灵有涂炭之忧，且恐秩序一乱，将启列强之干涉。昨报载北方将帅赞成共和，由段祺瑞领衔奏请清帝逊位。从此南北联合，协力进行，大局解决，指日可待，民国之幸，苍生之福也。

初八日甲寅(2月8日)　晴。晨起诣三洋泾桥泰安栈访丹仲、螾初、澄渊，畅谈良久。并言宁垣自光复以后，武夫横行，商店闭歇，

---

① “送”，衍。

秩序迄今未复,且种种设施多不满人意。民国初成立而现象已如此,能无慨叹?有为民生国计会募捐者,以演剧券见售,出言无状,卧而不应,渠亦竟去。午后同丹仲等至四马路奇芳啜茗,三君今晚乘轮回通,挽留不可,怅怅而别。访仲鸿丈于招商局,谈一时许。出,眼镜之脚忽折,窘甚。余自幼即患短视,近年更甚,偶离眼镜即咫尺莫辨。闻医学家言苟眼镜配制合宜,可免视力增近之弊。因诣大马路精益眼镜公司由某君为余配光,复量面部大小、鼻准高低,定制一托力克镜,约一星期后往取。回寓致任弟一书,详述国内大改革事约二千余言。夜膳后诣德兴里问安。

初九日乙卯(2月9日) 晴。晨代外祖母复大姊函,自致式恭一书。午后至德兴里,适袁幼安夫人在彼,谒见略谈。夫人为华阳曾吟村太仆之女,工诗文,著有《古欢室集》。归遇联妹于巷口,仍折回德兴里,随慈亲至附近购物。汉甫、彭甫柬招看竹,余以为时已晚辞之,偕二妹至华安坊夜膳。后同蓬士,冯、方二君手谈,八转终,归。

初十日丙辰(2月10日) 晴。晨诣德兴里,代慈亲致三婶、大姊各一函。午后至北公益里,俊臣舅、汉甫、彭甫已先在,遂入局。二舅自常来,略谈,十二转终,回寓。霞妹在此,旋去。日来民军代表与袁内阁磋议清帝退位之优待条件,大致就绪,不日即可宣布。

十一日丁巳(2月11日) 晴。晨起致大姊一书。午后诣德兴里问安。访诗舲舅于克能海路,不值。晤四舅婆,略谈。又至顺征里谒蓉曙丈,未晤,遂至四马路购物,趁电车回寓。经年雁旅,岁暮言旋,慨念生平,长歌当哭,不独沧桑之感也。

更望断、海天空阔。醉哭行歌,唾壶敲缺。检点征衫,酒痕泪点暗凝碧。飘零如叶。纵憔悴、无人识。若遇雁南飞,更莫问、玉关消息。　　愁绝。对江蓠蒲柳,不记旧游踪迹。劫灰飞后,又草长、铜驼巷陌。恨无赖、胜水残山,只风景、依稀犹昔。数尽暮天鸦,愁倚西风伫立。

十二日戊午(2月12日)　晴。晨诣人和里访汤仲桓表叔,晤谈。言去蜀时该地大致安谧,嗣因军队开饷,颇起扰乱,近日情形亦不甚悉。座客甚多,余遂告辞,回寓午餐。餐后诣德兴里侍慈亲长谈。夜间同外祖母、慈亲、舅母手谈,十转终,归。

十三日己未(2月13日)　阴雨。晨起甚疲,假寐良久。夜间上外姑一书,邮寄梁溪。居停主人邀余夜膳,固辞不获,男女杂坐,菜仅数簋。席间为余言清帝退位之诏已降,大致谓俯顺民情,赞同共和,解除政权云云。渠任沪军都督府书记,故先得消息,明日报纸当揭载也。主人邬姓,字莘夫,宁波人。

十四日庚申(2月14日)　阴。晨诣德兴里代慈亲致可轩师母一书,询任弟消息也。午后回寓,偕篔卿至四马路购物,路颇泥泞,篔先返。余复至昌寿里访耿斋丈,并晤四祖姑,略谈即返。车夫迷失道,步行而归。阅《时报》号外,清太后于旧历廿五日颁布逊位诏书,略言:前命袁世凯遣员与军民代表讨论大局,两月以来尚无确当办法。今者全国人民心理多倾向共和,予何忍以一姓之尊荣,拂兆民之好恶。特率皇帝将统治权公诸全国,定为共和国立宪国体,即由袁世凯以全权组织临时共和政府,与民军协商统一办法。又宣布优待皇室条件:清帝辞位之后,不废尊号,以外国君主之礼相待,岁用四百万元,由民国供给。其它尚有关于皇族及满蒙回藏各族待遇各条件,均备正式公文,由两方代表照会各国驻京公使转达该国政府。清自世祖福临入关,奄有中夏,传十世十一帝,享国二百△△△[①]年。

十五日辛酉(2月15日)　晴。晨致耿斋丈一柬。至大马路修发,顺往精益公司取所配眼镜,价值颇昂。回寓午膳,膳后诣德兴里问安,并留夜膳,十时归。民国统一,喜志两律:

妖焰欃枪敛,兵光日月磨。共和新国体,统一旧山河。黍谷

① 此三字原缺,据史实应作“六十八”。

应吹竹,桃林庆止戈。晚来千骑过,齐唱凯旋歌。

中官多盛德,揖让效唐虞。奉祀仍陵寝,铭勋协典谟。奇才应岳降,万姓惬嵩呼。为语忧民者,苍生喘未苏杜句。

十六日壬戌(2月16日) 晴。清晨慈亲归,同至附近购物,遇耿斋丈,交来二十五元,德成典秋季息也。是日祀祖先,姑母,二妹,毅士,五、六表妹均来,室隘人稠,殊形局促。姑母先去,二妹等留此夜膳。夜间随慈亲至德兴里,稍坐即归。

十七日癸亥(2月17日) 晴。晨起为慈亲祝嘏,拟出观剧。因是日系旧历除夕,梨园均停演。过奇芳茶楼,入内啜茗。复往三马路购物,回寓知庄甫曾枉过。傍晚姑母,二妹,清士,毅士,五、六妹来,旋去。夜间诣公益里外家辞岁,略谈即归。侍慈亲至德兴里,在彼久坐,十二时归。枵腹已久,饥肠辘转,煮面食之。民国统一,共和目的已达,孙中山宣告辞职,参议院于十五日开选举大会,全场一致举定袁世凯为临时大总统。

十八日甲子即旧历元旦(2月18日) 晴。晨起极早,庄甫来,稍坐即去。祀祖先。同慈亲、内子至德兴里外家贺年,复至和康里德斋舅祖、克能海路诗舲舅等处贺年。途逢徐君郁舟,午后枉过,辞以他出。继又至华安坊辛孟姑丈处、公益里外家贺禧。步往大马路,颇觉无聊,趁电车归。傍晚诣华安坊,与蓬士、清士略谈即返。夜间渠饬人见招,未往。

十九日乙丑(2月19日) 晴。晨起至广仁里徐氏从母处贺年,并答拜郁舟,晤左二太太,略谈即归。得彭甫柬,慈亲、二妹先后回。午后偕贺卿诣公益里,即同君俊臣舅、汉甫、彭甫手谈,十二转终,回寓。

二十日丙寅(2月20日) 晴。晨得彭甫柬,复之。午后诣德兴里,同外祖、慈亲、舅母手谈。菱婢来,云四祖姑、姑母、二妹均在舍,召余往。即随慈亲回,谈良久,仍至德兴里入局。夜膳后回寓,漫成一律，即题壁上：

无恙江干旧酒旗，依依杨柳又垂丝。春回故国偏多感，人到穷途易有诗。涉世怕谈经世略，入山谁赠买山资。十年湖海雄心退，获落生涯只酒知。

廿一日丁卯(2月21日)　阴。竟日雨，闷甚，得彭甫柬，约余看竹，辞之。午后诣德兴里问安。接丁仆太原来函，知外祖已赴汾州任，眷属仍留省垣。阅《新闻报》一纸。夜膳后同外祖母、鉴唐舅手谈，局终返寓，已二时许矣。

廿二日戊辰(2月22日)　晴。晨阅《神州日报》，南北统一，共和告成，惟国都问题争持未决。参议院初亦主张北都，乃为少数议员所挟持。继由总统交议，遂翻前案，致起今日无谓之纷争。读章太炎《致参议会书》及庄都督《上孙总统电》，于建都之利害阐发无遗。盱衡今日大势，则北方方在杌陧之际，以全国幅员论，则旧都实为适中。是建都金陵，直无置议之价值，乃衮衮诸公始终坚持，致统一政府成立无期，对内对外之设施动多窒碍，我国家几陷于无政府之地位，诚不知其是何居心也。得彭甫柬，午后又得汉甫柬，约余手谈。旋诣德兴里问安，晤幼安丈，少坐返寓。适利恒师枉过，长谈移时，始去。诣公益里践汉甫等之约，十二转终，归。

廿三日己巳(2月23日)　晴。晨诣德安里访文甫姨丈，因误记门牌，遍询始得，晤谈良久。继至公阳里贺鹤笙丈年禧，午后诣华安坊晤姑丈、姑母，小坐即回。随慈亲赴福兴里访幼安丈，并晤植臣、体明昆季。慈亲赴广仁里徐宅贺年，余独至昌寿里谒四祖姑，并晤庄氏三姑母及愈姊。知三姑母亦寓巷内，偕至寓中小坐。复访价轩丈于元昌里，立谈数语，仍至广仁里晤二舅婆及静姨。闻冯太姻伯母寓九如里，随慈亲便道往访，少坐即归。夜膳后同慈亲诣德兴里，作樗蒲之戏，归已二时矣。

廿四日庚午(2月24日) 晴。上午得彭甫柬,二妹归。午后诣德兴里,同外祖等作樗蒲之戏,晤诗舲、次舲两舅,十二时回寓。

廿五日辛未(2月25日) 阴。得俊臣舅柬。午后至德兴里问安,复诣公益里应俊臣舅之招,羿圃夫人先在,渠等已成局,承其见让。夜间二舅自里中来,略谈,十时散,步行而归。

廿六日壬申(2月26日) 阴。天气颇热,致研因丈书,媵以四律:

交谊君偏折辈行,十年故里共回翔。频更家难俱憔悴,为感时艰独激昂。草檄雄文传幕府,吹箫遗迹吊斜阳。年华如此还看镜,话到行藏各自伤。

故人已废蓼莪诗,草萎池塘痛可知。寥落人琴悲子敬,凄凉山水负钟期。漫嗟复社朋侪散,每过黄垆涕泪垂。今日澄清偿夙愿,狂言犹忆过江时。

扰扰中原未息争,深源虚望负苍生。定都策已陈娄敬,忧国心谁似屈平。猎猎朔风飘汉帜,萧萧春色动神京。杜陵也有匡时略,欲挽银河洗甲兵。

萧瑟江关尚此身,疲车羸马走风尘。金台日落思奇士,汾水鸿归忆故人。斫地狂歌消块垒,看天醉眼数星辰。平生管乐空期许,无赖鸡声破梦频。

午后随慈亲至七浦路徐宅晤克卿丈之公子,少坐。复诣德兴里,同外祖母、舅母、慈亲手谈,回寓已三时矣。

廿七日癸酉(2月27日) 晴。晨,二妹、毅士来。午刻,鉴唐舅持电嘱译。电自里中来,留守晏弁病笃,鉴舅拟即日回常。诣德兴里问安。傍晚浴于问津园,顺往四马路,一转即归。

廿八日甲戌(2月28日) 阴。晨侍慈颜闲谈。午后冒雨诣北公益里谒外祖母并晤朗存舅,询内河小轮情形。左外家将回里,托余转询也。旋同大舅母、俊臣舅、彭甫手谈，四转终，回寓。夜膳后至德兴里商旋里办法，十一时归。

廿九日乙亥(2月29日)　晴。昨患咳嗽，今日加剧，想系感受风寒所致。傍晚干云过访，畅谈良久，始去。夜间得研因书，略谓今日时局，外观固属可欣，而内容实较前清益形腐败。任事之人，大半私心自用，贫鄙成性，一时舆论又习为揄扬之词，更使人不闻其过。由今之道，灭种不远云云。诚有慨乎其言之也！

三月初一日丙子(3月1日)　阴。精神疲困，微觉发热，竟日偃卧，沈闷无聊。左外祖过访，拟明日挈眷回常，少谈即去。阅《时报》一纸，致庄甫、彭甫一柬。

初二日丁丑(3月2日)　阴，微雨。清晨慈亲来，今日随外家回里，余为病所困，既不获随侍同返，又不克诣站照料，殊歉仄也。致辛孟姑丈一缄。午后姑母偕辛孟丈来为余诊脉，云系感受风温，治宜疏解。阅《申报》。廿九夜北京第三镇兵士暴动，焚烧劫掠，全城秩序大乱。次日，西城又被乱兵焚掠多处，聚群不逞之徒而授之以杀人之器，又无整饬之纪律与严明之官长以统驭之，欲其不为乱又乌可得？当此清帝逊位之初，统一政府尚未成立，宗社余孽方抵隙蹈瑕，时谋蠢动，大局之危，殆逾累卵。若不及早敉平，则乱机益炽，外人必借口保护以实行其进兵之策，中国前途尚可问乎！夫兵固为战乱之利器，亦为致乱之祸阶。不战自焚，古有明训。有整军经武之责者，宜惩前毖后，熟思统驭操纵之方，毋令灿烂神州重陷于悲惨之境也。

初三日戊寅(3月3日)　阴，微雨。热已渐退，惟尚觉无力。阅《申报》一纸。午后二妹来，略坐即去。夜间上慈亲一书。

初四日己卯(3月4日)　阴雨。晨起阅《时报》，京乱甫平，津保、丰台又复兵变，全省汹汹，势颇危。亟闻此次暴动纯为劫掠而起，并无政治之上关系，北方军人之知识于此可见一斑。然此犹系叠经训练之兵也，彼乌合蚁聚、仓卒召募者，其亦鉴于此而思所以预防之策哉？干云过访，在此长谈。

初五日庚辰(3月5日) 阴。清晨叔辛过访,渠自津南来省亲,不日即拟北上,谈良久去。朗存二舅来。午后阅《时报》一纸。德斋舅祖送来大姊信。阅悉畴昔津门之变,河北一带几成焦土,现秩序已渐安宁,惟兵燹之后,疮痍满目,华商菁华殆尽,恢复亦正不易耳。寓所在英界,得庆无恙,暂时亦不作归计也。夜间阅《妇女时报》,致干云一柬,复梦醒书。竟日雨。

初六日辛巳(3月6日) 阴。晨起阅《时报》一纸。彝圃、彭甫来,稍坐即去。是日为旧历正月十八日,先君五旬阴诞。午后设祭,姑母,二妹,毅士,五、六表妹均来。微雨,姑母先去,留二妹、毅士弟在此手谈,八转终,颇觉疲乏。夜间复大姊一书。

初七日壬午(3月7日) 晴。晨起闲坐,干云来访,在此长谈。午后阅《时报》一纸。清士、毅士两表弟来,同作牙牌之戏。夜雨,上慈亲一书,并将大姊来函附呈。

初八日癸未(3月8日) 阴。晨阅《时报》一纸。浃旬阴雨,凄闷无似,偶起拈笔,成《闺怨》两绝句:

> 轻寒恻恻透吴绫,扶病添衣弱不胜。不为陌头杨柳色,高楼侬已懒重登。
>
> 春江一夜雨霏微,烟水孤蓬旧梦非。惆怅当时携手处,鸳鸯犹自背花飞。

夜间复丁仆一函,邮寄并门。

初九日甲申(3月9日) 晴。晨阅《时报》,午后偕赏卿诣大马路购物,趁电车归。拟赴华安坊访姑母,途中相值,并五、六表妹,联妹等偕往渠寓。叔辛来,少坐即去。夜膳后同姑母,耽伯丈,蓬士、清士、毅士昆仲,五、六两表妹,联妹诣法大马路群舞台观剧。是日演《闯幽州》、《纺棉花》、《洛阳桥》、《探母》、《斗牛宫》诸戏,戏散回寓,已一时矣。接通州澄渊来书。

初十日乙酉(3月10日)　晴。晨趁电车至黄浦滩头，顺往河南路购物，回寓接慈亲谕。午后诣顺征里访叔辛，不值。晤蓉曙姻伯，略谈。复至北公益里谒外祖母，侍谈良久，以里中风鹤频警，命余暂缓言旋。夜间松庆里失慎，徒步往观。游人填衢塞巷，俄而消防队至，汽车、马车风驰电掣，协力施救，西人见义勇为于此可见一班。归复澄渊一书。京乱虽平，北方秩序尚未全复，袁总统势难即时南来，参议院议决允袁在北方受职。故袁世凯于今日在外部迎宾馆行受总统任礼，南京专使、政界、商界、僧界、各军统制、各省代表均莅。闻袁拟任唐绍仪为总理，赴宁代表宣布受任组织内阁，然后率阁员北上建设统一政府云。

十一日丙戌(3月11日)　阴。晨起上慈亲一书。午后偕贫卿至大马路耀华相馆合摄一影，复至永安茶居啜茗。迟干云久不至，造访于公阳里，晤谈。渠尚未午餐，因先返茶居，稍待即来，同趁电车诣静安寺路作愚园之游。入门购券，重闼洞开，径路邃转，池塘镜槛，院宇雕笼，穷极华美。东为敦雅堂，燠馆延风，绮窗伫月，几榻净洁，于焉憩息。环堂为池，池旁有鸳鸯厅、倚翠轩、花神阁诸胜，小桥幽径，曲折可通。过此为飞云楼、湖心亭，倚石作址，面水开轩，亦饶幽趣。西偏为花圃，杂葩奇卉，竞吐新艳，亦复疏落可爱。游兴既倦，相将出园。是日也惠风扇和，景物明媚，烟雨初霁，垂杨弄丝，夕晖霏微，人影俱淡，春光未阑，得此佳致，顿忘其飘寄之感焉。迂道至河南路一转，即归。夜间叔辛枉过，同诣华安坊访辛孟姑丈，不值。晤姑母，略谈，渠他适，余独返。

十二日丁亥(3月12日)　阴。晨诣和康里访德斋舅祖，晤谈，回寓小憩。复至沪宁铁路车站送耿斋旋里，四祖姑已先在，旋即登车，缓步而归。适辛孟姑丈饬人见招，遂往。知是日在海上悬壶治具宴客，在坐者为于君啸仙、张丈耽伯、李丈敬宇、赵丈熙年、陆丈价轩、汪君千顷，酒散同价轩、耽伯等作牌九之戏，略胜。返寓晚餐，复至附近一转，天忽雨雪，匆匆归。

十三日戊子(3月13日) 阴。晨接慈亲函,拟明日来申。访干云于公阳里,尚卧未起,留柬约午后至易安茶居茗谈。复往黄浦滩汇丰银行兑换纸币,折回精益公司修眼镜。顺赴九如里访千顷,不值。过祥康里入访冯太姻伯母,略谈,知不日将迁居西门。访爱理于梅福里,未晤,晤其夫人林宗素女士,候官人,社会党党员、女子参政会会长也,稍坐即返。午后偕贇卿诣大马路易安茶居啜茗,干云来,同往福州路、河南路购物,傍晚归。知辛孟姑丈曾枉过。夜间复接来柬,覆之。九时慈亲自里中来。左外祖、次舲舅过访。

十四日己丑(3月14日) 晴。早餐毕,随慈亲至和康里祝德斋舅祖六旬寿诞,稍坐。复至五马路购物,仍回和康里,即在该处吃面。夜间随慈亲至邻肆购物,逢姑母、二妹等。左外祖邀余夜膳,辞之。今日沪上人士为故燕晋联军大都督吴绶卿开追悼会于味莼园,余为事所羁,未克往观。灯下无事,作《吴将军行》:

> 太行山头阵云恶,太行山下旄头落。大星堕地声如雷,残血模糊染戎幕。沈沈杀气弥神州,复仇大义凛千秋。潮来白马心犹愤,酒饮黄龙志未酬。将军落落人中杰,少年意气轻同列。王骥生来侠骨高,刘琨夙负雄心烈。目击中原百事非,东渡瀛海研兵机。丈夫要学万人敌,雄图讵憾知音希。长江建义嗟失算,三辅贤豪俱星散。挟策挺身入虏廷,得当犹思谋报汉。是时延吉烽烟生,将军仗节巡边城。折冲樽俎慑强敌,小范胸中罗甲兵。八月武汉义兵起,会合三军谋北指。师漏多鱼策未成,军增铁鸡计偏诡。将军单骑入关来,万众脱甲欢如雷。犁庭扫穴指顾事,铁骑踏碎黄金台。刁斗声沈月如玦,逆贼入营何飘忽。惊闻京辅斫元衡,谁料河池刺来歙。三军凄怆哭灵旗,燕晋风云一夕更。啮齿张巡目难瞑,归元先轸面如生。黄昏战罢天飞血,炮声惨淡笳声裂。井陉关外朔风寒,从义参军志何烈。我时飘转寄并州,为感君亡涕泗流。肘腋偏能生隐患,戈矛谁与赋同仇。即

今山海还旧主，吞胡遗恨应堪补。古来成败本无常，长使英雄泪如雨。

十五日庚寅(3月15日)　晴。晨诣和康里，随慈亲至附近一转，回寓小坐。是日左外祖、慈亲旋里，送至沪宁车站，待登车后始偕联妹、内子归。午后诣顺征里，访蓉曙姻伯，谈次即以辛孟姑丈嘱事面恳，承其允诺，即返。霞妹适在，因诣华安坊访辛孟姑丈、姑母，均晤，又与二妹略谈，薄暮回。

十六日辛卯(3月16日)　晴。晨起无事，甚闷，诣五马路观剧于丹桂茶园：是日演《捉放曹》、《祭塔》、《打花鼓》、《盗御马》、《杀府逃国》、《九更天》、《海潮珠》、《戏迷传》诸剧，剧散回寓。蓬士招余手谈，辞之。

十七日壬辰(3月17日)　晴。联妹、毅士来。是日先妣陈生辰，午刻设祭。锦生叔过访，叔于客腊自济南归来，拟在南中图事，谈良久去。偕毅士至大马路一转，复诣华安坊，适姑母、联妹等将赴永安茶居品茗，遂同往。闲谈良久，薄暮偕返，即在彼处夜膳。阅《时报》、《国事新闻》，即《国光新闻》所改，回寓。霞妹适在，旋去。

十八日癸巳(3月18日)　晴。午后诣三马路上海旅馆访锦生叔，知已于清晨回常，怅惘无似。闻徐园开兰花会，趁车往游。园在康脑脱路，一名双清别墅。入园右行，回廊曲折，山石崚嶒，绣闼雕棂，建筑精美。中为广厅，陈兰蕙百余种，芽吐小红，花开浅碧，老干新干之分，梅瓣荷瓣之别，而棐几、湘帘、瓷盆、竹格与名花相掩映，倍饶幽致。烹茗小坐，惠风微扇，清芬袭人，恍疑置身香国中矣。迤逦而左，则杂卉盈畹，方塘似规，水风相遭，澹荡成趣。池旁构一阁，断琴古籍，点缀疏古，禽弄往来，松吹回合，令人作尘外想。是园结构虽小，别具清旷闲逸之致。予不识主人为谁而能萧散自得如此，良可慕也。日暮兴尽，缓步而归。

十九日甲午即旧历二月初一日(3月19日)　晴。晨阅《妇女时报》。干云过访。午后诣华安坊晤辛孟姑丈、姑母,略谈。贫卿来,偕渠及联妹至北公益里谒外祖母,旋同大舅母、俊臣舅、联妹看竹,十二转后回寓。沪上今日讹言蜂起,兵队有不靖之虞,虽语多不经,然昧于事理之人辄随声附和,讹以传讹,因之人心惶恐,居民多迁避租界。夫乱常起于不疑而祸每伏于所忽,愿当局者速谋防微杜渐之法,毋令京津之危险发见于沪上也。

二十日乙未(3月20日) 晴。晨起肃慈亲禀,毅士来。午刻同毅士、贫卿至十六铺新舞台观剧,是日演《金水桥》、《定军山》、《花蝴蝶》、《武松杀嫂》、《嫖界现形记》。剧散至大马路取所染衣服。回寓阅《申报》一纸。鲁通过访,在此久谈,并以研公函见交,附致任弟书。

廿一日丙申(3月21日) 晴。晨阅《小说时报》。傍晚至大马路闲步,归阅《东方日报》一纸。

廿二日丁酉(3月22日) 阴雨。阅《小说时报》。侨寓此邦,忽忽两月,闭门索处,殊尠欢趣。海天泬寥,望白云而不见,萍梗摇落,风雨如晦,思君子乎难追。乃作此篇,以排冘闷:

远游曾陟太行高,万里归来狎海涛。志事未忘陶侃甓,交情谁赠吕虔刀。空思流涕陈三策,谁与论兵展六韬。惭愧时贤谈霸略,雕虫扪虱亦称豪。

侧身人海悔儒冠,搔首苍茫感百端。国士虚名惭马骨,故人厚谊累猪肝。吴钩光暗愁重看,冯铗尘生莫更弹。蓦地笳声惊梦醒,中宵独起望长安。

空江夜雨思缠绵,谁唱当年《宝剑篇》。出处只应惭小草,浮沉容易感华年。封侯骨相知何用,歧路河山自可怜。愧我雄心销已尽,看人先着祖生鞭。

廿三日戊戌(3月23日) 阴。竟日雨,阅《申报》。常州军政分府司令赵乐群挟私怨擅杀故友陈大复,诬以侵吞公款之罪。噫!草菅人命,蔑弃法律,此等野蛮之行为,不意见之于共和世界。吾常非尽无人,何一任若辈横行至此,诚可怪也!

廿四日己亥(3月24日)　晴。晨阅《申报》。午后诣华安坊晤辛孟姑丈、姑母。阅《时事新闻》、《时报》各一纸。同联妹来寓,霞妹先在,闲谈良久。夜间偕霞妹、贳卿送联妹至华安坊,复往停车场闲步。

廿五日庚子(3月25日)　晴。晨阅《申报》,载黎副总统通电沥陈统一政府不早成立之险象与部员争执之非计。词意激昂,声泪俱下。贾谊之痛哭欤!杜牧之罪言欤!方之昔贤,何多让焉?午后干云过访,略谈即去。诣华安坊访鲁通,不值,回寓小憩。复访显卿于泰德里,亦未晤,怅怅而归。得彭甫柬,复之。

廿六日辛丑(3月26日)　阴。晨阅《申报》。午后干云来,以某君挽幛嘱书,草草涂就。旋诣北公益里谒外祖母,复同大舅母、俊臣舅、彭甫看竹,大雨,十二时归。

廿七日壬寅(3月27日)　阴。晨阅《申报》一纸。傍晚至停车场闲步。腹中略饿,即就某肆晚餐,偶动观剧之兴,趁电车至宝善街丹桂茶园。是夕演《应天球》、《三疑计》、《落马湖》、《十八扯》、《牧羊卷》、《余塘关》、《取帅印》、《翠屏山》诸剧,剧散冒雨归。得彭甫缄。

廿八日癸卯(3月28日)　阴。晨诣沪宁车站送俊臣舅、彭甫回里,晤其仆,知已登车。出栅遇讷侯、少舫,立谈数语,即归。午后阅《民权报》、《东方日报》各一纸,雨,夜不成寐,口占一律:

> 丽谯声断雨连绵,又引闲愁到枕边。客久登楼空有赋,家贫负郭更无田。词人哀乐伤中岁,异国风烟入暮天。庾信年来更萧瑟,青袍泪满有谁怜。

廿九日甲辰(3月29日)　阴。晨阅《申报》,苏州于廿七夜兵变,焚抢阊门外商店居民百余家,秩序大乱。当革命之始,各处军政府滥行召募,蜂屯蚁聚,多多益善,综计兵额已达八十余镇。纪律既不严明,饷源又复窘竭,识者早知必致哗变之虞。自京津创乱于前,保定继之,粤东继之,今苏垣又见告矣。匝月之间,乱延南北,祸机遍伏,一触即发,若不及早设法弭止,吾国自此将无宁日。夫养兵所以卫民,今乃适以殃民,致吾人生命财产咸有岌岌不能自保之势。且内乱不已,必召外侮,万一涉及国际外人无理要求,将以何术对付?近颇有人主张移兵垦荒,未始非计。然所费既不赀而饷额仍如旧,蒿目时艰,殊无策以善其后也。诣和康里访德斋舅祖,晤谈返寓,致爱理一书。午后诣华安坊,同姑母、二妹至附近购物,遇雨,偕返。在彼夜膳,归,阅《民权报》一纸。

三十日乙巳(3月30日) 阴。晨起上继慈一书,亲赴邮局投递。闲坐无事,午后至大新街一带散步,顺往泥城桥精益公司取镜壳。薄暮回,阅《申报》一纸。

三十一日丙午(3月31日) 晴。清晨复研因一书。午后同贺卿诣四马路购物。过前日大焚遗迹,断垣焦土,令人惨然。贺先返,余独游味莼园。园在静安寺路,系无锡张叔和氏别业,故人多称为张园。中有广厦曰安垲第,平垣轩敞,可容千人。是日招商局开股东大会,未能入内。其西南为海天胜处,幽逸之致亦自可人。东北隅为弹子房,入观良久。过此南行有曲沼,一泓清浅,红桥雁齿,架于其上。沼中小屿,杂莳松竹,垂柳丝丝,与四周杂树摇曳生姿。时值风日和霁,烟景宜人,嬉春女士,联袂来游。粉白黛绿,车水马龙,就中尤以北里群花为最夥。夕阳西下,缓步出园,趁电车归。接慈亲谕,系缪纪带来。夜间肃覆禀,仍交渠赍回。又接吴漱渠函。阅《民权报》一纸。

四月初一日丁未(4月1日) 阴。晨阅漱渠所著《光复后之两江师范》,历述驻校军队之蹂躏及己身百计维持之艰苦,约万余言。午后诣华安坊,是日六表妹十岁生日,在彼午餐。阅《申报》及《国事新闻》。雨。傍晚回寓。

初二日戊申(4月2日)　阴。晨阅《民权报》一纸。闻倪伯英在锡金公学,午后造访,校中教员并无倪姓者,知系传闻之误。诣大马路,经虹庙,入内一游。焚香妇女络绎不绝,顶礼祷祝状极可哂。社会教育不发达,此等迷信断难刬除也。信步至四马路书报社啜茗,阅《时报》、《天铎报》、《妇女时报》、《小说时报》各数纸。傍晚回寓,霞妹适在,微雨。

初三日己酉(4月3日)　晴。晨阅《民权报》。干云过访,旋去。毅士、二妹来,在此午膳,膳后偕诣公益里谒外祖母。又至新民舅处一谈,旋同大舅母、二妹、毅士手谈,十二转终,返寓。

初四日庚戌(4月4日)　阴。晨访干云于公阳里,不值,趁电车归。顷之,干云枉过,在此长谈。午后阅《民权报》一纸。夜间干云复来,将有武林之行,勾留旬日,当仍来沪也。微雨,填《点绛唇》一阕,用吴梦窗韵:

佳约蹉跎,钿车难觅西泠路。绿波红树。旧是凭栏处。
底苦流莺,又送春归去。情难贮。乱愁千缕。飏入风帘絮。

初五日辛亥(4月5日)　阴。清晨,清士、毅士来。阅《民权报》一纸。午后至四马路购物,经天乐窝书馆,入听良久,甚觉乏味,购报纸读之。傍晚诣华安坊看联妹等手谈,内子嘱余暂代,十二时归。是日清明,作七言古一篇,用少陵韵:

漠漠春阴连十日,闭门畏见晴光出。四壁萧然乐有余,蜗居一榻聊容膝。踏青人爱静安寺,听鹂谁共携壶至。绣陌香车去若飞,纷纷征逐成何事。新烟已换惊春晓,故人况在天涯远。草长江南莺自飞,客愁撩乱谁能遣。季子年来悔上书,故山猿鹤笑离居。明朝便拟挂帆去,三径荒凉待扫除。

初六日壬子(4月6日)　晴。毅士过访，旋去。午后偕霞妹、篔卿趁电车至大马路购物，霞有事他适，余等复至棋盘街一转，折回永安茶居啜茗。迟霞不至，遂返。俄霞妹偕婉纫来，略谈，同婉纫妹至华安坊晤清士、毅士，留彼夜膳。归阅《民权报》一纸。送霞至北公益里外即返。

初七日癸丑(4月7日)　阴。晨，毅士来。午后诣克能海路访诗舲舅，不值，遂归。阅《民权报》。傍晚联妹同五、六表妹来，同至华安坊小坐。回寓，庄甫过访，在此长谈。

初八日甲寅(4月8日)　晴。晨起上慈亲一书。联妹，五、六表妹来，同诣公益里践外祖母之召，略坐，即同大舅母等赴大新街新新舞台，俄顷外祖母、霞妹来。是日演《临潼山》、《二进宫》、《马上缘》、《洪羊洞》、《捉拿九花娘》、《卖马》、《割发代首》诸剧。是台新落成，名角延聘尚少，布置亦未周备，顾曲家多不满意，欲靳营业发达，不可不急图改良也。剧散，仍回公益里，稍谈，即送联妹等至华安坊晤辛孟姑丈、姑母，在该处夜膳，十时回，雨。

初九日乙卯(4月9日)　阴。晨起整理行箧，将作归计也。午后偕篔卿至四马路购零用各物，趁电车回寓。霞妹来，稍坐即去。夜间阅《民权报》一纸。

初十日丙辰(4月10日)　晴。晨诣和康里访德斋舅祖，略谈即返。上慈亲禀，定后日旋里。阅《民国报》一纸。写太原外祖母函。午后毅士来，同渠及篔卿诣香粉弄晤耽伯丈及辛孟姑丈、姑母，联妹，五、六表妹，稍坐，偕游张园。杂花生树，秀草如茵，鬓影钗光，争妍斗丽。沦茗静坐，洵足宁神便体。游目写襟，拾级登楼，极目远瞩，全沪景物都收眼底。日暮，相将出园，迂道至北公益里外家辞行，因留夜膳。篔卿先返，余复至大马路一转。

十一日丁巳(4月11日)　晴。清晨干云自武林来枉过，略谈即去。阅《民权报》一纸。联妹来，留此午膳。午后鲁通过访，偕诣公益里访朗存舅，不值，晤庄甫，谈良久。复至元昌里新民舅处辞行，未晤。访价轩表叔,亦不值。适姑母在彼,并晤价轩夫人,略坐即返。诣华安坊辞行,夜膳后同辛孟姑丈、耽伯、蓬士手谈,八转终,回寓。

十二日戊午(4月12日)　晴。避地沪渎,三月于兹,一椽苦隘,三径就荒,浩然动归欤之想。将行,留题壁间四截句以志鸿爪:

无端烽火蔽江津,小筑鸠巢此避秦。我是伯鸾多傲骨,不因人热敢辞贫。

纷纷征逐少年场,北里笙歌沸夕阳。谁识红尘车马外,有人流涕感沧桑。

频年尘土涴缁衣,索米慵书计总非。何事王孙不归去,钓丝闲煞旧渔矶。

三宿空桑尚有情,恼人无奈子规声。攀条莫怨飘零苦,多少离人尚远征。

诣大马路购物,匆匆返,整理行箧。偕筼卿赴沪宁铁路车站,朗存舅、庄甫、干云、霞妹、联妹殷勤相送。购票登车,一时五分开行。车颇拥挤,无容膝地。逢鲁通,立谈良久。沿路景物,明媚宜人,垂柳弄丝,野桃含笑,浏览移时,顿忘疲困。八时许抵里门,别故乡之山川已两载矣,今日重来,风景依然,城郭犹昔而马齿徒增,不禁有桓宣武攀条之感。抵舍晤慕虞,傍晚至下塘谒左外祖父母、慈亲,闲谈移晷,因留夜膳。同外祖母、子威、鉴唐两舅手谈,局散回寓,已十二时矣。

十三日己未(4月13日)　晴。晨起在三婶处久坐,晤矞轩,谈良久。午后诣下塘问安。傍晚至局前街寻王仆,适彭甫卧病在家,晤谈。又至刘大姑婆处稍坐,并晤思召婶。出遇鼎臣丈,立谈数语。访捷臣,畅谈移时。泳生来,邀至鸿源酒肆小饮,赤公、俪生、凤痴、心矩、叔沅、讷侯、捷臣先后来,旧雨重逢,乐可知也。十一时散,归阅《民权报》,驻宁赣军于十一夜全标变乱,焚掠三牌楼、北门桥等处,土匪和之。翌日,秩序渐复。当京津兵队暴动时,逆料南方必将有乱事,今果不幸言中矣。虽当局者措置得宜,得免地方糜烂、贻误大局,然吾民生命之牺牲,财产之损失,已不知凡几矣。此次变乱之原因,虽由饷项支绌,亦以苏浙广赣之军同驻一城,主客异形,易起龃龉,加之宗社余孽暗中煽动,有此三因,遂一发而不可御。大局既定,维持地方秩序,自有巡警任其责,然则军队之遣散,岂容缓乎?

十四日庚申(4月14日) 晴。晨起曝书。去家日久,旧藏书帙半为蠹蚀尘侵,暇当一一整理之。午后至麻巷谒大舅婆,稍坐,继谒四祖姑,谈良久,并晤禧臣丈。复访赤公、砺师于唐家湾,均不值。顺访俪生昆仲,叔沅亦在,略谈。归经北岸,入访友竹、馨吾、望三诸叔,薄暮归。夜间阅《民权报》一纸。

十五日辛酉(4月15日) 晴。晨诣觅渡桥访彤卿妹,谈次知常州军政府内部有冲突,将于日内发难,恐将扰及地方,嘱稍准备。余一筹莫展,只得听之。诣局前街访彭甫弟,新民、朗存两舅均在里,谈良久。顺访锦生叔,不晤,询之邻人,知已迁居青果巷矣,怅怅而归。夜阅《民权报》一纸,思顷间彤妹言,疑信参半,和衣而寝,久不成寐。

十六日壬戌(4月16日) 晴。晨致汝霖一书寄姚家巷,渠新被举为定东乡乡董也。午后闲坐,甚闷,诣东下塘谒左外祖暨慈亲,侍谈移晷,因留夜膳,步行而归。

十七日癸亥即旧历三月初一日(4月17日) 晴。晨起曝书。午后拟往局前街访朗存舅,途中相值,立谈数语,仍诣第,晤二舅母及彭甫弟,在彼久坐。复访赤楼丈于唐家湾,不值。因至大街购物,归已曛黑矣。阅《民权报》一纸。

十八日甲子(4月18日) 时阴时晴。晨闻爆竹,疑为枪声,急披衣起,惊骇殊甚,已而寂然。阅《昭代名人尺牍续集》。午后诣下塘问安,谈良久。接任弟纽约来函。乱离以后,未得尺素,海天万里,思念良苦,开缄载诵,欣忭无似。又得干云书、彭甫柬。傍晚至市教育会访应征,长谈移时,并导至图书馆一览。复访讷侯于织机坊,不值,归途逢捷臣,同至渠家,为谈近日军界冲突事甚详。薄暮归,适贺卿亦自庄处回，所述情形大致相同。自赵乐群离常后，参谋苏璋与队长陈谟均觊觎司令一职。先是陈曾谋擒赵以邀功，策未行而赵已赴宁，复思去苏。苏赵同党也。爰调集分驻茶食、圩塘兵队，克期举事。谋泄，苏先派兵围陈住宅，大索，并电禀黄留守、庄都督，诬以叛逆之罪。陈奔苏州。闻地方绅商拟公推汤君仲桓继任司令，汤学识素优，且富经验，定能副人民之望也。夜间致左外祖一缄。阅《民权报》。

十九日乙丑(4月19日)　晴。晨诣觅渡桥访鲁通，知已赴申。晤彤卿，久谈。复至局前街访朗存舅，不值，晤彭甫，小坐。顺访砺恒师，不值。回舍得赤公柬，知顷间曾蒙枉过。午后吕君镇初来。上外姑一书。慕虞以翁松禅、杨濠叟两先生墨迹见示，均贻先曾祖手札。精采奕奕，流露行间，可宝也。赤公、咏笙过访，同至五云日升楼品茗长谈，归已上灯时矣。阅《民权报》、《名人尺牍续集》。日来讹言蜂起，居民一夕数惊，大有草木皆兵之象。幸商团巡警戒备甚严，地方秩序或不致扰乱乎？

二十日丙寅(4月20日)　晴。晨诣下塘谒左外祖，嘱探高等实业学校情形，在彼午膳。午后至中学校访钟灵询问一切，偕出，逢心矩，立谈片时。访赤公于唐家湾，晤之，为述共和建设会始末，甚详。同访俪笙昆仲，捷臣、叔沅先在，赤公、咏生他适，余等遂作竹林游。夜雨，即返，抵家雨益大。接二妹申江来书。阅《民权报》。

廿一日丁卯(4月21日)　晴。晨诣下塘问安，闲谈良久，归。是日先妣陈忌辰，设祭。饭后整理衣物，阅《名人尺牍续集》一卷。夜间阅《民权报》一纸。上外祖母禀。

廿二日戊辰(4月22日)　侵晓微雨，俄霁。诣觅渡桥访彤卿妹，晤谈良久。顺至局前街访朗存舅，并晤彭甫，坐移时，归。经过撷新社值祥孙，入内略谈。午后访镇初，未晤。夜致述周一书，附旧填《买陂塘》一阕。阅《名人尺牍续集》。

廿三日己巳(4月23日)　阴。晨阅去岁《民立报》。武汉起义时，余方滞迹并门，值该处军队举事，交通阻隔，南中情事，全不省悉。

翻阅旧报,始知当日收功之速,半由于报纸鼓吹之力也。君模叔过访,谈良久。出晤丁君调臣,略谈。午后访锦生叔,不值,遂返。接丁成太原来函。雨,夜阅《名人尺牍续集》。

廿四日庚午(4月24日) 晴。午后接干云书。诣下塘外家。代慈亲致史怡之姨母一函。薄暮回,阅《民权报》,国务员陆续抵京,统一政府于廿二日成立,参议院亦于是日行开幕礼。大局已定,建设之事,千端万绪,惟诸公是赖,想素负时望,定能不负人民委托也。

廿五日辛未(4月25日) 晴。晨起曝书。午后至织机坊取前日所订日记册,纸质甚劣,颇不惬意。访赤公于唐家湾,晤之,同至鸿运楼赴其友之约,不值。因访咏生昆季,刘君寅生、胡君芸孙先在,咏生出箑索书,为录旧作《并门秋感》四律,叔沅、寅生亦各书所作。偕赤公、叔沅、耆臣至五云日升楼啜茗,俪笙等续至,谈良久始散。夜阅《民权报》。

廿六日壬申(4月26日) 晴。晨起曝书。鉴唐舅以联属书,自惭拙劣,未敢率尔涂鸦。适克庵来,转挽钟君冕夫,书之。鉴舅来,旋去。诣下塘问安,侍慈亲闲谈。夜间同外祖父母、子威舅看竹,八转,归已三鼓矣。

廿七日癸酉(4月27日) 晴。晨诣西庙沟左宅贺斌孙表弟完姻之喜,晤子明舅,略谈即返。赤公过访,在此长谈。午后致干云一书。傍晚访赤公于唐家湾,略坐,偕赴叔沅之招。捷臣、耆臣、俪笙、咏生先在,心矩、讷侯继至,相将入座,笑谈间作,继以拇战,甚觉酣畅,归后成七律一章:

> 旧雨重逢快举觞,酒徒复此集高阳。笑谈广坐情偏剧,离别经年话正长。我辈襟怀原洒落,穷途意气尚飞扬。说诗应忆联床夜,回首南朝旧迹荒。

阅《民权报》一纸。腹中作闷,呕后略舒。

廿八日甲戌(4月28日) 阴,大雨。阅《民权报》一纸。午后复任弟一函,邮寄纽约。薄暮倚枕假寐,良久始醒,微觉不适。体素羸,又不谙卫生之道,宜乎病魔缠扰不休也。

廿九日乙亥(4月29日) 晴。精神疲困,胃纳亦减,竟日闲坐,甚闷,与篔卿弄牙牌为戏。阅《民权报》。

三十日丙子(4月30日) 晴。阅《民权报》一纸,此报为同盟会中人所组织,于今之政府诸子颇不满意,诋毁指摘,不遗余力。共和告成,一时舆论多习为颂美之词,此报独能不为流波所靡,可谓能尽监督政府之责,惜持论不无过激处耳。

五月初一日丁丑(5月1日) 晴。心矩招饮于万花楼,体倦畏风,不能饮啖,辞之。赤公过访,在此长谈。午后心矩来,坚邀余往,婉词以谢。夜间阅《名人尺牍续集》。

初二日戊寅(5月2日) 晴。海上归来又两旬矣,闾里浮湛,门庭寂寞,俗状常溷,闲居寡欢。日来比婴小极,弥觉无聊,日课一词,以遣长昼。词不命题,亦不限韵,偷声减字,聊寄吾思而已。是日填《小重山》一阕:

乱挽云鬟浅画眉。薄罗衫乍换、称腰肢。红阑一角夕阳迟。湔裙约、辜负楝花时。　　梦影记迷离。星辰疑昨夜、画楼西。重重心事有谁知。银釭畔、偷诵合欢词。

夜阅《民权报》一纸、《名人尺牍续集》半卷。

初三日己卯(5月3日) 阴,风雨。阅《民权报》、《名人尺牍续集》。夜习填词,调寄《眼儿媚》,此调又名《秋波媚》:

清歌怕听断肠声。残雨滴疏更。红楼春暝,惜花心苦,倚竹愁生。　　无端惊起莺边梦,芳草怨飘零。断肠最是,诗题白纻,泪揾红巾。

初四日庚辰(5月4日) 晴。晨起曝书。慈亲归,嘱余延医诊治。夜阅《民权报》一纸。致彭甫柬索《时报》。填小令两阕,调寄《一落索》:

那日画阑携手。春慵人瘦。而今追忆别时言,又泪湿、罗衫袖。　　红缕金绒如旧。屏山难绣。珠帘欲卷又迟回,怕轻放、银蟾逗。

恻恻春寒如水。残红满地。一番风雨太无情,更枉费、金铃系。　　望远楼高慵倚。平芜千里。征鸿不为寄书归,又断肠、斜阳里。

初五日辛巳(5月5日) 晴。晨曝书。三婶来此,久坐。傍晚延士初诊治,云系胃病,略有积滞。余素懒运动,长日伏案,消化器官暗中受损,宜致斯疾也。习填词,成《秋蕊香》一阕:

零落舞衫歌舞扇。香烬珠帘慵卷。拟将心事缚双燕。争奈巫云天远。　　朱娇翠靓春无限。情难遣。乱红片片随风转。知落谁家庭院。

初六日壬午(5月6日) 晴。晨曝书。午后复漱渠一函,勖以勉力维持。夜间阅《民权报》一纸。

初七日癸未(5月7日) 晴。午刻赵君毅夫、杨君芸生过访,以毅士学校中学预科主任乏人挽余权讲席,余以学识谫陋不克胜任辞之。午后接研因苏州来函,又接大姊信。诣东下塘外家,久坐。薄暮回,阅《民权报》一纸。

初八日甲申(5月8日) 阴。日来恙已就痊,惟食后尚觉不舒。午后晴,曝书。至大街日新书局取所订书籍。归,士初来为余诊视,云脉濡弦并滑,拟和胃以调中气。夜阅《民权报》。

初九日乙酉(5月9日)　晴。晨接干云函。君模叔过访,谈良久去。午后叔沅、咏笙来,言公民同志会发起办一日报,已规画就绪,挽余主持馆事,固辞。二君言之至再,允略尽协助,主笔一席,万难胜任。嗣闻会中早已推定叔沅,深为该报庆得人也。夜致毅夫、芸生一柬。

初十日丙戌(5月10日)　阴。复二妹一书。傍晚阅《民权报》。雨。得干云函,知拟赴杭入律师公会。自司法独立后,辩护事业颇称发达,名利兼获,似亦计之得者。函中并就余商榷组织法政学校事,常地情形,似不相宜,缓当复之。

十一日丁亥(5月11日)　阴。晨阅《民权报》一纸。午后诣下塘外家久坐,晤恽厚臣姨丈,傍晚回。

十二日戊子(5月12日)　晴。晨曝书。至局前街访彭甫并晤干卿、俊臣两舅,略谈。复访研因,不相见者两载矣。旧雨重逢,长谈移晷,独恨复庵早世,青枫死别,玉树生埋,白下之迹已陈,黄垆之感何极。追怀往昔,能无涕零!晤砺恒师,同在彼处午膳。膳后访咏笙于唐家湾,晤之,柬邀赤公来,略坐。偕诣五云日升楼啜茗,叔沅、俪生偕至,谈良久。咏生邀至渠家看竹,偕赤公往,叔沅继来,遂入局。局散抵家,已一时矣。

十三日己丑(5月13日)　晴。是日丁君调臣之女公子赘婿,婿蒋氏,顺天人也,早餐毕往贺。午后阅《民权报》一纸。至厅事观拜堂,见礼一仍旧例,惟不着前清衣冠耳。

十四日庚寅(5月14日)　晨起致咏笙一缄,得其覆函。傍晚赤公过访,咏笙亦来,在此长谈,并出所著《论今日亟宜提倡国民捐》文稿见示,崇论闳议,佩甚。今日吾国财政困难已达极点,借债则有监督财政之危险,不借则庶政又无从举办。今日之财政问题,竟成为吾中国生死存亡之问题。侈言借款,固不免丧失主权;空言拒款,亦无补于实事。然则欲救济吾国财政,非全部国民协力以作政府之后盾不可,此国民捐所以为救亡良策也。然国民捐之有效与否,全视国民爱国心之强弱。昔法国以国民输捐偿债而兴,埃及以大借外债而亡,为法为埃,惟吾国民自择之。自黄留守有提创国民捐之通电,一时爱国之士,闻风兴起,于此可见人心未死,事尚可为。吾常素号文明,急公好义,定不乏人。读君此篇,必有大发毅力踊跃输将者,不禁企予望之。至于办理此事,尤以保持信用为惟一要义。他若征收之法、管理之方、机关之组织、用途之监督,均宜审慎周详,完备妥善,庶投资者知所趋向而乐于从事,或不至舟蹈满清国民捐之覆辙乎?夜阅《民权报》。致澄渊一书。

十五日辛卯(5月15日) 晴,大风。接二妹沪上来函,汾数行覆之。午后幼宋以箑索书,为录心潜书屋七律五首。傍晚至附近一转即返。夜阅《民权报》。

十六日壬辰(5月16日) 阴。午后诣东下塘问安,在彼久坐,薄暮回。夜间阅《民权报》一纸。日前叔沅、咏笙以《春日即事诗》见示,并索和章,卒卒鲜暇,久未成咏。兹者好春将去,花事渐阑,燕子不来,荼蘼开遍,惜胜景之靡常,感昔游之如梦,勉成两绝,以写幽怀,不自知其词之芜陋也。

寻春我已悔来迟,惆怅空吟杜牧诗。今日好花零落尽,争教人感路旁枝。

中酒伤春鬓易华,柳丝难系夕阳斜。踏青女伴归来晚,缓缓谁歌陌上花。

两君原作附录于左:

起来慵对日迟迟,懒拨鹍弦谱瘦诗。怕睹一双红蛱蝶,等闲飞上碧桃枝。

为惜芳菲起敢迟,平章花事每裁诗。东皇管领春消息,莫任狂风舞柘枝。

莫任游丝感鬓华，湘帘低下玉钩斜。春风底事无情甚，送罢杨花又柳花。

采罢红芳又绿华，竹篮稳系玉钏斜。青溪不照侬心苦，依旧明朝卖杏花。右叔沅作

恼人春色日迟迟，闲扫苍苔为赋诗。柳绿桃红随处是，不须烧烛赏花枝。

午倦抛书睡起迟，呢喃燕语似催诗。年年春去春仍在，莫向东风怨柳枝。

满院流莺惊岁华，白云溪上夕阳斜。东风似亦怜人意，到处相逢尽落花。右咏生作

十七日癸巳即旧历四月初一日(5月17日) 晴。晨起理发。午后至唐家湾访赤公，并晤孟舆丈，在彼长谈。偕赤公至万华楼啜茗，晤俪生，知《公言报》已出版，购阅一纸。回舍知咏笙曾枉过，旋诣麻巷谒四祖姑。耿斋言仲咸丈自山右归来，偕访未晤，访李经宜丈，亦不值，遂返。夜阅《民权报》。

十八日甲午(5月18日) 晴。晨起曝书。午后访咏笙于唐家湾，不值，晤俪生，略谈。又访赤楼并晤炳也叔，谈良久。赤公言心矩约在五云日升楼茗叙，偕往。念生叔先在，日暮心矩未来，遂归。阅《民权报》、《公言报》各一纸。

十九日乙未(5月19日) 晴。晨起曝书。撰《禁烟感言》，未脱稿。午后赤楼、咏笙过访，谈良久。两君约往日升楼啜茗，迂道至东下塘问安，并晤岘屿表弟。甫自湘中回，中途舟覆，舅氏如君某氏竟占灭顶，弟得生还，诚幸事也。诣日升楼，赤楼、咏生已久待，稍坐即散。归阅《民权报》。

二十日丙申(5月20日) 阴雨。晨接干云来书。续昨日所撰《禁烟感言》。光复以来，禁令废弛，奸商小民，乘机蹈隙，大肆其私栽私售手段，几有死灰复燃之势。苟不设法禁止，流毒将伊于胡底。篇

中就禁吸、禁种、禁运三事逐条申论，闻当局者拟与英人改订新约，缩短禁运入口期，洵为探本穷源之计。窃谓禁运与禁吸、禁种实有密切之关系，必禁吸、禁种实有成效，外人方肯允缩短禁运期限，亦惟禁运之后，国内禁种、禁吸方易进行。兼营并进，处以决心，持以毅力，吾国烟害庶有净绝根株之一日乎！午后，叔沅过访，稍谈即去。阅《民权报》、《公言报》各一纸。

廿一日丁酉(5月21日) 晴。晨曝书。为君模叔书扇，录随园《落花诗》。接叔沅、咏笙柬，索余昨稿，畀之。午后诣北岸访君模叔，不值，晤幼竹叔，略谈。复访赤楼、咏笙，均不值。行至顾塘桥遇赤楼，同访孙君仲熙，偕至浮桥万华楼啜茗，购《公言报》阅之。续往大街购物，折回局前街访俊臣舅，稍坐。复至青云坊济恒典取春季息款，携之而归。阅《民权报》。

廿二日戊戌(5月22日) 晴。晨曝书。午后复干云一书，略言调查常州情形，设专门法校，难期发达。夜阅《民权报》。

廿三日己亥(5月23日) 晴。晨曝书。午后诣下塘外家问安，在彼久坐。归途逢赤公，邀回余家小憩。复同至浮桥某酒肆小饮，缓步而返。阅《民权报》，近日参议院党见争持颇为剧烈，考之各国，有议会即有政党，即有竞争。然其所争者为政见，政见之生，原于事实。吾国人之所争为意见，意见之生，由于权利。同是党争，而一公一私，判若霄壤。况吾国今日外患日逼，内讧未已，国势颠危，参议院为代表民意之机关，应如何戮力同心，慎思周虑，以达利国福民之本旨？今乃置而不顾，惟意见之是争，清夜扪心，其何似对吾民与吾国乎？

廿四日庚子(5月24日) 阴。晨接汝霖苏州来函，知就拓殖学校事。午后阅《民权报》。为君模叔书屏条，录近作七律四章。又为某君书便面二款，曰“浩”、“泳”，系克庵所转托者。

廿五日辛丑(5月25日) 阴。晨诣东下塘外家问安。复至子威舅处贺喜，小满表弟入赘某氏也。回接干云海上来书。赤楼、心矩过访，偕出小南门诣端明寺，践陈寅生之招。客陆续至，遂入座，同席者为少芬、俪笙昆仲，叔沅、钟灵诸君，饮罢同赤公、心矩、咏笙看竹，四转后咏笙有事他往，偕赤公散步郊外。野色万变，郭荑一碧。霁光钦淑，平畴多苍翠之林；斜日浮曛，密坞呈芳馨之气。沦涟半亩，波蹙成纹；杨柳数株，丝垂弄碧。微风飒至，尘襟为之尽涤。溪路初纡，钟声徐动，游兴既倦，缓步归寺。略坐，寺僧以晚餐进，食毕，相将入城，分道而散。钟灵过我，长谈移时。灯下阅《民权报》。

廿六日壬寅(5 月 26 日)　阴。日前孟舆丈以笺索书，为录近作四律，并附以跋。午后少年中国党借厅事开讲演大会，入座旁听。首由支部长徐克庵宣布宗旨，次钟冕甫演说提创国民捐办法，次来宾赵毅夫、张棫潜、周兰波、陈俊臣、吕孟寅、史飏庵诸君相继演说，五时散会。旬月以来，党会之狂热流播于社会，始仅盛于上海一隅，继则内地纷纷设立支部。国旗飘扬，徽章灿烂，或奔走旅馆酒肆以招徕党员，或托名公益事业以征收会费，热心爱国，至可钦佩。然究其实际，不外乎互相援引以求达其攘权夺利之目的而已。至于各党名义之欠通，品流之混杂，犹无足深责也。同幼宋至附近散步，晤耿斋丈，适自同盟会返，愿介绍余入会，辞之。夜阅《民权报》。

廿七日癸卯(5 月 27 日)　晴。晨念生叔来，旋去。至大街日新书庄订书，顺往局前街外家晤俊臣舅，略谈。复至唐家湾访咏笙，不值，留柬而出。访赤楼并晤孟舆丈，炳也叔在彼，长谈。访君模叔，未晤，晤馨吾叔，谈良久。过云溪古社，赤楼待予多时，同至局前街玉露春啜茗。傍晚归，阅《公言报》六纸。接澄渊来函，知回通后就两等小学校长兼办农事试验场，并被举为通邑议员。承以《见怀》两律惠贻，并索和章。

廿八日甲辰(5 月 28 日)　晴。晨曝书。赤公过访，稍坐即去。午后诣东下塘外家问安，在彼夜膳，微雨，归阅《民权报》。近日各报因债外债事力诋熊希龄丧权卖国，熊通电申辩，略谓当银行团与唐总理谈判激烈时，要求请派外国武官监督撤兵，并于财政部内选派核算员监督财政、改良收支，争论几致决裂，经已屡次辩驳，派官一节乃作詈论,仅由中国政府委派税务司经理此次垫款,并另设一经理垫款核算处,参政部与银行团各派一人为核算员,管理支付垫款,会同签字。至所约七款大纲,并非正式公文,如能筹有的款,该约仍可取销云云。案此事发生已久,迄今尚无成议。至其真相,局外人无从深悉,传闻之词,亦难尽信。平心论之,依借款七条件,则外人所干涉不仅及于财政,实牵连于盐政、军事、关税以及各省之行政,丧失主权莫此为甚。轻率订约,熊固不能辞其咎,然而饷需浩繁,帑藏告匮,当局者亦实有为难之处。勉力担负,以为国家之后盾,实吾人应尽之天职。若徒托空言狂詈丑诋而不从实际上着想,扰攘纷纭,一事未就,徒贻反对者以口实,吾知有识之士,决不出此下策也。

廿九日乙巳(5月29日) 阴。晨得俪笙柬,约予手谈,复之。午后上陈外祖一书,又复研因一函。傍晚同克庵、幼宋至附近散步,归阅《公言报》、《民权报》各一纸。

三十日丙午(5月30日) 晨雨,旋霁。午后彤卿妹来,言义熙已由英伦启程回国,又嘱代上外姑一书。诣大街访寅生,不值。访俪笙于唐家湾,亦未晤。出逢咏笙,邀回渠家,闲谈移晷。旋偕咏生过赤楼居,拉至五云日升楼啜茗,在彼久坐,薄暮始返。灯下阅《公言报》及《民权报》各一纸。

三十一日丁未(5月31日) 晴。晨起曝书。得研因柬,知于日前回里,拟接眷属迁居苏垣,附来君特函,现寓农林部内。午后复干云一函邮寄申江。诣东下塘外家问安,长谈良久。归阅《公言报》、《民权报》。

六月初一日戊申(6月1日) 晴。晨起曝书。砺恒师过访,闲谈良久,盖挽予入民政署襄办学务课事。去乡日久,桑梓情形诸多隔阂,溷迹政界尤非所愿,但屡承厚意,未便固却,以容缓商约再行定见复之。午后阅《公言报》、《民权报》各一纸。夜间研因丈过访,长谈移时始去。

初二日己酉(6月2日) 晴。晨诣局前街访朗存舅,未晤。又诣觅渡桥访思缄丈，亦不值，晤彤卿妹、鲁通，略谈。复诣局前外家，朗舅尚未返，晤俊臣、彭甫弟，偕访汉辅于静园。园在长生巷，为恽△△先生所建。拓地十笏，结庐数楹，奇石玲珑，修廊迤逦，短篱夹径，缀之疏花，绿槐荫阶，承以纤草。庭前为池，泉清可鉴，艇小自浮。沦涟之波，逐鱼而渡桥扯；翠霭之笪，喧雀而摇屋角。尘滓自远，无俟邃岭，暑嚣勿生，直拟仙境。汉辅为先生△孙，业绍基裘[①]，性耽翰墨，纡汲古之遥念，展平泉之旧庄。牙签杂陈，墨沈狼藉，凉飔拂户，旭影临窗，吟啸其中，至足乐也。时已亭午，出馔供客，餐毕遂作手谈，四转既罢，俊舅等有事他往，余独访研因丈。适值他出，晤二祖姑，正部署行装，为赴苏之预备。少坐即兴[②]辞，访俪笙于唐家湾，晤谈。又访赤公，不值，晤孟舆丈，邀往云从宫啜茗。闲谈移时，俄而黑云蔽空，大雨将至，遂归。夜阅《公言报》、《民权报》各一纸，雨。

初三日庚戌(6月3日)　晴。晨致砺恒师一柬。午后至东下塘外家问安，并以昨事禀陈。慈亲以余可免远游，意颇赞成。外祖亦以为然。遂决计暂就。致大姊一函，为苏路公司股票事也。大雨，乘兴而返。夜阅《民权报》一纸。

初四日辛亥(6月4日)　阴雨。午后得砺恒师缄，约明日在署守候。夜阅《民权报》。成《感旧诗》一律和友人韵：

> 几日轻寒懒下楼，玉箫琼管感前游。春光骀荡长千里，花思冥蒙杜若洲。画浆[③]迎来人似玉，珠帘卷后月如钩。忽忽影事成惆怅，断肠青溪旧日舟。

初五日壬子(6月5日)　晴。晨曝书，诣局前街访朗存舅，未

---

① “基裘”，当作“箕裘”。

② “兴”，当作“与”。

③ “浆”，当作“桨”。

晤,晤俊臣舅、彭甫,略谈。即至民政署访砺恒师。阍人以外出告。访赤公于唐家湾,亦不值。晤孟舆丈,稍坐即返。阅《公言报》一纸。午后慈亲在下塘饬人来召,甫出,赤公来邀,在书斋稍待。匆匆至外家一转,归。偕赤公出西门逸仙剧团观剧,看客甚众,拥挤不堪。余等来迟,几无插足之地。晤砺恒师,立谈数语。是日演《黄勋伯》、《黄金台》、《家庭恩怨记》诸剧,系新剧,同志会诸人所演。情节颇佳,惜前后不甚贯串,不能引起观者兴味,是其缺憾耳。剧散至西瀛里迎桂轩啜茗,邀钟灵出,偕往某肆小饮,归已十时矣。阅《民权报》一纸。

初六日癸丑(6月6日) 晴。晨曝书。阅《公言报》一纸。午后撰论说一篇,题曰《箴今日之志士》。革命告成,大局粗定,一时号称志士者,又复醉心利禄,热念功名,喘汗奔走于长安道上,各肆其运动手腕以冀博一官半秩。其既得者则趾高气扬,踌躇满志;其未得者则欣羡企慕之不已,目注心营,乞怜暮夜,种种行为非笔楮所能罄。曩时满清末造,依阿澳认奔竞无耻之风,复如微生物之布满于空气中。传染及于新诞生之民国,虽欲洗涤铲除而不能得。如地方行政官也,议会议员也,无不明目张胆,纷纷运动。而对于国势之阽危、民生之疾苦,几若秦越肥瘠,漠然无动于中,大有国可亡、种可灭、个人权利不肯稍让之概。人心道德之腐败,至此极矣! 篇中就此立论,大声疾呼,危言耸乱,未卜能收振聋警聩之效否。嗟嗟! 世风日靡,廉耻道丧,滔滔皆是,谁挽狂澜。君子览观世变,不能无感于中也。夜阅《民权报》一纸。

初七日甲寅(6月7日) 阴。晨起曝书。续成昨稿。得砺恒师柬,约今日到署,复之。雨农过访,以中学补习科学生试卷嘱为评改,固辞不获。午后诣民政署晤张君仲芬,君名书勋,苏州师范毕业生,亦任学务课员。俄砺恒师来,略述署中办事规则及全邑学务情形见告,代县长写新剧同志会、体育会、军乐队员、涤氛蒙养院及农工商学各界谢函各一通,为演剧助赈事也。傍晚回,夜阅《民权报》、《公言报》各一纸。

初八日乙卯(6月8日)　晴。晨诣民政署学务课办事。阅《公言报》一纸。午后代砺恒师复张菊生一函。朗存舅来,通伯继至,谈良久,并出纸索书。夜膳后访朗存舅,并晤俊臣舅、彭甫,长谈移晷,归已十时矣。阅《民权报》一纸。

初九日丙辰(6月9日)　晴。诣东下塘外家问安,侍谈良久。归稍憩,即赴民政署,由砺恒师介绍见民政长屠敬山先生,略坐,以委任状见授。午后阅《公言报》、《民权报》各一纸。改中学校补习科国文试卷十本。复周仁泳一函,为怀南乡毓菁小学事也。傍晚至唐家湾访咏笙、赤公,均不值,步至东直街遇咏笙,偕往五云日升楼啜茗。少芬、寅生先在,俪笙、心矩、侠尘继至,谈移时。心矩邀至鼎昌酒肆小饮,酒散缓步归。

初十日丁巳(6月10日)　阴。晨诣民政署以名刺遍拜同事诸君,署中分总务、主计、警务、劝业、学务五课,同事约十余人。午后阅《民权报》、《公言报》各一纸。改中学国文试卷十本。致雨农一柬。朗存舅过访,稍谈即去,八时归。

十一日戊午(6月11日)　晴。晨起曝书。诣女子师范学校访古愚。正值上课,晤启贤、凤痴、敬熙,谈良久,古愚出。余持女界保路会经收据二纸请换公司据,以便赴沪换取股票,讵遍检不得,或据已遗失、成款未交到,均未可知。缘此事系荀八经手,渠亦不接洽也。诣民政署,得雨农柬,拟照会管理公款公产委员将学款调换灾振款。归,还庄缄记稿。午后阅《公言报》一纸。改中学校学生国文卷十本。傍晚访赤公于唐家湾,不值,晤孟舆丈。邀至东直观街清言楼小饮,归已上灯时矣。耿斋丈同沙君来晤,略谈即去。接二妹沪上来函,内附研因丈暨容民外祖信,此两函均就德兴里旧居停索得者。

十二日己未(6月12日)　晴。清晨赤公过访,稍谈。诣民政署,克庵来,旋去。代砺恒师致茗石、研因一函。又复宜兴县学务课长函,缘来函索调查学校表及办学暂行标准也。午后改中学校国文卷数本。阅《公言报》、《民权报》各一纸。诣《公言报》馆访叔沅、咏笙,并晤通伯、讷侯、侠尘,谈良久。仍回署,夜膳后归。

十三日庚申(6月13日) 阴。晨诣北岸访幼竹叔,不值,晤君模叔,少坐。复诣局前街访朗存舅,晤谈。旋赴民政署代砺恒师致通伯一缄。阅《公言报》。午后雨,拟《照会各乡乡董催速规画学务稿》。阅中学国文卷,遍观诸作,佳者绝鲜,非患支蔓,即苦浮泛,大约于作文之法毫未研究也。阅《民权报》,薄暮乘兴归。夜坐无事,填小令一阕,调寄《燕归梁》:

> 夕阳无语燕归时。红袖下帘迟。微波有意拟通辞。怅盈盈、隔前溪。　　阑干凭遍空惆怅,休诵玉溪诗。碧城旧恨有谁知。叠红笺、写相思。

十四日辛酉(6月14日) 阴,大雨。接丁成并州来书、干云沪上来函。诣民政署写各乡乡董信十通、各乡小学校校长信九通,催填报一览表也。阅《聂格卡脱侦探·银行主人被窃案》一卷。傍晚归,灯下阅《公言报》。

十五日壬戌即旧历五月初一日(6月15日) 阴。晨诣民政署,讷侯过访,稍谭即去。幼竹叔来,并以所绘《武进县区域图》见示,测量精密,界限分明,全邑形势,了如指掌。午后阅《公言报》、《民权报》。复丁成一书。阅《聂格卡脱侦探·猎犬拒捕案》一卷。拟《照会怀南乡乡董追究捏名之人送办稿》。傍晚访赤楼于唐家湾,晤谈。偕诣万华楼啜茗,俪笙、叔沅继至,谈良久始散。

十六日癸亥(6月16日) 晴。晨钟灵来。诣民政署。雨农过访,略谈即去。阅《公言报》一纸。接朗存舅缄,询还庄缄记款事,催速解决。上史外祖母一禀。阅《聂格卡脱侦探·双生案》一卷。夜膳后访朗存舅,不值,晤俊臣舅、申甫、彭甫,谈移时。申甫以先曾祖致士良曾外祖函见还,先人手泽当珍藏之。

十七日甲子(6月17日) 晴。晨诣民政署。阅《公言报》。接升东乡公所函,询购米护照事。接研因吴门来函。午后阅《民权报》。上外姑一书。代筤卿致彤妹函。拟《照会栖鸾乡董报设第一初等小学应再修改简章复县核准方能立案稿》,又《安东乡议事会报师范传习所应再修改章程稿》。复研因丈一函。夜访朗存舅,谈良久,归。偶有所感,成七律一章:

已似投林鸟倦飞,南归重款故园扉。马卿多病缘消渴,方朔佣书尚苦饥。多事绝交还著论,朅来辨命已知非。荷锄戴笠难偿愿,空羡南阳旧布衣。

十八日乙丑(6月18日)　晴。晨雨农过访,略谈即去。诣民政署。阅《公言报》一纸。接砺恒师漕桥来函,索调查表数十份,由仲芬函复照寄。友竹叔来。得赤楼柬。午后阅《民权报》。傍晚赤楼来访,谈良久。赴新群书社购物。晤坤厚丈,略谈,仍返署,阅《聂格卡脱侦探·觊产案》一卷。夜膳后归,适四祖姑在家,俄希潜兄亦来。兄于前日自津门挈眷旋里,甲辰一别,忽忽十年,长大相逢,沧桑已易。兄更患难,我亦飘零,是晚匆匆未及多谈,暇得往访,一罄积悃也。

十九日丙寅(6月19日)　清晨大雨,势如银河倒泻;倾之,日出。诣东下塘外家贺午禧,缘是日系旧历端午也。归,赤公过访,略谈即去。祀祖忌神一如旧例。午后诣民政署,阅《民权报》。访仲芬于小火衖,晤之,偕行至署,门外有友人邀渠他往。余闻诚之自沪返,诣十子街访之,不值。访雨农,晤谈良久。出逢思蘧叔,偕至东横街余宅访希潜兄,未晤。回署小憩,八时归。

二十日丁卯(6月20日)　晴。晨诣民政署。午后阅《民权报》。唐总理于前日赴津,追逼不返。同盟会国务员拟一律辞职,政界内讧甚烈。至唐赴津之原因,各报纪载不一,或谓系受段、熊等逼迫,或谓因王芝祥督直事不果,甚有谓因与某女士订昏而去者。传闻异词,固难尽信。要之,中央政[1]为一国最重要之机关,总理又为此机关之首领,任是职者应如何同心协力,以保持此幼稚民国。乃数月以来,于体国经野、安内御外之策,毫末无所表见,国务员既迭起冲突,总理复懵然以去。于是全部动摇,政界大起纷扰,致影响及于全国。轻躁妄动,唐又安能辞其咎乎?阅《聂格卡脱侦探·复仇案》一卷。复升东乡公所函。傍晚至马山埠状元第谒重钦大伯母,并晤希潜兄,纵谈别后情事。回署夜膳,膳后访朗存舅,不值,晤羿圃,谈良久。

廿一日戊辰(6月21日) 晴。晨诣民政署,阅《公言报》。庄君诵芬来,询购米护照已否办妥。谈次知与余家略有交谊。阅《聂格卡脱侦探·宝刀影前案》一卷。午后讷侯过访,略谈即去。拟《照会各乡乡董委任学务专员应先呈报核准后方能任用稿》。傍晚至大街一转,回署阅《民权报》,九时归。途逢咏生,立谈良久。

廿二日己巳(6月22日) 晴。晨诣民政署,阅《公言报》。代砺恒师致茗石姑丈一缄,又致通伯一柬。阅《聂格卡脱侦探·宝刀影后案》。拟《照会各乡议会乡董凡设立学校应由议会议决呈报核准方能执行不得自由越权稿》。夜膳后归。

廿三日庚午(6月23日) 晴。晨接干云沪上来函。诣民政署,阅《公言报》二纸。午后阅《聂格卡脱侦探·奇窟记案》一卷。夜间同砺恒师至北岸访研因,不值,晤君模、幼竹、馨吾诸叔,谈移时。研因未来,意必在周线巷恽处。偕君叔、砺师往访,仍未晤,遂返。知顷间研因曾枉过,往还相左,殊怅怅也。

廿四日辛未(6月24日) 阴。晨诣民政署,大雨,阅《公言报》、《民权报》。午后复汝霖一函邮寄吴门。阅《聂格卡脱侦探·大里斯案》一卷。夜膳后冒雨归,衣履尽濡。在署拟《照会鸣凤乡乡董稿》。

廿五日壬申(6月25日) 阴。晨诣民政署。阅《公言报》。拟《照会栖鸾乡乡董报设第二初等简章应修改报县以凭给示稿》,又《照

---

① 此处疑脱“府”字。

会孝东乡乡董呈报初等简章尚未明晰速修改报县稿》。午后书便面二款，曰“莲科”、“赞卿”，均仲芬所托者。代砺恒师复徐涵孙函。阅《民权报》一纸、《聂格卡脱侦探·戕姊案》一卷。薄暮诣雪洞巷访钟灵，不值。归，微雨，得赤楼柬，复之。

廿六日癸酉(6月26日)　晴。晨诣民政署，阅《公言报》、《民权报》。新疆自都督袁鸿佑被戕后，匪乱愈炽。俄人自小亚细亚喀克加派兵队，新疆岌岌可危。考新疆地势，东与甘肃毗连，由嘉峪关经安西而至天山东麓之哈密，哈密之南有库舍图岭，为全疆之锁钥。南与西藏接壤，康庄大道，交通便利。由哈密而南入吐鲁番境喀什噶尔，东引长河，西屏葱岭，洵为极边门户。由哈密而南经奇台、迪化诸城，北达伊犁，皆洪河大山。越洪流潴而北，群山耸峙，与外蒙古连疆。此四境之大略也。新疆为西陲之屏藩，与内地有唇齿之势，一旦有警，甘肃首当其冲，本部亦必受其影响。为今之计，宜速与俄人交涉，遵约退兵，复厚抚新疆人民，俾勿携二。然后徐图移兵屯垦，振兴教育，数年之后，才力充裕，智识丕进，边圉自固，更何外患足忧？顾当局诸公见不及此，纷纭扰攘，惟党派私见之是争，致边陲之事日益败坏。行见天山南北万里之地将隶他人版图，悲夫！午后阅《聂格卡脱侦探·盗女案》。夜间冒雨归。

廿七日甲戌(6月27日)　晴。晨致咏笙一缄，得俪生柬。诣民政署，阅《公言报》、《民权报》各一纸。午后拟《致市乡各校校长介绍合格教员填表送署以便汇齐通知各乡聘请函稿》，代砺恒师复市教育会一函。傍晚至大街购物，回署应征适在，略谈。阅《聂格卡脱侦探·假面女子案》一卷。复干云书。

廿八日乙亥(6月28日)　晴。晨诣民政署，阅《公言报》、《民权报》。代王万美拟《上程都督禀》，砺师所嘱也。午后访叔沅、咏笙于《公言报》馆，晤谈。俄认宪来，复访讷侯，不值。回署阅《聂格卡脱侦探·续假面女子案》，夜膳后归。

廿九日丙子(6月29日)　晴。晨诣民政署，阅《公言报》、《民权报》。市教育会开各学校成绩展览会,午后偕仲芬前往参观。会设双桂坊图书馆内,地甚轩敞,罗列既富,布置亦有条理。各校出品以书画手工成迹为多;就中佳者如育志之英字画、冠英学校之铅笔画,匠心独运,俱臻精妙。涤氛蒙养院出品颇多,不乏佳制。我国教育方在萌芽时代,小学生徒成绩如此,良不易得。他日运赴纽约陈赛于教育展览会中,声价荣誉之增,奚止十倍耶!惜天时酷暑,游人众多,不能细加评览。诣市公所访应征,谈良久。仍回署,九时归。得咏生柬,知曾枉过。

三十日丁丑(6月30日) 阴。清晨钟灵来,略谈。诣民政署,阅《公言报》、《民权报》一纸。拟《照会升西乡议事会规定学务案稿》。午后致某区区董一函,为毅士学校改建校舍事也。复澄渊书,酬以两律:

> 邂逅论交亦夙缘,汾河雁影忆当年。说诗官阁联床夜,剪烛萧斋听雨天。异地情亲逾骨肉,危城梦断警烽烟。别来况有沧桑感,不独离群涕泗涟。
>
> 天末怀人月又圆,开缄喜诵《白云篇》。南州人物推徐稚,北海音尘忆郑玄。负郭难为栗里隐,买山谁赠草堂钱。年时别有消愁策,不是行吟即醉眠。

雨,傍晚回舍小憩。旋诣东下塘外家问安,侍慈亲长谈,上灯时归。

卷三　戊午日记(1918)

七月一日即旧历五月二十三日己酉(7月1日)　晴。晨诣署，署中办公时刻改自上午七时至十二时，从今日始。审查江西星子县六年一月至六月善举费支出计算。午刻归，假寐片时。傍晚出城，至青云阁理发，过掌扇胡同头品香浴。归阅《北史·景穆十二王列传》一卷。

二日庚戌(7月2日)　晴。晨趋署审查江西宜春县六年一月至六月善举费支出计算。缄丈太太五十四岁寿辰，同朗舅、昀叔趋祝。午后同仲复、树闳、羿圃看竹，晚餐后归。

三日辛亥(7月3日)　晴。晨趋署审查江西德安县六年一月至六月善举费支出计算，回寓午餐。四时许游中央公园，仲复、季略先在，春明馆啜茶。有顷，德公、稼农、羿圃亦来。日莫归，夜阅《北史·景穆十二王列传》一卷。

四日壬子(7月4日)　晴。晨趋署审查江西乐安县六年一月至六月善举费支出计算。傍晚过横二条胡同晤昀浦叔、彤卿丈，晤谈。即诣中央公园，德公、稼农、颂芃先后来，坐春明馆西轩听雨。雨止出园，得思蘧叔天津来函。

五日癸丑(7月5日)　晴。晨趋署审查江西南丰县六年一月至六月善举费支出计算，午刻归。傍晚羲叙来，谈良久去。梁众异参事之太夫人七秩征诗，代缄丈撰五言律二章：

懿德辉彤管，经师出绛纱。赁舂伯鸾庑，归里少君车。儒素承门业，冰霜老岁华。幔亭春正永，鹤算未须夸。

令子金闺彦,夙猷迥不群。南朝推溉洽,路下重机云。陔养多新咏,楹传证旧闻。愿操中垒笔,更与阐清芬。

六日甲寅(7月6日) 晴。晨诣署审查江西乐平县六年一月至六月善举费支出计算,午刻回寓。傍晚游中央公园,坐春明馆啜茗。夔尹、德公、穆士先后来,已又逢景洲、仲涵、颂芃、羲叙、仲达暨昀浦叔,上灯时归。阅《北史·文成五王献文六王孝文六王列传》一卷。上慈亲一禀。

七日乙卯(7月7日) 阴。晨希潜兄来,留此午餐。午后偕叔辛、羿圃出朝阳门访科孙于环城铁路车站,晤谈。同游菱角坑,其地距城不百武。有广池遍种芰荷,结茅为亭,临池筑榭,满人申氏之别业也。入门为荷香茶社,有台与之对峙,台上演各种杂剧及幻术。男女列坐其次,筝琶刮耳。其旁有竹篱,杂莳芭蕉、石榴诸卉。过小桥迤逦而北,有广厦焉,额曰"荷花深处"。郊荑弄碧,野水拖蓝,荷风袭乎衣裾,山翠接于眉宇。极望杳霭,照影沦涟,令人作江乡之思。坐荷香茶社,无味,仍回科孙处,谈良久。乘环城火车抵德胜门下换坐人力车,游普济寺。寺中凌霄甚开,烂缦可玩。坐芥舟小轩啜茗,即日下第一楼故址也。楼临积水潭,旧时悉栽芙蕖,三夏香气满楼,今惟东偏一角略存菡萏而已。薄莫归。

八日丙辰即旧历六月朔(7月8日) 晴。晨诣署审查江西万年县六年一月至六月善举费支出计算,回寓午餐。傍晚微雨,同羿圃至察院胡同朗舅新寓一转。

九日丁巳(7月9日) 晴。晨趋署审查江西靖安县六年一月至六月善举费支出计算。午刻归,得慈亲谕并用款帐目。阅《北史·卫操莫含刘库仁尉古真穆崇奚斤叔孙建安同庾业延王建罗结娄伏连闾大肥奚牧和跋莫题贺狄干李栗奚眷列传》一卷。薄莫同内子游新世界,坐屋顶花园纳凉。京津杂耍场邂逅伯铭,又在二层楼观演《刺梁》、《稼妹》昆剧两出,亥刻归。

十日戊午(7月10日)　晴。晨趋署,得思蘧叔缄。审查江西余干县六年一月至六月善举费支出计算。午刻回寓,得茗卿叔沪堧来讯。出城至琉璃厂恒源参茸店购人参,微雨,俄霁。过青云阁理发,日莫归。椒丈来。朗舅自兴隆大院移居察院胡同,距此不百武,偕叔辛步往晤舅氏,略谈即归。夜复思蘧叔函。

十一日己未(7月11日)　晴。晨诣署审查江西峡江县六年一月至六月善举费支出计算。午刻归,得干云梁溪来函。傍晚德公、颂芃来,均留此晚饭。朗存舅、昀浦叔来,略坐即去。偕德公、颂芃、叔辛游中央公园,上林春啜茶,逢稼农。

十二日庚申(7月12日)　晴。是日为国军恢复共和纪念,各机关均休假一日。大憝剪除,倏焉一载,然而世道犹艰,方隅多难,中原豺虎廓清无期,南土黔黎苏息何日。今者政府已下召集新国会之令,衮衮诸公,其将何以宏此远谟、慰我兆庶乎?羲叔来,留此午餐。午后浴,游中央公园。春明馆遇树闳、稼农,已而景州、颂芃来,又在来今雨轩啜茶。日莫出园,觅车不得,仍折回,邀景州饭于上林春。顷之,树闳、稼农、颂芃、仲涵、叔弢诸人复来,亥刻归。

十三日辛酉(7月13日)　晴。晨景州来。诣署审查江西宁冈县六年一月至六月善举费支出计算,午刻回寓。仲复、仲涵、德公来,灯下集玉溪生诗成七律四首:

十二层城阆苑西,赤箫吹罢好相携。湲如身在情长在,不是花迷客自迷。晓镜但愁云鬓改,夜吟应讶玉绳低。三星自转三山远,秘殿崔巍拂彩霓。

寻芳不觉醉流霞,洞里迷人有几家。六曲屏风江雨急,十三弦柱雁行斜。长筹未必输孙皓,《风赋》何曾让景差。侧近嫣红伴柔绿,不教容易损年华。

金殿销香闭绮栊,楚歌重叠怨兰丛。姮娥捣药无时已,子晋吹笙此日同。别馆觉来云雨梦,后溪暗起鲤鱼风。背灯独共余香语，长定相逢二月中。

白石岩扉碧藓滋，洞房帘箔至今垂。扇裁月魂羞难掩，罗荐春香暖不知。半曲新词写锦纸，十年长梦采华芝。玉珰缄札何由达，万里南云滞所思。

十四日壬戌(7月14日) 晴。晨上慈亲一书，树闳来。午后昀浦叔、仲复、椒丈、彭甫来，孟龙丈来。气候炎暑，入夜益甚。诣西河沿斌魁旅馆谒何卿叔，不值。拟游中央公园，自前门入，阴云弥空，礮磹交驰，遂不果。归，雷雨。

十五日癸亥(7月15日) 晴。晨趋署审查江西雩都县六年一月至六月善举费支出计算。邀仲涵、仲复、德公、稼农来舍食饼。得二妹秣陵来函。午后复茗卿叔一书。同德公、仲复、𦫵圃作扑克之戏。薄莫同游中央公园，惟𦫵圃未往。在上林春晚餐，遇景州，归已十二钟矣。

十六日甲子(7月16日) 晴。晨趋署审查江西省会警察厅六年四月服装费支出计算。午刻归，假寐片时。傍晚微雨，夜阅《北史·燕凤许谦张衮崔宏邓彦海列传》一卷。

十七日乙丑(7月17日) 晴。晨趋署审查江西四年下半年印刷爱国说暨宣讲章程等费支出计算。午后同德公、仲复、颂芃、𦫵圃作扑克之戏。局散，偕游中央公园，仍在上林春晚饭，逢稼农。十一时归，大雨。

十八日丙寅(7月18日) 晴。晨诣署审查江西南昌县四年七月至十二月宣讲生火食费支出计算，午刻归。稼农来，留此午餐。餐后同德公、仲复、仲涵、稼农、颂芃、𦫵圃诸人作扑克之戏，日莫偕赴骡马市大街宾宴春筱泉之招，微雨。归阅《北史·长孙嵩长孙道生长孙肥列传》一卷。

十九日丁卯(7月19日) 晴。晨趋署审查江西新建县四年七月至十二月宣讲生火食费支出计算。孟龙姑丈、姑母南旋，诣京奉车站候送。车行,仍回署办事,午刻返寓。同德公、仲复、稼农、颂芃、羿圃诸人作扑克之戏,散,偕诣中央公园。有顷,仲涵亦来,饭于上林春,大雨。雨止出园。

二十日戊辰(7月20日)　晴。晨诣署审查江西丰城县四年七月至十二月宣讲生火食费支出计算。午刻归,复干云函,雨。傍晚出城,至青云阁理发。

二十一日己巳(7月21日)　晴。希潜兄约游西苑。晨往,希潜已迟于新华门外,偕入。泛舟太液池,荷花正开,香风袭人襟袂。登岸缓步至瀛台,旧为观荷之所。自池中捕鱼弛禁,芙蕖存者寥寥矣。在总指挥处宿舍小憩,北行为蕉园,苍松翠柏,皆百年以上物。抵万善门,内为万善殿,殿后圆盖穹窿,为千圣殿。殿内浮图刻木为之,左延祥馆,右集瑞馆,清顺治时就明崇智殿故址改建。每岁中元逮盂兰盆会,放荷灯以数千计,亦苑中胜事也。西行抵水埠,有亭在水中央,无路可达,折回南行。过藻韵楼、绮思楼等处,以前度曾游,遂不复入。再南有短垣,洞门西向,清圣祖题"曲涧浮花"四字。入门为韵古堂,中贮古钟铸。更东为流杯亭,引池水入之,激玉喷珠,琤玐可听。苹湾销夏,桂馆招凉,四时之景咸备。北为素尚斋、响雪廊、千尺雪诸胜,小坐知鱼亭,襟怀开涤,倏然有濠濮间想。游倦,辞希潜出苑,诣锡拉胡同晤缄丈、德公、仲复、羲叔、颂芃诸人。午后同缄丈太太、姨太、两小姐、景州、仁宅作外国叶子戏,亥刻归。得思蘧叔函。

二十二日庚午(7月22日)　雨。彭甫生女,晨诣察院胡同致贺,在椒生丈处略谈。趋署审查江西进贤县四年下半年宣讲生火食费支出计算,午刻归。同德公、仲复、羿圃作扑克之戏,散后复思蘧叔一缄。

二十三日辛未(7月23日)　阴。晨趋署审查江西南城县四年下半年宣讲生火食费支出计算,回寓午餐。同筱泉、德公、仲涵、仲复、羿圃作扑克之戏,显卿来。日莫偕游中央公园,在上林春晚饭。

二十四日壬申(7月24日)　晴。晨诣署审查江西黎川县四年下半年宣讲生火食费支出计算。元直叔祖大祥之祭,偕昀浦叔至米市胡同行礼。饭后在稼农处小坐,同昀叔、稼农至青云阁一转,独往头品香浴。浴罢游中央公园,遇仲愚丈、德公、仲复于门,坐上林春啜茶,又逢树闳、羲叙。薄莫归,得幼丹表弟函。

二十五日癸酉(7月25日) 晴。晨趋署审查江西南丰县四年下半年宣讲生火食费支出计算,午刻归。饭后同显卿、德公、仲涵、仲复、颂芃、𢍰圃诸人作扑克之戏,小负。日莫偕游中央公园,饭于上林春。

二十六日甲戌(7月26日) 晴。晨趋署审查江西广昌县四年下半年宣讲生火食费支出计算。午刻回寓,同德公、仲复、仲涵、颂芃、𢍰圃作扑克之戏。日莫偕往通商饭庄小饮,归复幼丹书。

二十七日乙亥(7月27日) 晴。晨趋署审查江西资溪县四年八月至十二月宣讲生火食费支出计算。回寓午餐,复二妹一函。缄丈来,谈良久。傍晚出城,至青云阁理发,过宾宴华楼购《昆弋曲谱》,归。夜阅《北史・于栗磾列传》一卷。

二十八日丙子(7月28日) 晴。晨起得诗舲舅函,书焜来。午后阅《北史・崔逞王宪封懿列传》一卷。薄游中央公园,遇彭甫于上林春,已又逢稼农、景州,在柏斯馨咖啡馆外小坐。季平招饮于新华大街之浣花春,偕稼农往,坐有曹君仲恒、朗存舅、昀浦叔、𢍰圃。散,同朗舅、稼农游新世界,坐屋顶花园纳凉,彭甫亦来。

二十九日丁丑(7月29日) 晴。羲叙夫人生日,晨诣锡拉胡同祝之,在季略处小坐。午趋署审查江西临川县四年八月至十二月宣讲生火食费支出计算,午刻归。同德公、仲复、𢍰圃作扑克之戏。得希潜兄柬。傍晚缄丈来,夜间椒丈、朗舅、舅母、彭甫来。

三十日戊寅(7月30日) 雨。诣署审查江西金溪县四年八月至十二月宣讲生火食费支出计算。回寓午餐,上慈亲一书并酸梅膏两瓶,托赓伯丈携里。苏君鉴秋以素纸索书,为录玉溪生诗一首。游中央公园,独坐柏斯馨咖啡馆。日莫至杨梅竹斜街万福居应小舫、沅甫、子瑜之招,坐有柬笙、厅长、博泉、章卿、尹甫、伯铭、星川、公望诸人。散,过顺治门大街江西会馆,听谛闲上人讲《圆觉经》。

三十一日己卯(7月31日)　晴。晨趋署审查江西崇仁县四年八月至十二月宣讲生火食费支出计算,午刻归。同德公、仲复、稼农、颂芃、彛圃作扑克之戏,日莫同至排子胡同宝华楼晚餐。再过江西会馆,经已讲毕,遂归。

八月一日即旧历六月二十五日庚辰(8月1日)　阴雨。诣署审查江西宜黄县四年七月至十二月宣讲生火食费支出计算。午刻归,假寐片晌,起阅《北史·古弼张黎刘洁丘堆娥清伊馛乙瑰周几豆代田车伊洛王洛儿车路头卢鲁元陈建来大干宿石万安国周观尉拨陆真吕洛拔薛彪子尉元慕容白曜和其奴苟颓宇文福列传》一卷。朗舅、彭甫来。

二日辛巳(8月2日)　阴雨。晨趋署审查江西乐安县四年七月至十二月宣讲生火食费支出计算,回寓午餐。仲复、昀浦叔、缄丈先后来,晚晴。偕昀叔、彛圃步至卧佛寺,庙貌改建,丹雘聿新,经典流通处附设焉。归阅《北史·宋隐许彦刁雍辛绍先韦阆杜铨列传》一卷。

三日壬午(8月3日)　阴。冒雨趋署,审查江西东乡县四年八月至十二月宣讲生火食费支出计算。午刻归,同彛圃诣察院胡同,同椒丈、朗舅、彛圃看竹。

四日癸未(8月4日)　阴。晨椒丈来,同至卧佛寺一转,即归。午刻再诣寺中,邀缄丈、李卿叔来寓午餐。随缄丈、李叔赴寺听僧俗诵经,丈购《大乘起信论》及《佛教初学课本》各一册见贻,同来寓小憩。傍晚访仲涵于前王公厂,适季略亦在,谈良久。游中央公园,春明馆逢德公、仲复、颂芃,已又同内子柏斯馨咖啡馆小坐。归阅《佛教初学课本》。

五日甲申(8月5日)　晴。晨起过中央公园,徘徊池畔,意殊闲旷。至邮政局取款,趋署审查江西余江县四年八月至十二月宣讲生火食费支出计算。午刻归,阅《佛教初学课本》。同德公、仲复、颂芃、羿圃作扑克之戏,晚间同游中央公园,饭于上林春。

六日乙酉(8月6日)　晴。晨趋署审查江西上饶县四年七月至十二月宣讲生火食费支出计算。诚斋自天津来过访,谈良久,去。回寓午餐,颂芃来,偕颂芃、羿圃至鹫峰寺,晤蜀人张君克成。君研究释理颇有心得,谈移时归。出城至青云阁理发,头品香浴。灯下阅《佛教初学课本》,明吹万老人署、清印光法师改订、石埭杨仁山先生文会复加删改,言简意赅,理明法备。象教典籍,充栋汗牛,初学之士若乏津逮,大辂椎轮端赖是编矣。

七日丙戌(8月7日)　晴。晨趋署审查江西玉山县四年七月至十二月宣讲生火食费支出计算。午刻归,同德公、颂芃、羿圃作扑克之戏,朗舅、彭甫来。晚间同德公、颂芃游中央公园,坐柏斯馨咖啡馆纳凉。

八日丁亥(8月8日)　阴。晨雨,旋放晴,诣署审查江西弋阳县四年九月至十二月宣讲生火食费支出计算。回寓得诗舲舅函,知行抵石城,又复折回,函中附慈亲谕。徐君子荣来,持研因丈函见交。得希潜兄柬,复之。假寐片时,缄丈来,谈良久。夜雨,代李卿叔拟复许君。

九日戊子(8月9日)　晴。晨趋署审查江西贵溪县四年八月至十二月宣讲生火食费支出计算。午刻归,奉慈亲谕,又得干云秣陵来书。同仲复、德公、颂芃、羿圃作扑克之戏。夜间复诗舲舅函。

十日己丑(8月10日)　晴。晨趋署审查江西铅山县四年八月至十二月宣讲生火食费支出计算。回寓午餐,上慈亲一禀。彭甫来。傍晚游中央公园,独坐上林春,逢景州、德公。偕德公出城,诣浣花春,筱泉、颂芃先在。有顷,羿圃亦来。饭罢,筱泉他往,余等步至新世界,逢朗舅、彭甫。

十一日庚寅(8月11日)　阴雨,旋霁。复研因丈一函。阅《北史·屈遵张蒲谷浑公孙表张济李先贾彝窦瑾李䜣韩延之袁式毛修之唐和寇赞郦范韩秀尧暄柳崇列传》一卷。午后椒丈、彭甫来，同诣鹫峰寺。少顷，缄丈亦至。同缄丈听克成先生讲《唯识三十论》，是为余从事释典之始。雨，随缄丈来寓小坐。夜阅《顺天时报》，政府颁布金券条例，并设立币制造局董其事。是日祭祖先。

十二日辛卯(8月12日)　晴。是日为参众两院开会之期，休假一日。晨阅《北史·陆俟源贺刘尼薛提列传》一卷。午后偕叔辛诣鹫峰寺。已而大姊、羲叙夫人及内子来，在居士堂小坐。归阅《顺天时报》。游中央公园，遇景州，茶于春明馆外。已又逢仲涵、仲复、德公、稼农、颂芃、定之、树闳、朗舅。日莫至横二条胡同应昀浦叔之召，坐有刘丈韶九，哲武，希周，仲高，珏生暨剑秋、李卿两叔，叔辛。诸人散，偕叔辛归。

十三日壬辰(8月13日)　晴。季良叔祖母六十有九寿辰，晨诣横二条胡同敬祝。趋署审查江西广丰县四年七月至十二月宣讲生火食费支出计算，得咏笙诸同学公函。午刻归，稼农来，旋诣鹫峰寺，缄丈在焉。小坐居士堂，同来舍，谈良久去。傍晚朗舅、彭甫来，偕羿圃至察院胡同舅氏寓庐。晚餐后同椒丈、羿圃、彭甫看竹。

十四日癸巳(8月14日)　晴。晨趋署审查江西横峰县四年七月至十二月宣讲生火食费支出计算。回寓午餐，餐毕偕羿圃诣鹫峰寺，克成赴津未返。归，小憩，出城观剧于第一舞台，是日演《断桥》、《失街亭》、《玉堂春》、《白水滩》、《六月雪》、《天河配》诸剧。剧散，过青云阁理发。夜间阅《北史·司马休之司马楚之刘昶萧宝夤萧正表萧祗萧退萧泰萧㧑萧圆肃萧大圜列传》一卷。

十五日甲午(8月15日)　晴。晨趋署审查江西宜春县四年七月至十二月宣讲生火食费支出计算。午刻归，饭后诣鹫峰寺。有顷，缄丈亦来，听克成讲《唯识三十论》，并承以《小乘七十二法浅说》见贻。后日为羿圃生日，略治肴馔为之预祝，并邀叔辛、彭甫作陪。袁绍明五十寿，借在石驸马大街宅中演剧，偕叔辛、彭甫往观。是晚所演之剧，有刘鸿升之《探母》、梅兰芳之《散花》、余叔茗之《珠帘寨》、龚云甫之《骂曹》、贾璧云之《花鼓》,均能各尽所长。他若《父子会》、《连升三级》等剧亦尚可观,二钟返寓。

十六日乙未(8月16日) 晴。晨趋署审查江西吉安县四年九月至十二月宣讲生火食费支出计算,午刻回寓。缄丈来,同诣鹫峰寺,克成续讲《唯识三十论》,购《佛教初学课本》以奉朗舅。归,舅氏适在。有顷,椒丈、彭甫亦来。

十七日丙申(8月17日) 晴。晨诣署审查江西泰和县四年十月至十二月宣讲生火食费支出计算。羿圃生辰,招饮于察院胡同朗舅寓庐。午刻往,饭罢随缄丈至鹫峰寺,克成续讲《唯识三十论》。回寓小憩,再诣察院胡同。晚餐后归,阅《北史·卢玄卢柔卢观卢同卢诞列传》一卷。

十八日丁酉(8月18日) 晴。晨偕内子出,遇椒丈、彭甫于巷口,下车谈数语。出城游农事试验场,在豳风堂久坐,继至动物园艺各标本室巡览一周。傍晚出园,内子先返,余独往中央公园柏斯馨咖啡馆。逢畏钦新自湘中来,又逢稼农、德公、仲复、仲涵、颂芃、朗舅、彭甫。大风,雨,步至春明馆,蕊舲亦避雨于此。诵两当轩"珊瑚百尺珠千斛,难换罗敷未嫁身",惘惘久之。雨止,月出皎洁,倍于恒时。觅车返,天安门一带水溢成渠。抵寓,李卿、昀浦两叔母均在,得爱理柬。

十九日戊戌(8月19日) 晴。晨趋署审查江西吉水县四年十一月、十二月宣讲生火食费支出计算。午刻诣宫门口天仙庵,庵极狭小,不知建自何代。是日塑像开光,延僧诵经。出,过白塔寺,一转即归。午后同德公、仲复、仲涵、羿圃、颂芃作扑克之戏。夜阅《北史·高允列传》一卷。代羿圃拟挽沈雨辰督办,联云"成佛定参灵运座,遗型共印郑公乡"。

二十日己亥(8月20日) 晴。颂芃生日,晨诣广宁伯街兵工厂寄宿舍祝之。趋署审查江西永丰县四年七月至十二月宣讲生火食费支出计算,午刻归。饭后至察院胡同谒椒丈,不直,晤彭甫,谈片刻。

复诣米市胡同，在剑秋婶处略坐。访稼农，未晤，过掌扇胡同头品香浴焉。入城游中央公园，遇颂年于柏斯馨咖啡馆。前日为余初度，今日又颂芃生辰，显卿、博彦、德公、仲复、树闳、仲涵、稼农、景州、羲叔诸人借坐水榭为余等公祝，并邀朗舅作陪，唯羿圃辞未来。散偕显卿至阜成门大街广济寺，李卿叔在寺邀僧诵《瑜伽焰口》。亥刻偕大姊、内子归。

二十一日庚子(8月21日)　晴。晨趋署审查江西安福县四年七月至十二月宣讲生火食费支出计算。回寓午餐，复兹明一书。访仲涵于前王公厂、季略于后王公厂，皆不直。出城至青云阁理发。闲游中央公园，逢簪杏、稼农、颂芃，茶于春明馆。顷之，德公亦来。薄莫诣广济寺，缄丈延僧诵《瑜伽焰口》，即在寺中素食。

二十二日辛丑(8月22日)　晴。晨趋署审查江西遂川县四年八月至十二月宣讲生火食费支出计算，午刻归。先妣史宜人生辰，设祭。饭后诣弓弦胡同，李卿叔婶均他出。因往锡拉胡同，同德公、仲复、羿圃看竹，负。归得韦卿柬，知日间曾枉过。

二十三日壬寅(8月23日)　晴。晨趋署审查江西万安县四年九月至十二月宣讲火食费支出计算。返寓得幼宋函。缄丈来，留此午餐。餐罢，偕诣鹫峰寺，克成先生讲《唯识三十论》。竟夜风雨，阅《北史·崔鉴崔辩崔挺列传》一卷。

二十四日癸卯(8月24日)　阴。晨趋署审查江西永新县四年八月至十二月宣讲生火食费支出计算。午刻归，雨。夏君蔚如之太夫人八秩征诗，代缄丈撰五言律两首：

羲叔当清节，媊芒应列躔。风徽嗣韦母，眉寿俪琼仙。舞彩兰馨膳，还丹菊引泉。嘉言符祭酒，美意自延年。

旧阀侪商皓，高风溯义熙。拘嗛佐甘旨，封鲊寓箴规。福德诸天集，声华四域驰。幔亭仙会启，更谱寿人诗。

二十五日甲辰(8月25日)　阴。晨得研因丈秣陵来函。羲叙来,留此午餐。餐罢,稼农来,偕内子诣东安市场,羲叙夫人在焉。拟游北海,雨,不果。遂往新世界,电影场□演日本魔术,滩簧场改为南北名花曲艺会,余处悉仍旧贯。饭于吉士林西菜馆,亥刻归。△君坚族伯母七十正寿,诗以寿之:

重光曜华门,翔祺登寿宇。岂受天锡多,笃厚观所树。懿欤太夫人,远绍有妫绪。衡岳灵气钟,颍川德星聚。夙擅林下风,早夸不栉侣。及笄嫔天水,惠问三党普。鱼菽供盘匜,苹蘩饬筐筥。义方严君同,佐馂子职补。剉荐每忘贫,丸熊未惮苦。经义宣文幔,禅定贝多语。余事耽临池,绿槐近堪伍。令子鸾凤姿,轩轩自霞举。养素乐丘园,奉亲洁鸡黍。森阶桐枝荣,绕膝莱衣舞。修道得养寿,寒暑安能侮。聿跻古稀年,华筵敞玄圃。仙乐奏云璈,行厨擘麟脯。走也忝同源,高峰仰天姥。愿爇瓣香虔,所憾云路阻。载进都荔词,期颐祝多祜。

又代羲叙作七律一首:

中闺名德冠兰陵,林下风裁里党称。诵学生徒归绛幔,传家事业在青灯。凤雏早擅无双誉,象教能通最上乘。寿介眉梨晋瑶斝,愿陈吉语拟升恒。

二十六日乙巳(8月26日)　阴。晨冒雨趋署审查江西宁冈县四年八月至十二月宣讲生火食费支出计算。回寓午膳,上慈亲一书。读玉溪生诗《向晚晴》。偕叔辛、大姊、内子至弓弦胡同,祝李卿叔寿,晤缄丈、羲叙。归途甚寒。

二十七日丙午(8月27日)　阴,微雨。晨趋署审查江西莲花县四年九月至十二月宣讲生火食费支出计算,午刻归。先君忌日,设祭。午后阅玉溪生诗。颂芃来,偕诣鹫峰寺居士堂与克成略谈。

二十八日丁未(8月28日)　晴。晨趋署审查江西清江县四年八月至十二月宣讲生火食费支出计算。回寓读玉溪生诗,同德公、颂芃、羿圃作扑克之戏。同至鹫峰寺,一转即返。傍晚诣弓弦胡同应李卿叔之招,坐有缄丈、韶九、珏生、显卿、科孙、昀浦叔、叔辛、羲叙。

二十九日戊申(8月29日)　晴。晨趋署审查江西新淦县四年八月至十二月宣讲生火食费支出计算,午刻归。饭后再诣署,偕颂芃、羿圃游北海。山东水灾,赈济开放,展期三日,布置与湖南筹赈会相仿,惟游屐较稀。入门逢羲叙,同颂芃绕出塔后,在漪澜堂西廊小坐。过倚晴楼东行,过桥为春雨林塘、濠濮间,景物颇佳,惜渐就荒圮。眺玩移时,北经蚕坛折而西,过静心斋,皆未入。更西为浴兰轩,壁间嵌快雪堂帖。阐福寺礼大佛,寺对五龙亭。羲叙、羿圃在彼啜茶,坐良久。循苑墙南行,由西侧门出,觅车归。灯下读玉溪生诗。

三十日己酉(8月30日)　晴。晨趋署审查江西新喻县四年九月至十二月宣讲生伙食费支出计算。得希潜兄柬,复之。午刻归,读玉溪生诗。同德公、仲涵、颂芃、羿圃作扑克之戏,小负。傍晚诣浣花春晚餐,餐罢同游新世界,在四层楼啜茶,逢景州、仁宅,观日本魔术,归已十二钟矣。

三十一日庚戌(8月31日)　晴。晨趋署审查江西峡江县四年八月至十二月宣讲生火食费支出计算。曾王父忌辰,回寓设祭。午后致苕卿叔一书,假寐片时。出城过青云阁购《金刚般若波罗密经》、《药师琉璃光如来本愿功德经》、《观世音菩萨普门品经》各一部。登楼理发,复至椿树三条胡同长沙邑馆访畏钦,晤谈。归途逢希潜兄,下车谈数语。夜读玉溪生诗。

九月一日即旧历七月二十六日辛亥(9月1日)　晴。晨李卿叔来,赓伯丈来,得佛士秣陵来函。午后游中央公园,德公先在,春明馆啜茶,椒丈、朗舅、仲涵先后来。傍晚诣锡拉胡同,晤缄丈、树闳、仲复诸人。刘△△次长五十正寿,借金鱼胡同那项花园演剧。晚间偕朗舅、树闳往观,贾翰卿《新安驿》,时慧宝《逍遥津》,金叔岩、陈德麟《南天门》,梅畹华《狮吼记》,杨小楼《挑华车》,剧散已二钟矣。

二日壬子(9月2日) 晴。晨趋署审查江西分宜县四年八月至十二月宣讲生火食费支出计算。署中自今日始仍以上午九时至午后五时为办工时刻。散直归,羲叙来,留此晚餐。

三日癸丑(9月3日) 晴。晨趋署审查江西平乡县四年九月至十二月宣讲生火食费支出计算。午后风,访羲叙于盐务署,晤之。偕诣东长安街长安饭店,访莲荪丈,谈移时。出遇雨,至锡拉胡同暂避。晤缄丈、德公,略坐即归。夜复佛士函。

四日甲寅(9月4日) 晴。晨趋署审查江西万载县四年八月至十二月宣讲生火食费支出计算。缄丈以《金刚经解义》一册见贻。傍晚偕德公游中央公园,坐春明馆外啜茶。日莫风起,遂归,得克成柬。是日参众两院总统选举会依法选举大总统,徐公世昌以四百二十五票当选。际此国内多故,外患日深,遗大投艰,负重致远,既膺乐推,责无旁贷。闳此远谟,挽兹厄运,东山再起,必有以慰苍生云霓之望也。

五日即旧历八月辛酉朔日乙卯(9月5日) 晴。晨访克成于鹫峰寺,晤谈。诣署审查江西高安县四年八月至十二月宣讲费支出计算。午后出城浴于掌扇胡同头品香,顺道至东北园订购《日知报》。归阅《十宗略说》一册,复干云书,阅《北史·李灵李顺李孝伯李裔李义深列传》一卷。

六日丙辰(9月6日) 晴。晨趋署审查江西上高县四年七月至十二月宣讲生火食支出计算,傍晚归。旋赴鹫峰寺,克成先生讲《百法明门》,同听者十三人。晚间颂芃来。

七日丁巳(9月7日) 晴。晨趋署审查江西宜丰县四年七月至十二月宣讲生火食费支出计算。闻诗舲舅自里中来,午后偕朗舅至西河沿金台、中西两旅馆访之,皆不遇。过青云阁理发,向晚归。诗舅已在,并以慈亲谕暨研丈、通百函见交。代恽丈叔伦挽薇荪丈联,朗舅所属也：

早登禁掖，晚卧沧江，弟昆仲最擅清名，何期末疾沉绵续命，难求上池水；

子已蜚声，孙堪绳武，尘世事已无遗憾，只我京华憔悴怆怀，忍诵惠连诗。

八日戊午(9月8日)　晴。晨偕羿圃至察院胡同晤朗舅，坐良久。归遇季略于途，邀来舍，已而朗舅亦来。季略以所撰邑中公园联见示，蕴藉风流，自是才人吐属。午后复幼宋弟一缄。德公来。偕叔辛至西河沿燕台馆访诗舲舅，并晤达如丈，谈片刻。达丈他适，予等同游中央公园，遇德公于春明馆。叔辛邀诗舅及余来今雨轩西餐，十时归。阅《北史·游雅高闾赵逸胡叟胡方回张湛段承根阚骃刘延明赵柔索敞宋繇江式列传》一卷。

九日己未(9月9日)　阴。晨得佛士秣陵来函。诣署审查江西赣县四年九月至十二月宣讲费支出计算。傍晚诣鹫峰寺，克成先生讲《百法明门论》毕，是日听众达二十人之多。归读《金刚经解义》，夜阅《北史·王慧龙郑羲列传》一卷。

十日庚申(9月10日)　晴。晨趋署审查江西雩都县四年八月至十二月宣讲火食支出计算。傍晚独游新世界，观日本魔术。回寓晚餐，得干云秣陵来书。上慈亲一禀。阅《金刚经解义》数页、《北史·薛辩薛寘薛憕列传》一卷。浩生自太原来过访，为述彼都近况，追忆昔游，殆同梦幻。

十一日辛酉(9月11日)　晴。晨趋署审查江西信丰县四年十月至十二月宣讲火食支出计算。傍晚至鹫峰寺听克成先生讲《八识规矩颂》。归阅《金刚经解义》，述者自署沽上逸民。是编荟萃群言，剖析精当，每节之后附以各大乘经典暨禅宗语录，皆可与本义互相发明，其有功于此经诚非浅鲜也。诗舲舅来，留此晚餐。阅《北史·韩茂皮豹子封敕文吕罗汉孔伯恭田益宗孟表奚康生杨大眼崔延伯李叔仁列传》一卷。

十二日壬戌(9月12日)　晴。晨趋署审查江西兴国县四年九月至十二月宣讲生火食费支出计算。外祖母忌辰,朗舅在寓中设祭。午刻同翜圃往,敬奠如礼。饭后回寓小憩,诣鹫峰寺晤缄丈,在居士堂略坐。即至安成胡同访浩生丈、贵人关访爰理,均晤谈。夜阅《北史·裴骏裴延俊裴佗裴果裴宽裴侠裴文举裴仁基列传》一卷。

十三日癸亥(9月13日)　晴。晨诣署审查江西会昌县四年九月至十二月宣讲火食支出计算。午后得伯铭柬,承以言乐会入场券一纸见贻。傍晚诣鹫峰寺,克成讲《八识规矩颂》。回寓,诗舲舅来,留此晚餐。言乐会借江西会馆演剧,晚间往观,逢稼农、景州。是日演《回朝》、《诉魁》、《白水滩》、《胭脂虎》、《打渔杀家》、《势利下山》、《捉放》、《游园》、《惊梦》,而以红豆馆主之《琼林宴》压轴,其它亦多系票友,座客颇众,剧散已二钟矣。

十四日甲子(9月14日)　晴。晨致达如丈、诗舲舅柬各一。先慈史宜人忌辰,设祭。午后趋署审查江西安远县四年八月至十二月宣讲火食支出计算,傍晚归。夜阅《北史·薛安都刘休宾房法寿毕众敬羊祉列传》一卷。

十五日乙丑(9月15日)　晴。晨得思蘧叔函,阅《北史·韩麒麟程骏李彪高道悦甄琛高聪列传》一卷。午后上外姑一禀。诣鹫峰寺听僧众念佛,薄莫归。晚间邀诗舲、朗存两舅,达丈,显卿,博彦,叔辛,翜圃寓中小饮,亥刻散。

十六日丙寅(9月16日)　晴。晨趋署审定江西寻邬县四年九月至十二月宣讲火食支出计算。养吾以所刊吕丈绪承遗集见贻。绪丈早饮香名,尤工绮语。充其力之所就,足以方驾玉溪,平睨两当。乃位不称德,中寿遽徂,知与不知,莫不惋悼。养吾念其著述之勤,足耀湘纨之色,爰搜遗箧付之梓人,俾作者毕生心血得以长留天地间。九京有知,亦当含笑矣。傍晚诣鹫峰寺,克成诵《八识规矩颂》。夜微雨,已而月出。致养吾一柬。

十七日丁卯(9月17日) 晴。晨趋署审查江西龙南县四年八月至十二月宣讲费支出计算,午后至东四牌楼天沛堂购拨云散,微雨。过东安市场理发,因往锡拉胡同同德公、仲涵、鲁通、羿圃诸人看竹。晚餐后归,月色甚佳。

十八日戊辰(9月18日) 晴,有风。晨趋署审查江西定南县四年八月至十二月宣讲火食支出计算。傍晚诣鹫峰寺,克成讲《八识规矩颂》,有女士二人听讲。夜访诗舅于燕台馆,不直,独游新世界,在坤书场久坐,亥刻归。

十九日己巳(9月19日) 晴。是日为旧历中秋,休假一日。米君允熙来,诣察院胡同朗舅处、横二条胡同昀浦叔处、缴子胡同允熙寓中,均晤谈。又至太仆寺街宾如处、八宝坑书焜处、东斜街柬笙、厅长处,皆未晤。出城诣米市胡同,晤剑秋叔,又在稼农处小坐。出逢叔辛,同赴燕台馆,诗舅适它出,回寓,诗舅已在羿圃许祀祖先。午后羲叙、鲁通来,旋至东长安街长安饭店访莲荪丈,亦不直。大风骤起,在锡拉胡同缄丈处久谈,承以《高王观世音经》见贻。傍晚过中央公园,遇德公于柏斯馨咖啡馆外。已又逢诗舅,同来寓庐。晚餐后偕叔辛、羿圃、大姊、内子踏月至西单牌楼,迂道教育部街。归阅《北史·杨敷杨播列传》一卷。

二十日庚午(9月20日) 晴。晨趋署审查江西虔南县四年八月至十二月宣讲火食支出计算。午后诣鹫峰寺街,缄丈先在,听克成讲《八识规矩颂》。归阅《楞严正脉》一卷。

二十一日丁未(9月21日) 晴。晨趋署审查江西大庾县四年八月至十二月宣讲费支出计算,诣鲍家街吊薇荪丈之丧。午后至太仆寺街法政学校,克成先生讲《楞严经》,同听者二十余人。傍晚游中央公园,逢宾旸、颂年,茗谈良久,薄上灯时归。诗舲舅在,因留此晚饭。饭后偕羿圃诣农商部,晤显卿、博彦,诗舅以所填《摸鱼子》、《贺新凉》两词见示。羁绪离思,溢于言表,人言愁始欲愁矣。

二十二日戊申(9月22日) 晴。晨季略来,同游鹫峰寺,购《翻译名义集》。归,希潜兄来,留此午餐。诣农商部,诗舅先在,偕作三贝子花园之游。坐豳风堂啜茶,叔辛来,登畅观楼。纵目遐瞩,远寺塔影,近郭炊烟,历历可辨。暮已渐催,游屐都散,别显卿、诗舅,偕叔辛归。灯下阅《楼炭经》三卷。

二十三日己酉(9月23日) 晴。晨诣署审查江西南康县四年八月至十二月宣讲费支出计算,回寓得佛士秣陵来函。傍晚诣鹫峰寺,克成讲《八识规矩颂》。晚间诗舲舅来,椒丈、彭甫来,在此久谈。阅《楼炭经》三卷,西晋三藏法师法立共法炬译。楼炭,此言成败也。

二十四日庚戌(9月24日) 晴。晨趋署审查江西上犹县四年八月至十二月宣讲费支出计算。午后出前门,浴于掌扇胡同头品香。过青云阁理发,因诣大李纱帽胡同△△居晚餐,独游新世界电影场,邂逅仲容、梦醒。

二十五日辛亥(9月25日) 晴。晨趋署审查江西崇义县四年七月至十二月宣讲费支出计算。傍晚微雨,渐旋霁,诣鹫峰寺听讲《八识规矩颂》。归,复思蘧叔一明片。阅《梦东禅师遗集》。

二十六日壬子(9月26日) 晴。晨诣署审查江西宁都县四年八月至十二月宣讲费支出计算。傍晚游中央公园,德公先在,坐春明馆啜茶,邂逅玉声。上灯时归,邀诗舲舅、羲叔来舍食饼。客去,阅《梦东禅师遗集》。师名际醒,字彻悟,生有清中叶。早悟《圆觉》要义,继通三藏十乘妙旨,尤致力于净业。所著诗文颂偈甚富,门人松泉辈为付剞劂,篇中于观经"是心作佛,是心是佛"二语反复推究。盖净土一宗为入道之正轨,至简至易,如阿伽陀药无病不疗,如意珠无愿不满。奈何世人流浪生死,不速求出离耶?

二十七日癸丑(9月27日) 晴。晨趋署审查江西瑞金县四年八月至十二月宣讲费支出计算。傍晚诣鹫峰寺,迟克成,久未返,众遂散。明日朗舅四秩晋七寿,羿圃在察院胡同舅氏寓庐治具预祝,坐有椒丈、叔辛、大姊诸人。散同舅氏、舅母、叔辛、大姊、羿圃、彭甫、内子掷升官图，大风。归得思蘧叔函。希潜兄来。

二十八日甲寅(9月28日)　晴，有风。晨趋署审查江西石城县四年七月至十二月宣讲费支出计算。午后诣法政专门学校听讲《楞严经》。三叔祖母自天津来，至弓弦胡同晋谒，并晤李卿叔，略谈。即赴察院胡同祝朗舅寿，晚餐后仍同舅氏、舅母、大姊、叔辛、羿圃诸人掷升官图，亥刻散。陈二庵将军之太夫人逝世，代缄丈撰联挽之：

> 八座备尊荣，伯霜仲雪皆名世才，诗礼溯渊源，获教衍姚江学派；
>
> 双修征福慧，琼佩瑶环证辟支果，音徽余想象，薤歌动京洛悲声。

二十九日乙卯(9月29日)　晴，大风。晨彭甫来，午后诗舲舅来，偕诣鹫峰寺观莲社诸人礼佛。关少芝叔自南中来，傍晚诣西河沿金台旅馆展谒晤谈。过烂漫胡同常昭会馆访蓬士，适已移居。又至米市胡同晤锦生叔、达如丈，坐片时，即赴瑞记馆践叔辛之约，坐有朗存、诗舲两舅，昀浦叔，羿圃，彭甫，蓬士诸人。散偕朗舅、叔辛、羿圃、彭甫游新世界魔术场，邂逅树闳、羲叙。

三十日丙辰(9月30日)　晴。晨诣署审查江西九江县四年七月至十二月宣讲费支出计算。午后少芝叔来，傍晚归。诗舅来，旋赴鹫峰寺听讲。

十月一日即旧历八月二十七日辛巳(10月1日)　晴。国会议决每岁夏至是日为圣诞节，各机关均休假一天。晨昀浦叔来，午刻诣米市胡同。剑秋叔赴张北，锦生叔游西山，未归，晤少芝叔、达如丈，又在稼农处小坐。同朗舅至北丰截胡同广味居应显卿、博彦之招，坐有吴君掌衡、唐君少莲、诗舲舅、宝慈、鹤企、羲叙、叔辛、羿圃诸人。席散，独诣青云阁理发。入城，过中央公园，邂逅杨君云生。坐上林春啜茶,已又遇景州,偕诣锡拉胡同。是日同人借缄丈寓庐补祝朗舅、仲涵,与坐者为德公、仲复、树闳、稼农、颂芃、羲叙诸君。归致通百一缄。刘丈赓百之太夫人殁于里门,代单君笃生撰联挽之:

惠问洽亲知,记昔年甥馆承颜,曾傍绛帷闻获教;
沈痾久绵缀,痛此日金风屈节,遽催崦景陨萱草。

二日壬午(10月2日) 晴。晨诣署审查江西德安县四年九月至十二月宣讲费支出计算。午后诣下斜街长椿寺吊赓伯太夫人之丧。叔祖母赴津,趋京奉车站候送。车行,至鹫峰寺听讲《八识规矩颂》。竟,灯下阅《楞严经》。

三日癸未(10月3日) 晴。晨趋署审查江西瑞昌县四年七月至十二月宣讲费支出计算,傍晚归。气候骤冷,衣欲装绵。夜雨,复研因丈函。阅《长阿含经》一卷。

四日甲申(10月4日) 晴。晨趋署审查江西湖口县四年八月至十二月宣讲费支出计算。傍晚访季略于浚王恭厂,不直。闲步小市,旋赴鹫峰寺听讲《唯识三十颂》。夜阅《长阿含经》。

五日乙酉即旧历九月朔(10月5日) 晴。晨诣署审查江西彭泽县四年八月至十二月宣讲费支出计算,大风。午后诣太仆寺街法政专门学校听讲《楞严经》,归得研因丈秣陵来函。夜间诗舲舅、显卿、博彦来。

六日丙戌(10月6日) 晴。晨仲涵来,在此久谈。得慈亲谕。午刻偕叔辛至横二条胡同应昀浦叔之召,坐有朗存、诗舲两舅,何卿叔,稼农,羿圃诸人。散诣弓弦胡同,李卿叔、孟龙丈均他适,晤叔母、姑母,谈移时。过中央公园,逢德公、仲复、景州、季略、君禾,坐春明馆啜茶。日莫归,诗舅已在,留此晚餐。夜间阅《长阿含经》一卷。复干云书。

七日丁亥(10月7日) 晴。晨趋署审查江西星子县四年八月至十二月宣讲费支出计算。散归署,阅《长阿含经》一卷,诣鹫峰寺听讲《唯识三十颂》。晚餐后偕羿圃出城,诣宾宴华楼,诗舅、达丈、显卿均在,绿香园啜茶。

八日戊子(10月8日)　晴。晨诣署审查江西都昌县四年八月至十二月宣讲费支出计算。午后至青云阁理发,谒何卿叔于羊肉胡同,不遇。过西河沿燕台馆,诗舅亦他出。朗舅招饮于浣花春,薄莫往,坐有何丈子言、椒生丈、诗舅、昀叔、显卿、博彦、稼农、羿圃诸人。散同朗、诗两舅氏,显卿,稼农,羿圃至宾宴华楼久坐。归阅《长阿含经》。

九日己丑(10月9日)　阴,微雨。晨得蓬士柬。椒丈七秩晋五寿,又彭甫表弟生日,诣察院胡同致祝。趋署审查江西永修县四年八月至十二月宣讲费支出计算。午后大风,缄丈弟三女公子二十生辰,偕仲复趋祝,因留午餐。同羿圃至东安市场一转,即赴鹫峰寺听讲《唯识三十颂》。晚间同缄丈、显卿、叔辛、羿圃借察院胡同朗舅寓庐公祝椒丈,并邀庸生作陪。散,同叔辛、羿圃缓步归。阅《长阿含经》一卷。复蓬士一柬。

十日庚寅(10月10日)　晴。国庆令辰。徐大总统于今日就任,休假一天。晨椒生丈来,略谈即去。曾王母丁淑人忌辰,设祭。午后诗舲舅来,偕叔辛、仲雍、叔翔游中央公园。澄霁钦氛,六合清朗,阊阖回驭,羲和扬光。或者万象更始,兵气将销之兆乎?园中有开路、双石等会,贫民学校军乐、南十番细乐、昆弋杂剧,游屐甚盛。春明馆逢椒丈、朗舅、彭甫,已又遇显卿、博彦、仲复、德公、季略、君禾诸人。上灯时归,阅《长阿含经》。

十一日辛卯(10月11日)　晴。晨趋署审查江西安义县四年七月至十二月宣讲费支出计算。午后薄游公园,逢德公于春明馆,稼农、羿圃继至。日莫归,诗舅适在,留此晚餐。阅《长阿含经》。

十二日壬辰(10月12日)　晴。晨诣署审查江西鄱阳县四年八月至十二月宣讲费支出计算。午后诣太仆寺街法政学校听讲《楞严经》,林君宰平以释氏学堂课程及佛学书目表见贻。傍晚至护国寺,会已将散,诣仁育堂购药,归。晚餐后赴农商部与诗舅、显卿久谈。

十三日癸巳(10月13日) 晴。晨椒丈来,彭甫来。午后过米市胡同晤何卿叔、达如丈、希潜兄,独游陶然亭。椒丈先在,茗谈良久,迟彭甫久不至,遂往新世界。邂逅尹甫、仲复,喧嚣殊甚,不耐久坐。归,得干云梁溪来函、通百里中来函。晚餐后偕羿圃诣察院胡同,晤椒丈、朗舅。

十四日甲午(10月14日) 晴。晨诣署审查江西余干县四年七月至十二月宣讲费支出计算。午后过察院胡同问朗舅疾。傍晚诣鹫峰寺听讲《唯识三十颂》。竟,希潜兄来,诗舲舅、显卿丈来。

十五日乙未(10月15日) 晴。晨诣署审查江西乐平县四年八月至十二月宣讲费支出计算,傍晚归。诗舲舅来,留此晚餐。代缄丈撰《林皞农先生七十寿序》。

十六日丙申(10月16日) 晴。晨希潜兄来。叔母冯宜人生辰,设祭。诗舲舅来,在此午饭。何卿叔来。诣署审查江西浮梁县四年八月至十二月宣讲费支出计算。日莫出城,浴于掌扇胡同头品香。归少憩,赴新华大街六味斋缄丈之招,坐有梅颉云、斐漪昆季、徐君蔚如、陈君霭士、克成、仲言、练如、叔陵、羿圃诸人。归续昨日所拟寿文,未成。

十七日丁酉(10月17日) 晴。晨得诗舲舅柬。午后诣署审查江西德兴县四年八月至十二月宣讲费支出计算。雷雨,旋霁,大风,偕昀浦叔诣弓弦胡同问叔泽叔祖疾,又在孟龙处久谈。日莫归,得椒丈柬,复之。

十八日戊戌(10月18日) 晴。晨气候骤冷,诣署审查江西万年县四年八月至十二月宣讲费支出计算。傍晚归,羲叙过访。诣鹫峰寺,克成讲《因明论》。晚间诗舲舅来。

十九日己亥(10月19日) 晴。晨趋署审查江西奉新县四年七月至十二月宣讲费支出计算。午后赴法政专门学校听讲《楞严经》。

傍晚至青云阁理发。归,续成昨稿。

二十日庚子(10月20日)　晴。晨得研因丈秣陵来函,言将有浙游。午后访希潜兄于杨梅竹斜街鸿升店,不直。羊肉胡同谒何卿叔,亦未晤。独游新世界,邂逅颂年及吴君霞赤,坐片时即归。诗舅来。晚间颉云世丈在城隍庙街蔡君子赓处讲《大乘起信论》,同听者二十人,风。

二十一日辛丑(10月21日)　晴。晨得佛士秣陵来书。诣署审查江西靖安县四年七月至十二月宣讲费支出计算。傍晚诣鹫峰寺听讲《因明论》。回寓,缄丈已在,留此晚餐,偕诣都城隍庙街听颉云讲《大乘起信论》。归复研因丈函。

二十二日壬寅(10月22日)　晴。晨趋署审查江西武宁县四年七月至十二月宣讲费支出计算。午后诣弓弦胡同,叔泽叔祖恙少差,适昀浦叔亦来,同在孟龙姑丈处小坐。上灯时归,缄丈在舍。晚餐毕,同诣都城隍庙街听颉云先生讲《大乘起信论》,踏月而归。阅《长阿含经》。

二十三日癸卯(10月23日)　晴。晨趋署审查江西修水县四年七月至十二月宣讲费支出计算。傍晚诣鹫峰寺听讲《因明论》,回寓诗舅适在。晚餐后,诣都城隍庙街听讲《大乘起信论》。归,显卿、诗舅均在,孖圃处久谈。

二十四日甲辰(10月24日)　晴。晨至西长安街邮政局寄书。趋署审查江西铜鼓县四年七月至十二月宣讲费支出计算。午后偕德公游中央公园,茶于春明馆。傍晚诣锡拉胡同访树闳,不直,同德公、仲复观剧于第一舞台。是日山东义赈,故名角甚夥,观演《金水桥》、《滑油山》、《棋盘会》、《藏舟》、《刺梁》、《宁武冈》、《彩楼配》、《虹霓关》、《阳平关》、《雁门关》、《失街亭》、《戏凤》诸剧,返寓已丑刻矣。得研因丈函。

二十五日乙巳(10月25日)　晴。晨诣署审查江西水上警察厅四年七月至十二月经常费支出计算。出城至施家胡同兴业银行一转,归午餐。上外姑一书,附寄银币十圆。假寐片时。诗舲舅、朗存舅、彭甫来,诣鹫峰寺,克成先生讲《因明论》。竟,李卿叔招饮于六味斋,上灯时往,坐有张君丹荣,缄丈,孟龙姑丈,丈弟次安,暨剑秋、何卿、昀浦诸叔,叔辛。散,复诣通商饭庄,树闳有粤西之行,同德公、仲复、羲叙、季略、彝圃、仲涵为之祖饯。酒阑,过杨梅竹斜街鸿升店希潜兄处一谈。

二十六日丙午(10月26日)　晴。晨赴京奉车站送树闳,八时许车行。同仲复、德公、羲叙、彝圃茶于青云阁。理发毕,趋署审查江西水上警察厅五年一月至六月经常费支出计算。午后至法政专门学校听讲《楞严经》。回寓,缄丈、李叔来,在此晚餐。偕诣都城隍庙街听讲。归,上慈亲一禀。阅《长阿含经》。南北相持,倏逾一稔。黔黎困于锋镝,老弱疲于转输,国餍帑空,傀焉不可终日。今者元首尊重平和,特颁明令,涣汗大号,遐迩腾欢。况欧战终结,世界将有重大变化,天心厌乱之机即人事昭苏之会。所冀藩镇重臣师干上将,各捐私见,共赞良谟,解甲弢弓,时不可失。《老子》曰:“佳兵不祥。”《传》曰:“不戢自焚。”慎毋恃拥重兵,罔顾国脉,徒逞蛮触之争,致贻鹬蚌之诮也。

二十七日丁未(10月27日)　晴。晨致耿斋丈一书。羲叙过访。张君荫农之尊人星槎刺史六秩有四寿辰,借西河沿正乙祠演剧觞客。午刻往祝,观演《选元戎》、《清官册》两出。偕仲复至先农坛,旅京各界人士为汤济武先生开追悼会,由焕亭总长代表元首致祭。是日莅会者不下数千人,挽联甚夥,不能备览。德公来,坐环翠亭下小谈。傍晚诣燕台旅馆访诗舲舅、羊肉胡同谒何卿叔,均未晤。过宾宴华楼邂逅季略、大东,稍坐。复往青云阁,朗存、诗舲两舅,显卿,彝圃,彭甫均在,上灯时归。晚餐后诣都城隍庙街听讲《大乘起信论》。

二十八日戊申(10月28日)　阴。晨趋署审查江西水上警察厅五年七月至十二月经常费支出计算。傍晚归,蓬士过访。诣鹫峰寺听克成讲《观所缘缘论》。回寓,朗存、诗舲两舅,彭甫均在,留此晚餐。得缄丈柬。至都城隍庙街听讲《大乘起信论》。椒丈来。复佛士一书。阅《长阿含经》一卷。

二十九日己酉(10月29日)　晴。晨诣署审查江西水上警察厅六年一月至六月经常费支出计算,午后归。缄丈来,在此晚膳,同诣都城隍庙街听讲《大乘起信论》。旋偕缄丈诣小砂锅琉璃胡同叔陵寓庐,练如暨刘君德成均在,亥刻归。

三十日庚戌(10月30日)　晴。旧历九月廿六日,为曾王母丁淑人生辰,设祭。午后趋署审查江西兴国县六年一月至六月善举费支出计算。致一以兹明函见交。傍晚诣鹫峰寺听讲《观所缘缘论》。回寓,诗舲舅来,留此晚餐。椒丈来,偕至都城隍庙街听讲《大乘起信论》。毕,同缄丈、颉云、斐漪、蔡君志赓诣化石桥任卓人司长寓中看扶乩,并书草隶体联。

三十一日辛亥(10月31日)　晴。晨诣署审查江西彭泽县六年一月至六月善举费支出计算。午后偕德公、小泉中央公园看菊,佳种颇鲜。茶于春明馆,邂逅梅卿。归致通百一缄。阅《长阿含经》竟,姚秦佛陀耶舍共竺佛念译。"阿含",此言法归。是经辨邪正、明报应,可谓"万善之渊府,总持之林苑"。以"长"为目者,开析修途,所记长远也。十八卷以后记世界成坏及天人龙马之迹,与《楼炭经》相同,疑原系一书,译者别为析出,然未敢臆断也。

十一月一日即旧历九月二十八日壬子(11月1日)　晴。晨趋署审查江西崇义县六年一月至六月善举费支出计算。林皞农先生七十寿,偕尹甫、仲复至江西会馆祝之。傍晚诣鹫峰寺听讲《观所缘缘论》。归阅《大乘起信论》。晚间朗存舅来。

二日癸丑(11月2日)　晴。晨趋署审查江西横峰县六年一月至六月善举费支出计算。午后至法政专门学校听讲《楞严经》。回寓,诗舲舅来,在此晚餐。得通百里中来函。显卿来。

三日甲寅(11月3日)　晴。晨得研因丈秣陵来书。诣察院胡同朗舅处,略谈。访蓬士于官猪圈,坐片刻。过东安市场购玩物,因诣锡拉胡同晤德公、仲复、缄丈,适筱泉、允熙亦在,同留午饭。饭后偕羲叙观剧于大栅栏之广德楼,是日演《法门寺》、《蔡家庄》、《骂曹》、《马上缘》、《珠砂痣》暨梅畹华新习之《瑶台》。剧散诣宾宴华楼,诗舅、显丈、博彦、达丈、羿圃均在,绿香园茗谈。显丈邀在该处晚餐,回寓已十一钟矣,雨。

四日乙卯(11月4日)　晨冒雨趋署审查江西广丰县六年一月至六月善举费支出计算。午后访希潜兄于武进会馆,不遇。诣米市胡同问剑秋叔母疾。顺访稼农,亦未晤。晚间同缄丈、李卿叔、练如、稚莲、叔陵诸人借六味斋公谦颉云、子赓,并邀斐漪、德忱、郑君叔进、陈君阜孙作陪。叔进、叔陵均未来。竟日雨。

五日丙辰(11月5日)　晴。晨趋署审查江西瑞金县六年一月至六月善举费支出计算,傍晚归。夜有风。

六日丁巳(11月6日)　晴。气候骤冷,始结冰。晨诣署审查江西上犹县六年一月至六月善举费支出计算。归得婉纫二妹函。壮仪犹子元献与吴江沈女士结婚,偕羿圃至头发胡同贺之,旋赴鹫峰寺听讲《观所缘缘论》。毕,克成以《楞严正见》见贻,携归。诗舅适在,长谈移晷。

七日戊午(11月7日)　晴。晨趋署审查江西虔南县善举费六年一月至六月支出计算,傍晚缓步归。诗舅来,晚餐后博彦、椒丈、朗舅、彭甫、显卿先后来。

八日己未(11月8日)　阴。晨趋署审查江西寻邬县六年一月至六月善举费支出计算。午后望耘过访,谈良久去。傍晚至鹫峰寺,克成讲《大乘起信论》。回寓,羲叙来。

九日庚申(11月9日)　晴,有风。晨趋审查江西信丰县六年一月至六月善举费支出计算。午后偕羿圃访景州、颂芃于小草厂,皆不直,晤景州夫人。旋诣弓弦胡同谒叔泽叔祖,谈良久。仲复生日,至锡拉胡同祝之,晤缄丈、德公,晚餐后归。

十日辛酉(11月10日)　晴。晨阅《顺天时报》。午后至东安市场吉羊园。显卿先在，朗舅、叔辛、孟丈、勋弟先后来。是日演《琼林宴》、《得意缘》、《卢林坡》、《战成都》、《瑶台》诸剧，剧散偕叔辛归。诗舅来，留此晚膳。朗舅、彭甫、昀叔来。

十一日壬戌(11月11日)　晴。晨趋署审查江西分宜县六年一月至六月善举费支出计算。午后至前门大街珠宝市一转，过青云阁理发。访望耘于大耳胡同，不遇。

十二日癸亥(11月12日)　晴。晨诣署审查江西资溪县六年一月至六月善举费支出计算。得旅京两江师范校友会启。午后至东长安街邮政局取件，因诣弓弦胡同谒叔泽叔祖，适剑秋叔亦在，略谈。已而椒丈、叔辛来，同赴东兴楼孟龙姑丈之招，坐有朗舅、显卿、仁久、屈君均候、蒋君韶九、吕君厚甫诸人。散，偕椒丈、朗舅、显卿至锡拉胡同晤德公、仲复、景州，谈良久。归晤诗舅。

十三日甲子(11月13日)　晴。晨趋署审查江西武宁县六年一月至六月善举费支出计算。缄丈次公子与斐漪△女缔姻，是日纳采，午刻趋贺，大宾为仲言、卓人两君。缄丈设筵谯之，并邀贾君果伯、季略、德公、望云、稼农、景州、彛圃及余作陪。席散同德公、筱泉、仲涵、彛圃看竹，晚间改组扑克，加入景州、稼农、颂芃昆季，亥刻归。

十四日乙丑(11月14日)　晴。晨诣署审查江西万安县六年一月至六月善举费支出计算，傍晚归。夜间诗舲舅来，显卿、博彦来。阅《顺天时报》。欧洲停战条约于本月十一日正式签字，德皇威廉第二退次荷兰。此次大战争亘历五稔，牵动全球，协约国卒获最后之胜利。强权不能与公理抗而武力终必屈服于正义，于此亦足征矣。吾国自参加战团未尝损一兵折一矢而凯歌传来，因亦与有荣幸。世界和平，瞋将实见，消弭内讧，修明庶致，时哉不可失也。

十五日丙寅(11月15日)　晴。晨趋署审查江西安义县六年一月至六月善举费支出计算。傍晚归，上慈亲一禀。诣鹫峰寺听讲《大乘起信论》。旧历十五日为见唐舅四秩寿辰，肃缄申贺。

十六日丁卯(11月16日)　晴。晨诣署审查江西宜黄县六年一月至六月善举费支出计算。午后至中央公园一转,即归。仲复过访。雷△△△△之太夫人七十寿,借江西会馆演剧,偕叔辛至南通会馆同季君自求往观。是日演《雅观楼》、《穆柯寨》、《英雄义》、《小放牛》、《汾河湾》、《芦花荡》诸剧。

十七日戊辰(11月17日) 晴。晨阜孙来,若卿来。午后诣黑窑厂三圣庵吊楚枬尊人铭石先生之丧。旋赴大栅栏三庆园,仲复、孟丈、显卿、叔辛、朗舅先后来,是日演《法门寺》、《打面缸》、《斩六将》、《金山寺》、《徐母卖[1]曹》、《桑园会》诸剧。剧散偕叔辛归。夜间上重钦伯一函。元首有令,前方将士即日罢战退兵。欃枪已敛,洗甲弢弓,和平之机其肇于此乎?

十八日己巳(11月18日) 晴。晨趋署审查江西上高县六年一月至六月善举费支出计算。傍晚出城诣米市胡同问剑秋叔母疾,略谈。访稼农,不遇,因赴鹫峰寺听讲《大乘起信论》。回寓,诗舅来。晚餐后显卿、博彦来。

十九日庚午(11月19日) 晴。晨趋署审查江西金溪县六年一月至六月善举费支出计算。午后偕德公、仲涵、羿圃至锡拉胡同缄丈寓庐看竹,亥刻归。复研因丈一缄。

二十日辛未(11月20日) 晴。晨诣署审查江西永修县六年一月至六月善举费支出计算。外祖母生辰,朗舅在察院胡同设祭,往拜。饭后出城,过青云阁理发,邂逅希潜兄,立谈片刻,即赴鹫峰寺听克成讲《大乘起信论》。返寓,诗舅、羲叙均在,因留晚餐。椒丈、朗舅、彭甫、博彦来。

二十一日壬申(11月21日) 晴。晨诗舅来,谈得里电促返,拟即日束装南下。致通百一函,媵以《颉颃室诗稿》、《双槐书屋集》托诗舅携交。是日君权先叔生辰,设祭。午后肃慈亲一禀。诣西河沿燕台旅馆,随诗舅步行抵京奉车次,显卿、博彦、叔辛、朗舅均来站候送。

---

① “卖”,当作“骂”。

四时许车行,同博彦至掌扇胡同头品香,谈片时。博彦有它约先去。晚间有风。

二十二日癸酉(11月22日)　晴,晨风。趋署审查江西进贤县六年七月至六月善举费支出计算。傍晚鹫峰寺访克成,略谈即归。灯下阅《楞严经》两卷。

二十三日甲戌(11月23日)　晴。晨诣署审查江西宜丰县六年七月至六月善举费支出计算。午后得克庵弟大冶来书。诣法政专门学校听讲《楞严经》,薄莫归。复干云函。王植轩先生暨德配凤夫人六秩双庆,代缄丈撰寿诗两律:

绮岁才华迈等伦,中年偶现宰官身。严疆磨盾功名早,大邑鸣琴治化新。佩韨人争羡梁孟,簪缨今已迈荀陈。梨洲待访犹多事,喜见承家有凤麟。

五岳归来鬓未霜,贞元耆宿数灵光。喜闻桴鼓清三辅,笑看莱衣舞一堂。寿世争传尘梦草,驻颜不藉养生方。灰飞葭琯春回早,愿介眉梨奉羽觞。

二十四日乙亥(11月24日)　晴。晨得蓬士柬,复之。午后访若卿于上斜街,晤谈良久。诣新世界观爱美社女子新剧,邂逅德公、仲复、羲叙诸人。在三层楼茶社小坐,薄莫归。得见唐舅里中来讯。晚间朗舅、彭甫来。

二十五日丙子(11月25日)　晴。晨趋署审查江西修水县六年一月至六月善举费支出计算。傍晚至鹫峰寺听讲《大乘起信论》,回寓得平和期成会缄并附该会纲领一纸。代杨君云生拟寿植轩封翁诗五言律二首:

间气钟潜霍,儒风霭典坟。驱驰东国檄,移泐北山文。韨佩宜偕隐,弦歌颂使君。青箱光业在,奕叶绍清芬。

凤毛标誉望，鹏翮夺扶摇。桴鼓清三辅，银章耸百僚。循陔诗补束，登岳句吟乔。待献南山颂，槐堂日月饶。

二十六日丁丑(11月26日)　晴。晨趋署审查江西崇仁县六年一月至六月善举费支出计算。傍晚诣锡拉胡同晤缄丈、仲复、德公、羲叙。晚餐后赴东安市场吉羊园孟龙丈之约，三叔祖、昀浦叔、叔辛均在。是晚演《翠屏山》、《捉放曹》、《南天门》、《游园》、《惊梦》，畹华此剧尚初次出演也。

二十七日戊寅(11月27日)　晴。晨诣署审查江西南康县六年一月至六月善举费支出计算。傍晚鹫峰寺听讲《大乘起信论》。金钧孙夫人病没京寓，挽以联云：

弦促镜空，梦得哀吟《伤逝赋》；
帘幽簟竟，玉溪愁写《悼亡诗》。

二十八日己卯(11月28日)　晴。庆贺协约国战胜，各机关均休假一日。元首御太和殿行阅兵礼，各国军队咸列。朱旗耀日，赤羽熙天，军容之盛，亘古所稀。十时至天安门参观，德公、仲涵、仲复均在。偕入端门、午门，游览太和、中和、保和诸殿。出觅车诣锡拉胡同晤缄丈，略谈。午餐后同仲涵、仲复、德公、景州、颂芃作外国叶子戏，春帆来，亦加入。晚间偕德公出正阳门看灯，因赴中央公园国民庆祝大会。会场设于社稷坛前殿，遍缀电灯，游人甚众。春明馆逢仲复、仲涵、景州、颂芃，啜茗闲坐，亥刻归。得见唐舅里中来函，练如、叔陵、稚莲柬。

二十九日庚辰(11月29日)　阴。晨趋署审查江西奉新县六年一月至六月善举费支出计算，午后雨雪。傍晚鹫峰寺听讲《大乘起信论》。晚间复婉缃妹函。读《楞严经》。

三十日辛巳(11月30日)　晴，大风。晨趋署拟《谘内务财政两部江西大庾县警费无着拟自本年七月起暂由国税项卜拨补可否照准请见复文稿》。午后偕仲复、德公、仲涵诣锡拉胡同看竹，亥刻归。得诗舲舅里中来函。

十二月一日即旧历十月二十八日壬午(12月1日)　晴。晨彭甫来。午后至教子胡同圣安寺吊钧孙夫人之丧。过米市胡同晤剑秋叔母，略坐。即诣新世界三层楼，遇显卿、德公、仲复诸人，理发。晚间同羲叙邀莲荪丈厚德福酒家小饮，羲叙夫人、内子偕来。饭罢再游新世界，亥刻归。

二日癸未(12月2日)　晴。晨趋署审查江西弋阳县六年一月至六月善举费支出计算。傍晚鹫峰寺听讲《大乘起信论》。晚间诣通商饭庄，同人借是处补祝仲复，到者有朗舅、德公、仲涵、稼农、景州、颂芃、羲叙诸人。散觅车归，复见唐舅函。

三日即旧历十一月朔甲申　(12月3日)　晴。晨诣署审查江西东乡县六年一月至六月善举费支出计算。午后至后泥洼，稼农新自米市胡同移居于此，仲复、德公、仲涵均在。有顷，颂芃亦来，因作扑克之戏。姚柳屏秘书为其尊人称觞，借报子街同和堂演剧。晚餐后偕德公、仲涵、稼农昆季往观，是晚演《思凡》、《访普》、《诉魁》、《势利僧》、《游园》、《惊梦》诸剧。

四日乙酉(12月4日)　晴。晨得诗舲舅函。诣署审查江西遂川县六年一月至六月善举费支出计算。傍晚鹫峰寺听讲《大乘起信论》，反寓小憩。复至锡拉胡同，德公、仲涵、仲复、稼农、颂芃诸人方作扑克之戏，余遂加入，局终已十二钟矣。得佛士虞山来书并所作《怀都赋》，以危苦之词抒哀怨之旨，《小雅》之遗音也。

五日丙戌(12月5日)　晴。晨趋署审查江西都昌县六年一月至六月善举费支出计算。午后希潜兄来。夜间复诗舲舅函。又代人作寿王植轩封翁诗一律：

早赋归因少宦情，十年循绩满边城。鲤庭承训经纶远，鸿案扬芬佩瀫清。绝业他时归伏寔,耆龄斯世重錢铿。葭灰微动春初转,彩服盈庭晋寿觥。

六日丁亥(12月6日) 晴。晨趋署审查江西德兴县六年一月至六月善举费支出计算。傍晚诣鹫峰寺,克成略有恙,辍讲。归,上慈亲一书。阅《怡庐诗钞》一卷。报载曰昨英、美、法、日、意五国公使对于我国政府提出劝告。

七日戊子(12月7日) 晴。晨趋署审查江西新淦县六年一月至六月善举费支出计算。午后法政专门学校听讲《楞严经》,回寓晚餐。餐罢至第一舞台,朗舅、孟丈先在,叔辛、显卿续至。是日演《双摇会》、《泗州城》、《悦来店》、《金水桥》、《麒麟阁》诸剧。归阅《无量寿经起信论》一卷。

八日己丑(12月8日) 晴。潘君跛僧饬人送来苏台吟社课卷一册,略加翻阅。直支女公子楚文适陈君葑礽,又其介弟心支与石惠敏女士结婚,诣报子街聚贤堂贺之。傍晚至锡拉胡同晤德公、仲涵、仲复、稼农、颂芃,顷之景州亦来,因作外国叶子戏。

九日庚寅(12月9日) 晴。晨趋署审查江西龙南县六年一月至六月善举费支出计算。午后诣鹫峰寺听讲《大乘起信论》。归阅《怡庐诗钞》,盱眙吴吉府炳祥著,公望之尊人也。夜读《无量寿经起信论》一卷。夙之尊人仲勉七十寿,与朗舅、稼农合寿以联云:

高阳聚星,世有令德;
南山多福,天与吉昌。

十日辛卯(12月10日) 晴。晨趋署审查江西余江县六年一月至六月善举费支出计算。午后至大栅栏购物、青云阁理发。日莫归,灯下读《无量寿经起信论》一卷,长洲彭尺木际清著。复克庵书。

十一日壬辰(12月11日) 晴。晨趋署审查江西南昌县六年七月至十二月行政费支出计算。傍晚诣察院胡同谒新铭舅。已而缄丈、稼农亦来，均留朗舅处晚餐。归阅《观无量寿佛经约论》一卷，亦彭尺木所著。大风。

十二日癸巳(12月12日)　晴。晨趋署审查江西新建县六年七月至十二月善举费支出计算。午后致书焜一柬。傍晚至第一楼、青云阁等处一转。归，得见唐舅、幼宋弟里中来函。灯下读《阿弥陀佛经约论》一卷。

十三日甲午(12月13日)　晴，大风。季略五十正寿，晨诣后王公厂祝之。午餐后返寓，羲叙适在，略谈即去。得干云秣陵来函。傍晚至鹫峰寺听讲《大乘起信论》，再诣后王公厂同王君月秋、金君福茨、陈君伯英、仲涵、稼农、景州作外国叶子戏。亥刻归，代缄丈拟挽沈敬裕公瑜庆联：

> 东阳著望，早拥节旄，溯岭峤前纵，顿增旧雨黄垆感；
> 海滨息械，俄超尘劫，话开天遗事，忍续沧江青琐诗。

十四日乙未(12月14日)　晴。叔母冯宜人忌日，设祭。午后过察院胡同朗舅寓庐略坐。趋署审查江西丰城县六年七月至十二月行政费支出计算。傍晚至法政专门学校听讲《楞严经》，缓步而返。灯下阅《念佛开心颂》，清玉峰古昆述。《楞严经》云："若众生心，忆佛念佛。现前当来，必定见佛。不假方便，自得心开。"《颂》盖本此意而作也。

十五日丙申(12月15日)　晴。晨诣砖塔胡同访达如姑丈，不直，晤文殊，略谭。潘君受庵与沈仲平女士结婚，至宫门口西岔头条胡同贺之。午餐后归寓，更衣，出宣武门访孙君亚乾于前青厂，不遇。过羊肉胡同售硝分处晤何卿叔、希潜兄，谈片时。偕希潜赴大栅栏三庆园，叔辛先在，朗舅、显卿、翰青、孟龙姑丈先后来。是日演《夺小沛》、《定计》、《化缘》、《青石山》、《女起解》、《失街亭》诸剧，剧散后归。

复佛士一函。

十六日丁酉(12月16日)　晴。晨趋署审查江西进贤县六年七月至十二月行政费支出计算。午后至弓弦胡同祝孟龙姑丈寿。薄暮诣鹫峰寺,克成讲《大乘起信论》。竟,回寓致孟龙丈一柬。阅《大方等修多罗王经》。

十七日戊戌(12月17日)　晴。晨趋署审查江西南城县六年七月至十二月行政费支出计算。傍晚至青云阁理发,因诣新华大街浣花春应唐君企林之招,坐有缄丈,新民、朗存两舅,季略,德公,羲叙,羿圃诸人。散同季略、德公至宾宴华楼绿香园啜茶,邂逅博彦。归阅《佛说菩萨修行四法经》、《佛说稻秆经》、《文殊师利巡行经》、《大阿罗汉难提蜜多罗所说法住记》各一卷。

十八日己亥(12月18日)　晴。晨趋署审查江西黎川县六年七月至十二月行政费支出计算。傍晚诣鹫峰寺听克成讲《六离合释》,随众上殿礼佛,即在寺中素餐。回寓小憩,复至羊肉胡同晤重钦伯、何卿叔,叔于今晚附京汉车回鄂。偕昀浦叔、希潜送之车次,十时许车行,同叔辛归。

十九日庚子(12月19日)　阴。晨诣署审查江西南丰县六年七月至十二月行政费支出计算。阿弥陀佛圣诞,诣鹫峰寺顶礼,克成、纯熙设斋见款。归阅《北史·王肃刘芳常爽列传》一卷。致任弟函。

二十日辛丑(12月20日)　阴。晨冒雪趋署审查江西金溪县六年七月至十二月行政费支出计算。午后致颂芃一柬。傍晚诣鹫峰寺,在克成处闲坐。上灯后归,阅《北史·郭祚张彝邢峦李崇列传》一卷。雪霁,略有寒意。

二十一日壬寅(12月21日)　晴。晨趋署审查江西广昌县六年七月至十二月行政费支出计算。午后至法政专门学校听讲《楞严经》。阅《北史·崔光崔亮列传》。

二十二日癸卯(12月22日)　晴。晨上慈亲一书。午后诣察院胡同晤椒生丈、彭甫,谈片时。出城过羊肉胡同售硝分处,重钦伯已于午刻回津。因往门椎胡同隆记购皮冠，浴于掌扇胡同头品香，邂逅仲复。出浴，诣青云阁，仲复在彼迟予，略坐即归。灯下读《楞严经》、《北史・裴叔业夏侯道迁李元护席法友王世弼江悦之淳于诞沈文秀张谠李苗刘藻傅永傅竖眼张烈李叔彪路恃庆房亮曹世表潘永基朱元旭列传》一卷。

二十三日甲辰(12 月 23 日)　晴。冬节停止办公，季略来，在此长谈。午后致干云一书，并皮冠托翰青丈携宁。诣察院胡同晤新铭、朗存两舅，谈良久，同翰丈、仲复来寓小坐。傍晚偕仲复、彛圃步至鹫峰寺，听克成讲《六离合释》。竟，出城赴通商饭庄应叔辛之招，坐有杜君滋园，翰青，显卿，博彦，新铭、朗存两舅，孟龙姑丈，彛圃诸人。散，觅车归，读《楞严经》。

二十四日乙巳(12 月 24 日)　阴。晨趋署审查江西资溪县六年七月至十二月行政费支出计算。傍晚归，得干云秣陵来函。希潜兄来，在此久坐。晚间读《楞严经》。得二妹函。阅《北史・孙绍张普惠成淹范绍刘桃符鹿悆张耀刘道斌董绍冯元兴列传》一卷。

二十五日丙午(12 月 25 日)　晴。是日为拥护共和纪念，休假一日。午后诣锡拉胡同，同德公、仲涵、羲叙看竹，晚餐后归。致见唐舅函。得佛士秣陵来书。

二十六日丁未(12 月 26 日)　晴。晨趋署审查江西东乡县六年七月至十二月行政费支出计算。傍晚至东长安街邮政局取款，归阅《北史・袁翻阳尼贾思伯祖莹列传》。

二十七日戊申(12 月 27 日)　晴。晨趋署审查江西余江县六年七月至十二月行政费支出计算。午后诣弓弦胡同。冬至节后，叔祖病益加剧，喘汗不止，时作谵语。群医咸束手无策，参苓杂进，扰乱终宵，未能安枕。

二十八日己酉(12 月 28 日)　叔祖于丑刻逝世。孤露余生，夙承提挈，一朝永诀，恻怆何堪。谨草挽词以申哀慕：

二十年备赖提携，视我犹孙，行业无成终负期望；
刹那顷遽离尘网，报恩何日，人天永判痛催肝脾。

又代仲养叔祖撰挽联云：

频年契阔，双鬓俱皤，弱息远相依，刻鹄特严伏波训；
绝塞闭门，一官如寄，尺书犹在箧，亡琴弥怆右军言。

代章卿、李卿两叔拟通告各处尊长函稿。晚间诣锡拉胡同晤德公、仲复，略谈即归。得希潜兄柬。

二十九日庚戌(12月29日) 晴。晨诣弓弦胡同，申刻叔祖入殓，戚友多来吊唁，代孟龙姑丈拟挽联云：

荐萝忝系，得附旧姻，频年随侍京华，冰玉同称惭薄檀；
橘枳勿良，难回痼疾，一夕归真兜率，蒿莪辍咏恸深闺。

晚诣锡拉胡同应缄丈之召，坐有朗舅、季略、望云、允熙、德公、仲涵、仲复、羿圃诸人。

三十日辛亥(12月30日) 晴。缄丈五秩晋三寿辰，诣锡拉胡同致祝。旋赴弓弦胡同，俗例有接三之举，客来颇多。薄莫至皇城根送神，再诣锡拉胡同，仲涵、仲复、望耘、稼农、景州、颂芃正作外国叶子戏，余亦加入，散已一时矣。

三十一日壬子(12月31日) 晴。晨诣署审查江西贵溪县六年七月至十二月行政费支出计算。午后出城，至青云阁理发。翰青、仲复联袂南下，诣京奉车次送之。车行，偕羲叙至大栅栏购物，过宾宴华楼啜茶，程君芝庭继至。羲叙邀至石头胡同颐芗斋小饮，饭罢同至百顺胡同龙泉班、寒葭潭长春班一转。

来　信

一月初七日　接常州周企闲书
初八日　接南京研因文书　接美国宣重弟书　接无锡内子书
十一日　接常州慈亲书
十四日　接南京研因文书
十六日　接南京刘干云书　接无锡内子书
廿六日　接无锡内子书　接南京刘干云书　接确山胡宾旸书
廿九日　接常熟婉纠妹书
三十日　接良口蒋君禾书

二月初三日　接无锡内子书
初六日　接常州德斋文书
初九日　接常州见唐舅书　接南京刘干云书
初十日　接无锡内子书
十三日　接南京二妹书
十六日　接南昌君模叔书
廿六日　接南京吴漱渠书　接南京吴漱渠书

三月初二日　接南京刘干云书
初四日　接常州见唐舅书
十一日　接南京二妹书
十五日　接常州内子书
廿二日　接常州内子书
廿七日　接南昌君模叔书　接美洲宣重弟书

四月四日	接南京吴溆渠书
十一日	接南京刘干云书
十二日	接常州内子书
十三日	接南京二妹书
十七日	接常州吕诚之书
十九日	接无锡内子书
廿五日	接上海陈叔辛书　接南京二妹书
廿八日	接无锡内子书

五月二日	接常州慈亲书
五日	接南京内子书
九日	接南京内子书
十一日	接诸暨大姊书
十三日	接惠民周兹明书
十六日	接天津思藼叔书
十八日	接诸暨陈叔辛书
廿一日	接天津思藼叔书
廿三日	接天津思藼叔书　接南京二妹书
廿五日	接高邮吴溆渠书

六月三日	接上海陈叔辛书
四日	接南京陈叔辛书
十日	接高邮吴溆渠书
十六日	接山东周兹明书

七月三日	接天津思藼叔书
九日	接常州慈亲书
十日	接天津思藼叔书　接上海茗卿叔书

十一日　接无锡刘干云书
十六日　接南京二妹书
廿一日　接天津思藻叔书
廿四日　接常州徐幼丹书
廿八日　接常州思舲舅树

八月八日　接常州诗舲舅书　接常州慈亲书　接南京研因丈书
九日　接常州慈亲书　接南京刘干云书
廿三日　接常州幼宋弟书
廿五日　接南京研因丈书

九月一日　接南京杨佛士书
七日　接常州慈亲书　接常州庄通百书　接常州研因丈书
九日　接南京杨佛士书
十日　接南京刘干云书
十五日　接天津思藻叔书
廿三日　接南京杨佛士书
廿七日　接天津思藻叔书

十月五日　接南京研因丈书
六日　接常州慈亲书
十三日　接常州庄通百书　接无锡刘干云书
十九日　接南京研因丈书
廿一日　接南京杨佛士书
廿五日　接南京研因丈书
三十日　接兖州周兹明书

十一月二日　接常州庄通百书

三日	接南京研因丈书
六日	接南京婉纫妹书
廿一日	接天津重钦伯书
廿三日	接大冶克庵弟书　接南京刘干云书
廿四日	接常州见唐舅书
廿八日	接常州见唐舅书
三十日	接常州诗舲舅书
十二月三日	接常州诗舲舅书
四日	接常熟杨佛士书
六日	接南京研因丈书
十二日	接常州见唐舅书　接常州幼宋弟书
十三日	接南京刘干云书
廿四日	接南京刘干云书　接南京二妹书
廿五日	接常熟杨佛士书

寄　信

一月初三日	寄常州慈亲书
初七日	寄确山胡宾旸书
十二日	寄无锡内子书
十五日	寄美洲宣重弟书
十六日	寄常州慈亲书
十八日	寄南通吴漱渠书
廿二日	寄江阴黄柏庆书
廿四日	寄南京二妹书
廿六日	寄无锡内子书
廿九日	寄常州慈亲书　寄无锡内子书　寄南京刘干云书

三十一日　寄良口蒋君禾书

二月初四日　寄常州慈亲书
初六日　寄无锡外姑书
初七日　寄南京研因丈书
十一日　寄常州企闲丈书
十四日　寄常州四外祖书
十七日　寄常州见唐舅书　寄常州慈亲书　寄苏州方德公书
廿四日　寄南京婉纫妹书
廿八日　寄南昌君模叔书　寄南京刘干云书

三月初一日　寄常州慈亲书
初十日　寄常州见唐舅书　寄南京殷露声书
十二日　寄南京吴漱渠书
十六日　寄无锡内子书
十七日　寄常州慈亲书
廿三日　寄常州慈亲书
廿五日　寄南京刘干云书
三十日　寄南京二妹书

四月五日　寄常州慈亲书
十二日　寄常州慈亲书
十三日　寄无锡内子书
十九日　寄无锡内子书
廿三日　寄常州慈亲书
廿六日　寄美洲宣重弟书
三十日　寄南昌君模叔书　寄南京吴漱渠书　寄南京婉纫妹书

五月五日	寄诸暨陈叔辛书
七日	寄常州慈亲书
十五日	寄南京刘干云书
十七日	寄常州慈亲书
廿一日	寄天津重钦伯书　寄天津思蘧叔书
廿四日	寄上海吕诚之书
廿五日	寄天津思蘧叔书
廿八日	寄常州慈亲书　寄常州大姊书
三十日	寄惠民周兹明书　寄南京婉纫妹书
六月十日	寄常州慈亲书
十一日	寄无锡外姑书
二十日	寄高邮吴漱渠书
廿二日	寄常州慈亲书
七月八日	寄常州慈亲书
十一日	寄天津思蘧叔书
十四日	寄常州慈亲书
十七日	寄上海茗卿叔书
廿二日	寄天津思蘧叔书
廿六日	寄常州徐幼丹书
廿七日	寄南京二妹书
廿九日	寄常州慈亲书
八月九日	寄常州诗舲舅书
十一日	寄常州慈亲书
十三日	寄南京研因丈书
二十日	寄兖州周兹明书

廿六日　　寄常州慈亲书
三十日　　寄上海茗卿叔书

九月四日　　寄南京杨佛士书
五日　　寄南京刘干云书
十日　　寄常州慈亲书
十五日　　寄无锡外姑书
廿四日　　寄天津思蘧叔书
廿八日　　寄常州慈亲书
三十日　　寄南京杨佛士书　寄常州庄通百书　寄南京研因丈书

十月十日　　寄常州慈亲书　寄南京刘干云书
廿二日　　寄南京研因丈书
廿四日　　寄常州慈亲书
廿六日　　寄无锡外姑书
廿八日　　寄常州耿斋丈书　寄南京杨佛士书
三十日　　寄常州庄通百书

十二[①]月十五日　　寄常州慈亲书　寄常州见唐舅书
十七日　　寄天津重钦伯书
二十日　　寄南京研因丈书
廿一日　　寄常州慈亲书　寄常州庄通百书
廿三日　　寄南京刘干云书
廿九日　　寄南京婉纫妹书
三十日　　寄常州见唐舅书　寄常州慈亲书

---

① “十二”，当作“十一”。

十二月六日	寄常州诗舲舅书
十一日	寄湖北克庵弟书
十五日	寄南京杨佛士书
廿一日	寄常州慈亲书　寄美洲宣重弟书
廿四日	寄南京刘干云书
廿六日	寄常州见唐舅书
三十日	寄南京研因文书　寄江阴黄柏庆书

会　计　录

一月初一日	付弟一二元　付赏庄一元　付孟寿八元　付丁奠四元　付陈祝二元　付皮彩一元　付邮票一元　付日知一元
初二日	付兑用一元
初四日	付公园一元
初六日	付稼祝三元
初七日	付包车六元
初十日	付余寿四元　付缄祝六元
十一日	付长春一元
十二日	付吴奠二元　付钱奠一元
十三日	付名刺一元
十七日	付挽联一元
二十日	付兑用一元
廿二日	付包车七元　付戏资五元
廿三日	付一品一元
廿五日	付蜜枣二元　付桃酥一元　付火食六元　付皮统廿六元　付方奠二元　付杨贺一元　付兑用一元

本月共用银一百元

二月初一日　　付便宜五元　付兑用十元　付杏仁二元　付烟嘴一元　付篑用三十四元

初四日　　付巽贺六元　付沈奠三元　付被里三元　付汇水一元

初五日　　付包车七元　付兑用二元

初六日　　付赏审三元

初九日　　付赏瑞二元　付赏车一元

初十日　　付赏庄三元　付赏陈三元

十一日　　付日华二元　付珊珊二元　付赏赵一元　付赏史一元

十二日　　付新世二元

十六日　　付生日二元

十七日　　付纸烟一元

二十日　　付传分一元　付金刚一元　付兑用一元

本月共用银币一百元

三月初一日　　付包车六元　付子瑜一元　付头品一元　付羲祝二元　付绒毯廿六元　付篑用二元

初二日　　付火食六元　付新世二元

初四日　　付朱赙一元

初六日　　付香烟一元　付张寿一元　付日知一元

初七日　　付包车七元

初十日　　付弟一二元　付兑用一元

十二日　　付头品一元

十六日　　付缎鞋三元　付茶叶一元

十八日　　付小有二元

廿三日　　付秦贺一元　付兑用一元　付兑用一元

廿二日　　付车夫六元

廿七日　付火食七元

廿八日　付香烟一元　付邮票二元　付中央一元

廿九日　付汇费一元　付洋袜一元　付蜜枣一元

三十日　付瑞霖九元

本月共用银币一百元

四月四日　付李奠一元　付头品一元

六日　付包车七元

八日　付三庆一元

十一日　付景祝三元　付参须三元　付兑用一元

十二日　付张祝一元

十八日　付肥皂一元　付纸烟一元　付济南五元

十九日　付兑用二元

二十日　付包车六元　付史奠四元　付德祝二元　付春明一元

廿一日　付缄贺四元

廿三日　付头品一元

廿七日　付弟一一元　付丝带二元　付火食六元

三十日　付香烟一元　付剑寿八元　付瑞霖三元　付懿文四元

本月共用银币七十元

五月三日　付澄华二元

五日　付车夫七元　付中央一元

七日　付日知一元　付兑用二元

八日　付长生一元

十一日　付京奉二元

十三日　付皮丝一元

十四日　付袁祝二元　付春明一元
十八日　付徐祝一元
二十日　付车夫六元　付球房二元　付兑用一元
廿三日　付头品一元　付厨房六元
廿八日　付中央二元　付兑用一元　付兑用一元　付瑞霖三元　付孟借二元　付球房一元　付树祝三元

本月共用银币五十元

六月三日　付车夫七元
四日　付北海一元
八日　付头品一元　付春明一元
十日　付王贺二元
十一日　付懿文一元　付球房一元
十二日　付赏审三元　付赏庄二元　付车夫一元
十六日　付鲥鱼一元
十八日　付车夫七元
十九日　付烧鸭一元　付茶房一元
二十日　付春明一元
廿三日　付缎鞋三元　付纸烟一元
廿四日　付春明一元
廿八日　付厨房七元　付瑞霖三元　付头品一元　付兑用二元
三十日　付青云一元

本月共用银币五十元

七月二日　付包车七元
十二日　付上林三元
十七日　付包车七元　付上林三元

十九日　付上林四元
廿一日　付赏庄一元
廿三日　付上林三元　付头品一元
廿六日　付厨房一元　付瑞霖三元
廿七日　付皮丝一元　付兑用一元
三十日　付水果一元　付庄祝四元

本月共用银币四十元

八月一日　付车夫六元　付修表一元
五日　付头品一元　付兑用二元
十日　付浣花四元
十二日　付日知一元
十四日　付兑用一元　付弟一一元
十六日　付包车七元
十八日　付农事二元　付柏斯一元
廿一日　付头品一元
廿二日　付兑用一元
廿七日　付沆奠一元　付兑用二元
廿八日　付摊款一元　付北海一元
三十一日　付包车六元　付瑞霖三元　付金刚一元　付牙粉一元　付日知一元　付头品一元　付邮票二元　付兑用一元

本月共用银币五十元

九月六日　付楞严五元　付戴奠二元　付名刺一元
十四日　付世界二元　付包车七元
十五日　付宴客十元
十七日　付眼药一元　付赏庄二元　付赏审三元　付兑用

二元

十八日　付赏馆一元　付赏鹜一元　付车夫一元

廿二日　付翻译二元　付迎江一元

廿四日　付呢帽七元　付头品一元　付兑用一元

廿九日　付兑用一元　付包车六元

三十日　付厨房八元　付瑞霖三元　付皮丝一元　付旗捐一元

本月共用银币七十元

十月一日　付兑用一元

十一日　付兑用二元　付百补二元

十四日　付包车七元

十六日　付头品一元　付兑用二元　付玩物一元

廿四日　付邮票二元

廿六日　付林寿二元　付史张四元　付钱汤二元

廿七日　付毡鞋四元

三十日　付包车七元　付瑞霖三元　付厨房七元　付椒寿三元　付外寿十元　付克成十元

本月共用银币七十元

十一月九日　付储蓄六元

十一日　付兑用二元　付纸烟一元　付兑用一元

十五日　付包车七元　付兑用三元

廿一日　付绒帽三元

廿二日　付头品一元

廿四日　付徽墨一元

廿五日　付杨奠一元

廿六日　付六味六元

廿九日	付厨房七元
三十日	付车夫七元　付瑞霖三元　付兑用一元

本月共用银币五十元

十二月二日	付通商三元
三日	付厚德六元
四日	付储蓄六元　付信笺二元
六日	付凌贺二元　付兑用一元
七日	付戏团五元
十一日	付陈祝三元
十二日	付欧战七元
十四日	付克成五元　付潘贺一元　付包车七元
十八日	付兑用一元
廿二日	付饼干一元
廿三日	付法赏一元　付皮丝一元
廿六日	付邮票二元
廿九日	付包车七元
三十日	付厨房七元　付挽联二元　付粥厂一元　付瑞霖三元　付驼绒十六元

本月共用九十元

全年共用八百四十元

迟云簃诗草

目　录

卷　上

卷 下

诗辑补

附词

卷　上

补祝怿青生日和自述原韵

漫慨身如败叶零，信知松柏寿千龄。别来双鬓俱添白，望里遥山不断青。游倦江湖囊愈涩，凉生庭院酒初醒。夜窗偶吐惊人句，定有蛟龙出水听。

冶庵叠前韵见赠赋此答之

东山殷物望，引退早抽簪。传业刘中垒，多闻叶水心。年光催老大，生事费沈吟。却忆当时乐，看花觅径深。

掌故罗胄富，高谈领略真。陆沈甘大隐，诗好耐长贫。斗茗风光浅，传柑节物新。何当陪汐社，联咏共芳春。

题周若溪壮游纪略

堪羡高人隐市阛，持筹暇即访名山。胜情胜具夸兼擅，五岳归来鬓未斑。

平生微尚寄岩壑，腰脚衰孱病未能。展卷今朝恍身历，因君逸兴复骞腾。

寿缪子彬六十(代朱伯房)

文采风流孰并肩，清门遗泽溯蝉嫣。曾陪东郡趋庭对，难忘南雍鼓箧年。邺架缥缃存劫后，谁家兰玉盛阶前。鹤飞腰笛惭词拙，谱入新声侑绮筵。

杂　诗

弱岁读前史，结慕黄金台。朅来过燕市，台上生蒿莱。骏骨不可遇，对此空徘徊。国士本无价，良女羞自媒。笑彼郭与乐，碌碌非奇才。

故园何所忆,朵朵庭前桂。清秋月照林,香发满阶砌。爱此寒馥姿,静与幽人契。流转历南北,菀枯心常系。一赋淮南篇,孤怀渺天际。

家贫乏良田,积书尚盈笥。凿楹怀夙昔,爱护若珍秘。北游逾十春,扃缄等委弃。悬知饱蟫腹,时或经雨渍。安得驾轻车,玉轴千里致。

积雨亘旬日,田陌成江湖。游鳞喜得气,泽雁但哀呼。伥伥乞食儿,蒙袂泣路隅。昨闻桑干涨,飘转尤堪虞。畴上劭农策,思进流民图。

我生无他嗜,丱角耽吟诗。涂抹辄自喜,饾饤顿忘疲。所积渐盈尺,荏苒阅岁时。迟暮百无就,唱叹古音稀。雕虫谅匪贵,覆瓿徒取讥。

夙昔厌簪组,结契在岩岑。花外托幽赏,尘表散微襟。春秋多暇日,肯来惟素心。潜游不识水,巢栖遑辨林。斯言有至理,吾思孔彦深。

夜坐二首用定庵韵

遥夜闲欹六曲屏,偶然诗思入空冥。歌翻阿子偏多怨,语卜刍尼总不灵。倦拂么弦弹渌水,惯搴珠箔指春星。断肠莫唱吴娘曲,暮雨潇潇未忍听。

晓来弦索语丁东,袅断炉①半偈空。窥牖娟娟前度月,持裙冉冉昨宵风。狂来倚剑仍天外,老去看花只雾中。绮习未除才渐退,更无豪气托长虹。

① “炉”下脱一字。

落叶四首和诗史阁主人

繁霜一夕井梧凋，凄绝人间小海谣。愁绪分来孤客枕，乡心付与暮江潮。软红已醒前番梦，晕碧谁怜旧日条。记取淮南词句在，长年何事感难消。

回黄转绿意蹉跎，清浅蓬莱水又波。点屧声疑来月地，乘槎人竟阻星河。花簪白奈肠应断，草长红心泪更多。一曲哀蝉听不得，教坊休奏别离歌。

冻雀山头语更哀，景阳钟动苦相催。难凭青鸟传芳讯，又见胡僧话劫灰。洛女芝田倚独倚[①]，麻姑桑海悔重来。无情最是深宫月，照过仙云又几回。

琼树歌残璧月斜，飘零帝子竟无家。西游弱水哀黄竹，北望长门冷翠华。衔绶已空巢阁凤，迎风剩见绕林鸦。侍臣盼断旌旗影，错认羊车辇路赊。

蜀中怀古

井络天彭应列星，导江源别按图经。弥空云气通三峡，亘古神功侈五丁。历劫山川尚形胜，入春花鸟自芳馨。景阳去后惭才思，剑阁何人继勒铭。

赠吴景洲

燕市春灯旧梦遥，益都萍聚鬓俱凋。关山马迹才人老，风雨鸡鸣壮志消。积习未除余翰墨，故交追忆半云霄。思缄、季略诸丈先后下世。相逢莫慨儒冠误，画史输君姓氏标。

大雨竟夕书此排闷

三更檐霤声转急，似欲冲垣排墙入。倏如万马来奔腾，列缺光芒

---

① “倚独倚”，不辞。

互激射。此时篝灯睫不交,此时短发愁频搔。处堂真同燕雀昧,起陆还恐龙蛇骄。我来漠上甫三日,蜡屐每惮冲泥出。兹土卑湿古所憎,滂沱果兆月离毕。巡廊负手行逡巡,千畦百陇愁漂沦。为霖讵副苍生望,鞭石应动神人嗔。前年黑蜧曾肆暴,人隐芦中蛙生灶。不缘呼皋亦井屋,但欲出门必纵棹。即今喘息尚未苏,流亡谁绘监门图。杜陵狂抱广厦愿,斧柯畴假徒嗟吁。况闻戈铤盈田野,羽檄星驰血流赭。天意茫茫谁得知,一笑还歌洗兵马。

即　事

梦影堕天涯,春归史凤家。酒痕欺月晕,吟绪绕灯花。绣被熏都懒,屏山望不遮。听歌吾意倦,怅触感年华。

题雾塘双马图为陶孟晋赋

金粟飘香候,刍尼过喜辰。传经纱幔训,洁膳彩衣人。才调絮柳匹,心期鸥鹭亲。丹青能永世,长护北堂春。

赠谈月色夫人谢题淮云忆语额(代)

淮云温旧梦,纪艳效巢民。芜累方滋愧,褒题弥足珍。拈来斑管韵,捧到墨痕新。兹集顿增价,瓜琼报莫伸。

赠张方仁

吟社申江启,登坛牛耳操。中流资砥柱,新意薄风骚。君提倡新意诗甚力。爱国篇章富,题襟兴会豪。襄迟添振奋,附骥愧鸿毛。

步缪子彬丈锦江楼望月诗韵

万枝灯火一轮冰,身在琼楼十二层。桂苑飘香芳讯杳,松涛作籁晚凉增。云烟雾态殊今昔,风雨心期感友朋。堪笑浪游成往事,岧峣鹫岭梦犹登。

上元偶成

江城又览上元灯，鬓影飘萧感易增。身健懒扶邛竹杖，心清恍映玉壶冰。田园兴寄陶元亮，节物吟耽范致能。范石湖有《上元纪吴中节物诗》。霁色乍开寒意敛，好山宜及此时登。

清明后十日饮澹然慧园里寓中坐有徐在兹沈子廉二君即席赋赠

睽离逾廿祀，把臂尚朱颜。世阅桑尘换，心仍海鹤闲。诗才何李上，画品宋元间。预订重来约，谈玄数往还。君即将之沪。

徐陵与沈约，俱是不凡才。湖海闻声久，衰迟识面才。一欢成邂逅，永日得追陪。坐对青山色，欣然共举杯。

务真移居体心堂街赋诗见示次韵和之

词人例羁蜀，客舍又新迁。胸有千间厦，家无一陵田。诗情摩诘淡，经训伏生传。就养女公子起鸿中心商店宿舍。云树苍茫隔，离居怅各天。

题玉虬六十读书图(代)

一代清才唐子西，长吟短讽不知疲。老来回忆书灯味，可似荷衣上学时。

吾侪积习耽文字，蟫蠹生涯故纸堆。世界无穷学无尽，新知还从旧闻来。

薛纬亮孝廉葆煌枉诗见赠次韵奉答

绮黄本是神仙侣，东马群推著作才。旧向孝廉船上坐，天风偏靳到蓬莱。

坐拥牙签抵百城，河东凤起久知名。杜门却轨耽吟啸，好句如珠脱手成。

早赋悬车辞锁厅，更欣兰玉播芳馨。一堂四代多才隽，人指高阳说聚星。

衰迟会合洵非偶，且喜同栖建业城。琼什枉投情郑重，只惭瓦缶答钟声。

题徐梅隐绘蹲鸱

兰阁风味懒残残，"山人更吃懒残残"，东坡逸诗句。当日曾供宰相餐。何似徐熙工写照，累累又见满晶盘。

赠小竞时任教上海广仁护士学校

积岁神交久，风尘会合艰。词华何蕴藉，辙迹靳追攀。讲舍高黄浦，吟坛踵碧山。指碧山吟社。捧君珠玉句，衰白一开颜。

卢俦庐文炳与德配黄夫人重谐花烛赋诗纪事次韵和之

范阳家世草堂宽，黼佩赓歌惬古欢。玳瑁梁深栖海燕，芙蓉帐艳绘边鸾。皋桥寄庑钦椎髻，槐市谈经重小冠。佳话山舟今又见，梁山舟有《重谐花烛诗》。齐眉白首古来难。

瀚尽尘襟积两斑，置身常在惠夷间。泉明每诩宦情淡，子美休嗟吾道艰。杜诗："吾道属艰难。"衡泌栖迟乐随倡，娜嬛管领自萧闲。神仙眷属贞元会，怨赋悲歌一例删。时任职苏州图书馆。

和怿青六三生日自述韵

文章巧思比公输，经术传家胜独孤。唐独孤及、郁父子并负时名。老去诗篇耽古调，狂来论议薄时趋。厌闻积水群蛙闹，喜听晴檐宿鸟呼。自是岁星属方朔，未须饱食诮侏儒。

漫书叠前韵

落落向人肝胆输，本来公叔性贞孤。逃时甘效龙蛇蛰，争食羞同鸡鹜趋。京雒梦回余慨叹，江湖天阔任歌呼。书生枉自夸稽古，淄上淹中等贱儒。《梁书·徐勉传》:“淄上淹中之儒。”“贱儒”,见《荀子》。

再叠前韵

奋飞束马愿宁输,疏越朱弦调不孤。涉世偏多歧路恸,还山原似没阶趋。时清已遘贞元会,岁稔仍虞庚癸呼。头白志犹勤炳烛,深宁毕竟是真儒。王厚斋自题《困学纪闻》云:“炳烛之明,用志不分。”

纬亮以莫愁湖纪游诗见示赋此奉答

出郭清光到眼前,远峰如黛草如烟。湖干风物浑依旧,弹指驹阴过卅年。

艳说儿家旧姓卢,金堂遗迹未全芜。新来楹槛施髹饰,好景平添入画图。

艇子曾闻系石城,傍城湖水尚盈盈。媚人柳色青如许,不见吴娃打桨迎。

江天小阁坐豪英,香爇南丰一瓣诚。昔日元勋今皓首,盖棺那得定生平。旧有曾公阁,额曰“江天小阁坐人豪”,盖门人薛时雨辈取姚惜抱语以颂其师者。清末有人题诗云:“江天小阁坐人豪,收拾河山奉满朝。”已写刺讥之意。

寻春屡上胜棋楼,联额辉煌宝墨浮。谁分劫更龙漠后,珠玑无复壁间留。旧悬名人联额甚夥,今无存者。

喜共青溪作寓公,薛能诗笔老尤工。茶香花雾寻常事,写入新吟便不同。来诗有“花雾霏三径,茶香泛一瓯”之句。

题郝少洲树不废江河集淮安人

一编香草久知名,大著曾选入《正言报》、《香草周刊》。奇境都从忧患生。掷地当为金石响,呼天能使鬼神惊。伤元位杜危时泪,著有《位杜伤元集》。吊梦歌离变徵声。今日新邦隆景运,中和乐职待君赓。

四叠输儒韵

已烂樵柯局未输,致身奚必羡公孤。俯躬只自循墙走,倦眼看人上殿趋。天际神鸾终夭矫,田间黄雀漫号呼。归来重理青箱业,头白灯黄一腐儒。

五 叠 前 韵

华林园石到公输,《南史·到溉传》:溉山池有奇石,武帝与奕棋赌之。溉输焉,迎置华林园。移石之日,都人纵观到公石。领略溪山兴未孤。蹑屩游谈轻稷下,倾城炫眼慕吴趋。惊飞倦雀犹群噪,觅食饥鹰待一呼。跃马衡戈平昔愿,由来壮士耻为儒。

杨仲子七十寿诗

从来绝艺罕能兼,似子才高迈昔贤。上溯斯冰堪接武,近追文董亦齐肩。及身业已千秋定,投老谋悭一壑专。且喜岁星属方朔,金门游戏是神仙。

和顾尽缘韵云间人

杏林春色满,美意自延年。笼壁传佳句,题襟结胜缘。暖姝惭我拙,匡济让君贤。原诗有"匡时肯让贤"之句。高咏清秋发,知无俗虑牵。

和王首玉见赠韵宜都人

游倦归来卧冶城,幽栖少客款柴荆。蓬心如我几忘世,牛耳期君狎主盟。鄂渚风光萦昔梦,壮岁屡作鄂游。汝南月旦有佳评。新诗宠贲逾琼玖,赓和终惭瓦缶鸣。

卢俦庐枉诗见贻赋此奉答

我初闻君名,始自漆园叟。示我诗二篇,珍玩逾琼玖。晨灯与夜烛,讽诵不去口。悉君早登第,盛誉灿星斗。谓是我辈人,嘤鸣义有取。赓韵属转陈，辄自忘其丑。岁壬子，庄丈通百以大著《新除夕》、《新元旦》二诗见示，曾步韵属和。揭来四十霜，饥驱事浪走。京曹薄宦羁，蜀疆旅食久。东归卧白门，贫悴靡所有。餐常饫藜藿，质早侪蒲柳。暖姝虽自好，贞孤终赵耦。抚尘念朋俦，积思若邱年。漆园亦契阔，久辍浦牢吼。通丈嗜诗钟，朋辈戏以"钟王"呼之。新知得南强化诚，赏愿及衰朽。诗成必见示，疑义相析剖。谓君驻珂乡，娜嬛职典守。花烛礼重谐，皋庑偕白首。微诗遍寰中，洪钟大小扣。我亦强酬和，只惭供覆瓿。猥蒙贻篇翰，奖许意良厚。重缔文字缘，兹事洵非偶。诗中述吟侣，皆昔同社友。刘陆与郑李，才并出我右。即今俱凋谢，黄垆感絮酒。怀往神徒伤，叹逝肠回九。赠诗有"人物毗陵稀旧雨"之句，注云："脊生、忍謇、睬柬、涤云诸吟侣先后物故。"按：诸君皆与予交旧。与君俱衰年，何时得奉手。盟虽靳车笠，心已契杵臼。炳烛惜余光，盛世重耆耇。勉勖藏山业，夙哀期毋负。明岁际杖朝，豫祝佺乔寿。

题谈月色夫人五福消寒图(代)

姑射仙人冰雪姿，幻将锦采太纷披。朝来索共巡檐笑，占得风流是此时。

丹青妙擅仲姬才，生面看他别样开。色是五般数九九，个中消息耐人猜。

笛声吹断隔天涯，岭上云浮故故遮。欲向枝头添翠羽，罗浮有梦当还家。

题吴应南怀永编(代)

乔木延陵世泽长，椒柳蕃衍播三湘。高曾矩矱分明在，岂仅簪缨奕叶光。

多君述德景前修，展卷题辞尽胜流。唐氏撷华堪比美，武进唐氏近刊有《家乘志传撷华》四卷。萤煌天壤并千秋。

题养怡图(代)

数间芳屋傍清泉,榆柳萧疏境似仙。文献乡邦勤缀辑,已看架上有新编。

叱犊鸣机不惮劬,养亲教子总怡愉。生逢盛世人同乐,好景欣看入画图。

题徐养吾丈石雪斋诗续集

家世南州旧,人钦通德门。清才文石室,高致李檀园。笔带烟霞气,辞无雕绘痕。一编时在手,讽咏忘朝昏。

定文惭敬礼,谦抑仰虚怀。承以大稿邮示,属为审定。潇洒诗千首,相思水一涯。摊书听凉雨,借査初白句文,近为予绘《摊书听雨图》。读画忆南斋。旧梦春明远,何时吟赏偕。

寿汤澹然五十(代)

词翰雍容继听云,秋史先生著有《听云仙馆俪体文》及诗集。聪明冰雪净埃氛。四愁漫拟张平子,三绝堪侔郑广文。览胜芒鞋饶逸兴,谈玄松麈诩多闻。平头五十神逾王,炳烛还期志不分。

务真以和拙著题星来唱和集韵见赠赋答重九前二日

江夏无双誉,琼崖有数才。与君五年别,何日一樽开。菊绽迎佳节,秋阴幂古台。涂山隔烟水,吟屐记曾陪。

澹然以诗画扇面见惠赋此为谢

聚头损惠见深情,璀璨珠玑到眼惊。元照远山摹董巨,青莲佳句似阴铿。聪明冰雪胸中具,变灭云烟腕底生。老我衰孱诗思涩,愧无高咏答瑶琼。

和藻亭丈九日扫叶楼登高韵

潦退潭清九月天，东篱菊绽又今年。偕行耆旧人三五，乍霁林峦景万千。览古登临谢公屐，随身书画米家船。胜游咫尺追随靳，兀坐萧斋对篆烟。

附原作

甲午九日扫叶楼登高并怀云兄

商衍鎏藻亭

又是重阳九月天，登楼犹幸乐余年。昨朝漉酒朋三五，昨与彦通、诗庵、仲子、镇藩、澹然、洗斋在曲园预为登高之会。今日怀兄路万千。极目湖山疑北海，前三年曾与云兄北海登白塔赋诗。行空甲马盛南船。残秋败叶凭人扫，日落台城半抹烟。

再叠前韵

咳唾珠玑落九天，不知天上是何年。重来日月逾三五，高处风云幻大千。佛界清凉山顶寺，人生漂泊海心船。可思武定桥边路，霜冷螯肥咽灶烟。重阳后五日曾于武定桥包顺兴小集，食蟹，饱面。

重阳后十日诗庵仲子二公澹然居士暨内子同登扫叶楼诸公皆有诗予亦继作

盛会龙山靳举杯，重游挽鹿忝追陪。萸红菊秀秋容艳，日丽云轻爽气开。沈约诗："云轻寒树，日丽秋原。"扫径喜来前度客，题诗愧乏轶群才。归途更访伽蓝寺，正好清言暝色催。归时偕澹然过伽蓝庵月色夫人许小坐。

俦庐以游沧浪亭诗见示依韵奉答

千里神交思每萦，捧持瑶札到三更。羡君暇豫偏耽咏，愧我疏狂浪得名。亭访沧浪秋潦退,楼登扫叶晚烟横。近偕友朋辈登清凉山作展重阳之会。海疆又见鲸波沸,老慕终军欲请缨。

附原作

卢文炳倚庐

门对沧浪旧梦萦,余佐典藏于可园历六载。人民同乐制重更。东方艺术观新运,明道堂、春香馆二处陈列东方艺术摄影与模型及图案样片颇夥。北宋园林集旧名。涝尽潭清矶石出,山高亭古野航横。浊流荡尽澄波澈,孺子歌声听濯缨。

题曲园秋禊图

曲槛临流得地偏,饯秋畅好菊花天。传觞疑是竹林会,招隐还赓《桂树篇》。时际隆平多寿考,雨余景物倍清妍。画图着得神仙侣,佳话明朝万口传。是日与会者商藻文、邓诗庵、杨仲子、陈彦通、缪蟫庵、苏洗斋、汤澹然凡七人,澹然制图。

赠胡小石陈斠玄两教授

鼓箧上庠趋,曾为同队鱼。交原侔管邴,才早企严徐。往事留鸿爪,颓龄捧鹤书。河东惭赋手,长价藉吹嘘。

分纵云泥判,心仍葵藿倾。攀嵇惭薄植,荐祢荷深情。敢冀藏山业,期摅献曝诚。何缘答知顾,稽古慕桓荣。

纬亮见示读程一夔游陇诗及笔记绝句三十六首率题一律

漫游曾读侯嬴记,谓侯病骥所著《西北漫游记》。今诵兹编迹更奇。洞探敦煌余坠简,川寻敕勒想雄姿。名区访古程文海,健笔题辞薛令之。每憾西行悭度陇,晴窗展卷一轩眉。

题杨仲子漂泊西南集印谱(代)

云根斫遍露垂颖，山骨劖余风运斤。好古更搜贞卜字，漫夸虫篆与螭文。

道艺相成品自高，眼中仅见此人豪。独标悬解存孤诣，斯集千秋定不祧。

题杨仲子漂泊西南集

才艺洵堪了十人，萍逢万里倦游身。丈夫不耻雕虫技，殷契周金入手新。

姜王吾赵风规在，抗迹前贤自不凡。淬刃霜波光怪发，棱棱山骨苦雕劖。

名山二酉每思探，苍史螭文愧未谙。欲向玄亭问奇字，靳君更为发琅函。

顾尽缘与吴锦芳女士结昏贺诗(代)

皋庑齐眉案，钟陵写韵楼。唱随歌好合，福慧证双修。读画辉银烛，熏香护玉篝。鹿车亲挽日，畴不羡风流。

和纬亮韵

衰迟会合洵非偶，每捧瑶章光射眸。句挟烟霞无俗韵，梦回风雨有高楼。归心频寄渊明径，弘愿犹殷白传裘。自是骊珠先探得，何虞格被老元偷。乐天诗："每被老元偷格律。"

铜狄摩挲不记年，秦淮烟月故依然。赁舂可奈居无竹，招隐何当社结莲。愧乏柈筵款佳客，犹欣翰墨谛良缘。悬知登览饶清兴，煦日和风十月天。

和郑诗庵生日商藻亭杨仲子陈彦通缪镇藩汤澹然苏洗斋集秦淮水榭韵

耆德商山并绮黄，授经高密缵徽芳。宦情台省纡回倦，诗兴云龙角逐忙。结习未蠲文字障,闲身堪斗少年强。才过萸菊登高会,更泛流霞九酝觞。

题禹之鼎绘罗汉长卷

应真示现遍刹土,普十方界咸欣舞。画家白描写作图,前有龙眠后南羽。继之起者禹鸿胪,兴酣落笔烟霞俱。添毫颊上景前哲,何止心追与手摹。或仰或俯或跛倚,丰削嗔喜各殊致。一瓶一钵掌中珍,亦跃亦腾胯下骑。神光异相妙庄严,离诸执有空言诠。遇溪如聆广长舌,彼岸期登大愿船。羡君得此作清玩,梵夹炉香好相伴。岂徒妙想超人天,应睹金光发几案。何法能参不二门,有愿思依两足尊。诗成掩卷三叹息,使笔如槌愧钝根。

题唐湘帆绘花卉

吾乡数巨族,赫赫荆川门。文章与功业,炳朗照乾坤。余事逮六法,亦复超群伦。竹窗启其绪,荆川先生叔祖。云客名益尊。荆川先生玄孙。派衍十五世,奕叶扬清芬。矫矫湘帆公,造诣推精纯。黄荃墨无迹,徐熙笔有神。高名动当代,粉本连城珍。令子擅文采,结交多豪贤。北游得石雪,契厚逾弟昆。爰以公所作,持赠缔古欢。石雪有画癖,宝之若玙璠。藏庋箧衍间,忽忽逾卅春。劫已更龙汉,墨光犹如新。慨然远寄将,谓此手泽存。本是君家物,留以示子孙。喜见归赵璧,奚待假许由。深情迈侨札,高谊比雷陈。慨自交道衰,翻覆幻雨云。不图迟暮年,复睹古道敦。赋诗述颠末,业语惭芜纷。闻风倘兴起,薄俗当还醇。

题汤苦匏金陵胜迹纪略

虎踞龙蟠在眼中,江山不改霸图空。石城艇子还重系,消受凉篷一笛风。

旧院繁华辍管弦,明灯碧榭忆当年。板桥记与渔洋句,都付苍烟落照边。

闲将胜迹纪南朝，玉茗词丰笔更超。旧梦而今抛未得，鬓丝如云话蓬飘。

又(代)

旧家谁问乌衣巷，胜景难寻木末亭。阅尽兴亡还似昔，秦淮水碧蒋山青。

爱访名区为六朝，石城无恙柳垂条。凭君一管生花笔，写出新编补板桥。

题陆廉夫绘蜀山行旅图

蜀徼崎岖自古嗟，锦城虽好尚思家。劳人惯识风尘味，铃语荒山驿路赊。

连峰云栈势崔巍，如砥今看周道开。人定胜天洵可信，勒铭谁是孟阳才。近日，广元至成都已通车，与成渝铁路接轨。

和张惕庵元旦韵

履端庆集又今朝，彩笔花笺颂献椒。唐崔日用诗："花笺彩笔颂春椒。"比户喧声腾爆竹，凝窗寒气织冰绡。唱酬乐岂输梁孟，夫人工诗善饮。匡济才悭展管箫。喜听海疆驰捷报，谱将朱鹭入咸韶。

淞滨息影乐相羊，倚杖巡檐引兴长。鼓箧恍如前日事，放歌聊效少年狂。盈阶兰玉多奇器，一室图书发古香。齿宿意新侔百药，开怀更进紫霞觞。

和严觉之伟乙未人日大府招燕诗

养老隆新典，西园池馆清。古怀托修绠，壮志慕长缨。坐对江山丽，春迟花柳明。距立春尚五日。骊珠羡君探，佳句抵连城。

贺卢天白美意重游泮水用藻亭丈韵

初日芙蓉传丽制，泮池芹藻忆前游。君以《出水芙蓉赋》为督学使者李公所赏，入泮。黄童早擅无双誉，温峤宁居第二流。昔梦重寻疑隔世，华颠相对漫言愁。与君夙托通家好，更喜新盟缔鹭鸥。君权先叔与尊公甲午乡榜同年，舍弟元任与君江南高等学堂先后同学，仆又与君共事江苏文史研究馆。

附原作

商衍鎏

我适鹿鸣重宴后，君今泮水赋重游。孔李通家思累世，天白尊人与余为甲午乡试同年。卢王健笔迈群流。闲寻芹藻温春梦，笑对襕衫破暮愁。白发沧江归卧稳，浮沈且共狎沙鸥。

附和作

卢美意

六十年前思未壮，杜诗："七龄思即壮，意远愧不能。"芙蓉学赋浴沂游。意十一龄应童子试诗古场，李宗师试以《出水芙蓉赋》，以谢诗"如芙蓉出水"为韵，蒙取入学。微尘溷我三千界，选佛推公第一流。鲁殿灵光惟父执，藻亭老伯与先君子甲午同年，耄耋康强，先朝鼎甲，巍然一人。皖山风木毕生愁。惊看杜老新诗律，浩荡谁驯几白鸥。杜诗："白鸥波浩荡，万里谁能驯。"意似激。赐诗结句涵意敦厚，宜福寿，非杜所及。

题汤苦匏金陵胜迹纪略(代藻丈)

汤子勤搜访，遗闻纪白门。径迷江令宅，草没谢公墩。烟雨楼台改，莺花巷陌存。一编频展对，旧梦许重温。

无锡许仁安舍人国凤八十寿诗

儒业承南阁，许慎仕为太尉南阁祭酒。文章重乙科。论书薄韩蔡，君工隶书，杜诗：“尚书韩择木，骑曹蔡有邻。”联咏共羊何。阶羡翻红药，厅常领绿莎。还山腰脚健，茗社日经过。

乡里推耆彦，遐龄并钓璜。占星祥协昴，阅世海生桑。载咏采芹什，今年重游泮水。赓歌都荔章。彩衣齐进酒，兰树看成行。

苏洗斋近得天宝七载郑子产庙断碑砚索题为赋长句

东里治郑遗爱长，后来崇祀著李唐。镌碑勒铭字奇伟，谁其书者名难详。世阅久远嗟断阙，好古搜访来童二树名钰黄思堂名本诚。摩挲片石共辨认，尚余天宝字数行。妙手裁量琢为砚，金星玉质腾光芒。龙尾凤咮差堪拟，纱縠东坡砚淄石宋哲宗赐秦少游砚讵足方。清仪阁中作清供，覃溪题句尤辉煌。百年不知几易主，鸲眼含泪经沧桑。苏君得此洵可宝，琉璃为匣珍文房。名流矜赏盛歌咏，琳腴岩璞罗篇章。闻君鸳社方待阙，入梦宫瓦萦香姜。伫看饱蘸隃麋墨，画眉新句吟催妆。

答严觉之见赠之作①

瓠落稀同调，衰迟获赏音。诵芬惭祖砚，谈旧感朋簪。昨谈与陈叔辛、季侃昆仲及陈含光并相契厚，叔辛余姊夫，季侃、含光皆老友也。忝与翘材馆，期赓击壤吟。沮（下缺）

谢答化诚

匆匆流光隙驷过，稀龄倏届鬓添皤。浮沈郎署抽身早，获落亲知入梦多。敢说门墙罗籍湜，在各校任教有年。且欣赓和共羊何。感君雅意投琼什，击壤惟当乐啸歌。

---

① 本首残，作者似欲删去。

再赠觉之

鸾鹤烟宵迴莫俦,垫巾岸帻总风流。人日公讌时,君冠瓜皮帽,友人指以见询。曾参盛府莲池幕,偶惹乡心瓜步舟。钓濑客星高一代,杜陵师笔足千秋。寻花问柳知多兴,假日期追杖履游。君重三绝诗有"寻花问柳萧闲甚"之句。

和廉达中六十感怀韵

家风万柳世同夸,黼佩赓歌乐事赊。夫人惠毓明女士能诗,兼工绘事。桃李成阴弘教泽,图书为侣足生涯。绕庐每爱扶疏树,试笔新吟富贵花。君赋黑牡丹七律甚工。自有丹砂堪驻景,未须兴慨召平瓜。

惠毓明女士以所绘花鸟小幅见贻赋谢

家世芸香富五车,然脂余韵寄烟霞。双栖阁是神仙侣,艳迹文吴未足夸。

颂来尺幅抵琼琚,爇罢心香一瓣余。闲向枌乡征故实,人间今见恽清于。

清明后三日偕诗庵访藻丈不遇

向来奉手辄欢然,今日偏悭撰杖缘。居傍上庠肄雅地,候逾寒食禁烟天。叩门喜有元方应,题字欣偕士载连。欲去中庭还小立,辛夷花发紫荆妍。

俦庐频函约游吴门顷复有诗见促赋此答谢仍次清城韵

才夸金薤富,心比玉壶清。学种先生柳,赓歌孺子缨。招要情郑重,题咏意分明。辜负看山约,羁愁卧石城。

前诗意有未尽再叠奉寄

把臂缘犹阻,查湾入望清。寻春艱步屧,比患痔疾,步履稍艰。投老却彯缨。景物殊今昔，来诗注云："吴下名园均经重整。"心期共晦明。所惭才思退，低首谢宣城。

附原作

卢文炳俦庐

公谦赓新什，诗情似水清。夙怀方朔学，老慕子云缨。酒意先春暖，灯光得电明。大烹隆敬礼，招遍石头城。

再叠前韵

久作吴趋约，春游兴自清。山堪留屐齿，天半山修葺一新，辟为公园。水待濯冠缨。沧浪亭亦经休整。摛藻灵心发，看花老眼明。最难文史彦，小住阖闾城。

三叠前韵

君是名家裔，才高气自清。志惟耽典籍，心不慕簪缨。彩笔词章丽，阔襟道义明。研几深有愧。①

务真以予膺苏省文史馆聘远致贺章赋此为谢即次原韵

宦拙同声叟，才疏愧长卿。崇年当道惠，推毂故人情。有幸沾微禄，无能忝此生。贫交期互勖，鸣盛谱新声。

唐玉虬配钱夫人挽诗(代)

气钟灵淑相端妍，得俪才人讵偶然。翁悦妪欢咏宜室，传徽岂仅《女师篇》。

崎岖浙右趋三峡，马背船唇不惮艰。扶病念犹殷葛藟，天涯万里抱儿还。

---

① 下缺五字。

安贫藜藿惯充肠,陶令还家径未荒。莳竹栽花有余乐,一灯絮絮话沧桑。

郎君词笔本超群,一赋离鸾有至文。绝似东坡垂老日,诔亡还述魏城君。

又(代藻丈)

无限深情故剑思,茶烟扬处鬓添丝。云窗纸阁凄清夕,此是黄门肠断时。

记同避寇锦江渍,林下清裁夙饫闻。何意罡风吹梦断,不留蚕室伴田君。《南史·隐逸传》:"(卞彬)尝自称'卞田居',妇为'传蚕室'。"唐人诗"田居"作"田君"。

蒙楚诗人怨锦衾,槐眉旧迹怆遗簪。愧无青镂生花管,为写哀蝉落叶吟。

题郑子产断碑砚(代)

东里千秋遗爱存,断碑苔藓手频扪。依稀残字余天宝,韩蔡分书讵足论。

休嗟历劫阅虫沙,宝物欣归好古家。讲舍余闲弄柔翰,砚田一角足生涯。

涵星龙尾并堪夸,对此苍茫郁古怀。愧我老来才思退,更无佳咏继苏斋。

题秦礼堂镤宿凿石浦唱和诗册

莫嫌浦溆太荒凉,点缀名区赖短章。曾是杜陵吟赏地,汀沙岸草总辉光。

江山憔悴倦游身,月夕风灯易怆神。好古怀贤有秦宰,临流又觐草堂新。

征题篇什萃名流,二百年来宝墨浮。极望湘江烟水阔,他时准拟刺船浮。

又（代）

湘波流恨远，过客此维舟。地以名贤重，诗犹片碣留。表彰恢胜概，题咏景前修。册有吴云岩殿撰（鸿）所题五古一篇。何日招吟侣，相从笠屐游。

又（代）

云岑霞石枕湘流，词客当年此系舟。信宿迹殊桑下恋，野堂地异瀼西幽。搜寻碑碣怀高躅，点缀林亭续胜游。起废发潜贤宰事，殷勤为护爪痕留。

郝少洲见访赋赠

空谷跫然少足音，偏劳佳客远相寻。羡君高咏词华富，愧我孱躯老病侵。三载神交欣觌面，几番吟社怯题襟。逍遥燕子矶头坐，好句何辞百遍吟。

唐侣笙八十寿诗次自述原韵

一赋凌云四座惊，君以《长江赋》为学使者瞿文慎公所识，拔入泮。名公倒屣竞逢迎。宦情闽峤章江远，诗境茶村雪苑清。绕砌芝兰争秀发，题襟湖海各心倾。月泉继起开吟社，参加虞社、陶社。料理藏山业早成。

安排茶具与偏提，散朗襟情慕子西。星耀长庚筹拄屋，编探太乙杖燃藜。赓歌偕老征眉案，到属留题印爪泥。千仞翔鸾九皋鹤，置身原在最高梯。

立夏后二日复兴酒家之集诗庵有诗依韵和之

疏柳轻烟风日美，饯春聊此共徘徊。欣陪黄绮商颜叟，同醉青溪竹叶杯。灯火河房犹在望,年华霜鬓苦相催。贫居漫慨稀良会,鹤俸支余约伴来。

原作

一雨悬知花事尽,临风郁郁几低徊。可堪蓬鬓羞明镜,难得河房贯散杯。节序莫追春月闰,日程无奈夕阳催。欢图醵饮因时好,为荐江鲥入馔来。

寿卢俦庐明经八十

神交卌载早相闻,瑶札频投意倍殷。郎位依乌瞻列宿,门徒起凤盛河汾。齐眉白首侪皋庑,有女清才敌左芬。佳话蝉嫣劳彩笔,明年再赋颊宫芹。

崇年稽古重蒲轮,炳烛仍于文史亲。大历才名高十子,右军笔阵扫千人。庭罗异卉堪娱老,架有奇书自不贫。儒雅风流兼寿考,花时扶杖快嬉春。

俦庐以予七十枉诗见贶次韵奉答

颁来琼什剧清新,奖饰何期到散人。出处无心惭小草,风尘增慨是劳薪。老思泉石闲中趣,倦阅沧桑劫后身。只愧迂疏类元叔,萧斋兀兀负嘉辰。

伐木欣闻许许声,邮筒还往句频赓。雁行兄事十年长,葵向光依寸念倾。早喜传经同伏胜,几时问业效南荣。支硎山峭横塘靓,到处留题发兴清。

原作

师资早裕教维新,瓯北名家有后人。鄂豫佐治争倒屣,燕齐讲学广传薪。经游蜀道艰难世,归卧沧江自在身。白下鸿光偕隐乐,古稀益算庆弧辰。

精研辞赋早蜚声，卌载前曾好句赓。尝和余辛亥除夕、壬子元旦二律。愧我十年虚齿长，知君几辈尽心倾。诵书方朔三冬足，稽古春卿一代荣。曾守宦箴甘淡泊，鹤琴雅操与同清。

陈荫甫孝廉谈月色夫人并膺文史馆之聘喜赋

联翩几辈快茹征，盛世由来重耇成。服到心形林下范，望隆湖海众中英。翘材数恰符元恺，续聘十六人。稽古荣堪迈老更。樗散忝陪鹓鹭列，和鸣期共谱韶韺。

诸少康七十有诗述怀次韵奉祝

习静朝朝爱掩关，承欢犹着舞衣斑。太夫人百龄开庆。渊源家学环传颎，著录门才孔铸颜。已慨缥缃罹劫火，况惊身世历多艰。东归且寄皋桥庑，侨居吴门。园圃徜徉意致闲。

云鹤翛然自在身，海筹添算乐兹辰。瑶源本托葭莩末，玉树都为厨顾伦。社启耆英附同甲，经横讲舍记前尘。同肄业两江师范。嗥熙欣际升平世，写集安排署幸民。

陈叔通先生八十寿诗

扬历崇班岁月长，老成谋国鬓添霜。论思中禁频纡策，奉使重溟促治装。容众何曾崖岸峻，爱才真见解推忙。希文忧乐关天下，膴仕荣名已澹忘。

昨岁南行四牡驰，旌麾曾荷逮茅茨。绸缪不隔云泥迹，披豁重亲海鹤姿。荫托乔松茈萝荐，庭罗玉树间兰芝。长赢应候长庚朗，遥睇金台介一卮。

仰放以所著养性轩诗词合刊见惠赋此答谢

相望相思云树隔，一编展读破愁颜。诗情渊颍松圆上，词律清真白石间。璀璨珠玑君自当，登临腰脚我偏孱。卅年回首春明梦，胜境何时得再攀。

钱隽逵先生七十寿诗

早涉沧溟播令闻，频司禹策懋勋勤。三层楼阁栖弘景，四壁林峦伴少文。老去情亲惟棣萼，谓轶裴、轶群诸丈。兴来挥洒化烟云。介眉无取浮夸语，松柏凌寒自可欣。

又(代)

钑镂枌榆数世家，壮游溟渤泛仙槎。金仓扬历声华懋，蜀粤栖迟岁月赊。早托交亲劳爱芘，老凭烟墨寄生涯。梅闺岭上筹添屋，丽景人间羡晚霞。

许靖圻赵松琴伉俪金婚纪念(代)

弹指青庐五十年，齐眉人已各华颠。开中曾赞鹾司续，治内交推荆布贤。谢墅芝兰皆秀异，梁溪烟月足流连。全家道气谁堪拟，早识旌阳是地仙。义山诗："许掾全家道气浓。"

少洲叠音吟韵见赠再次奉答

海天犹赏伯牙音，旧燕巢痕已倦寻。佳句君先颔珠探，衰颜我愧鬓霜侵。迷离花月春明梦，获落情怀汉上襟。容易西风感羁旅，诗笺欲寄费沈吟。

观音大士诞辰米伯房钱云卿顾大椿招集灵谷寺坐有汤肃如张青甫二老谈宴竟日归成此诗

出郭延遐瞩，清阴十里长。寻幽招胜侣，销暑向禅房。一水聚功德，八功德水在寺东。六时恒吉祥。梵轮全采焕，遗迹认萧梁。

二老皆耆彦，怡神养太和。问年园绮并，阅世海桑多。饱饫伊蒲馔，迟攀窣堵坡。胜游足留恋，归梦绕烟萝。

附同作

汤允中肃如

十里松杉接翠微，禅室寂静敞窗扉。郊原林密蝉声细，山径风凉暑气微。素酌饱尝开士馔，浓阴绿上酒人衣。嘉宾邀集绥桃会，竟日盘桓未忍归。

汤肃如八十寿诗

承家通德重儒绅，隽望清仪并轶伦。渌水摛华光焰发，和风煦物性情真。扶轮事业淹群雅，倾盖交期托后尘。巷北巷南衡宇接，一瓻还借未嫌频。

黄发年尊养道腴，性耽缃素老忘劬。朋侪还往多园绮，子弟培成悉顾厨。句好珠先探骊得，身强杖不藉鸠扶。香飘丹桂筹添屋，指点钟山入画图。

东莞资福寺奉朴庵禅师遗骨供养香龛纪之以诗

资福何年寺，高人卓锡曾。寺创于释崇福，南汉禹余官使邰廷捐舍宅建，朴庵，寺之第三祖也。志铭留玉局，东坡在惠州时以舍利施寺供养，撰记及《舍利塔铭》。宗派衍南能。法展降魔杵，旧传象骨为妖，禅师施法降伏之。经传无尽灯。遗骸隆供养，杰阁共崚嶒。寺旧有灵源阁。

顾尽缘吴锦芳结婚纪念

才华彦光匹，明慧彩鸾侪。玉杵迎仙降，青裙挽鹿偕。描眉九峰秀，谱曲八琅谐。芸帙兰釭畔，赓吟足畅怀。

怿青以印章见贶并附一律次韵答谢

退鹢难方健翮鹏，飞腾暮景兴偏增。桑尘过眼都成幻，文献罗胸讵足征。耽玩丹铅余结习，绸缪思纪荷良朋。感君贻我黄神印，蠹简还期探羽陵。

附原作

徐　行

少年云路健追鹏成句，堪羡希龄气益增。望重自延麟角誉，才高频受鹤书征。遣怀永昼消图史，览胜新秋集友朋。选石琢章效芹献，介眉遥与颂冈陵。

叠　前　韵

扶摇空羡九霄鹏，暮齿侵寻感倍增。四皓宁甘商岭老，两生难却汉廷征。蹉跎志业销铅椠，衰朽心期念友朋。比似邵平更多幸，不须瓜事慨东陵。

题陆曼炎洛神颂册九月

翠羽明珰轶世姿，惊鸿影过尚余思。感甄一赋词华艳，才尽回肠荡气时。

又(代藻丈)十月

锦水彭门忆旧踪，三生同证一楼钟。如何翠冷香销后，剩有罗巾泪点浓。

词赋由来重感甄，温磬残梦一伤神。漫吟罗袜生尘句，不见蘅皋赠枕人。

化诚诗函招集梁溪秋禊以事牵不果赴次韵答谢

龙山补禊集名流，桂绽蟾圆正好秋。中秋后二日。愧负嘉招牵俗累，为遴胜地费谘谋。雅集初拟苏沪，现决定在锡。往来信使劳青鸟，来诗有“虚邀几度空投简”之句。浩荡烟波羡白鸥。附骥缘悭休怅望，更期后会是良筹。

和怿青六十四岁生日自述韵

霞举鸿骞不可踪，无端橐笔为人慵。清标未减灵和柳，高致依然岱顶松。忆语词华追水绘，名家述作企尧峰。鹤飞奏曲惭才拙，云海何由一荡胸。

叠　前　韵

湖海浮游不记踪，逃名合署蒋山慵。顾亭林先生居金陵日自号"蒋山慵"。武陵生事悭千橘，杜老吟怀寄四松。卷幔风来飘堕蕊，隔林雨霁见遥峰。诗情待向贫交说，云梦何曾看我胸。

侣笙仁安冶庵云楼朔青干云招集福喜酒家赋谢

九秋风物似春韶，夙约重寻未寂寥。情话快联今旧雨，愁怀都付去来潮。湖山入望晴尤美，肴核堆盘味更饶。自顾衰颓荷矜宠，愧无佳咏报琼瑶。

向宾讽史承粲各枉诗见贶赋此答之

龙山重到足流连，求友赓吟伐木篇。几辈萍逢欣会合，三生文字有因缘。征书史馆今联袂，宾讽亦膺苏省文史馆聘。都讲虞庠昔比肩。承粲曾共事北京大学。佳什枉投情郑重，小楼茗盌抵琼筵。

游　蠡　园

澹日寒云五里湖，群山如黛水平铺。林岚楼阁疑仙境，沙鸟帆樯入画图。老去情怀多眷恋，昔游踪迹未模糊。不须更羡鸱夷子，我亦烟波旧钓徒。

惠　　山

几年未到西神麓，入望烟峦画不如。艺菊堪追元亮韵，时方开菊花展览会。听松犹认少温书。亭中巨石镌"听松"二字，传系李阳冰手迹。

贯华阁上宜联咏,寄畅园边好结庐。便拟移家此间住,余生踪迹混樵渔。

许仁安八十寿诗

蝉嫣世泽著缍纮,当代平舆望不轻。天禄雠书辉太乙,岁星度世应长庚。过庭诗礼传公绰,改服情怀感子荆。堪羡盈阶琼树茂,彩衣洗腆晋瑶觥。

奚须句漏问丹砂,天赋聪强见铁牙。自具高情侪海鹤,耽吟列炬散林鸦。工书屡秃湘东管,遣兴闲评顾渚茶。同甲会开追洛社,秋容老圃傲黄花。

吴樵长李保纯杨国城吕湛卿郁景溪徐景安招集扬州饭店赋谢

旧雨廿年别,重逢快举觞。何期桑海换,复见竹林狂。是日会者七人。襟袂缁尘染,盘餐乡味长。还家翻作客,莫问旧雕梁。

各有飘零感,俱嗟老大身。艰难稀会合,语笑倍情亲。迹类令威鹤,心萦张翰莼。明朝云树隔,瑶札莫辞频。

和郁景溪重九雅集韵

爽气迎阊阖,台登戏马来。怀贤谁落帽,乐圣且衔杯。迟莫偏多感,衰孱愧不才。羡公领骚雅,健笔世争推。

餐菊簪萸候,相逢九月天。客来补秋禊,兴到染华笺。盛世人宜寿,穷交志益坚。蓝田踵高会,祝健盼年年。

卢俦庐邹颉文诸少甫三君杨潜庵姑丈招集味雅酒家俦老先有诗枉赠次韵答谢兼呈同集诸公

神交卅载苦萦思,晚接芝颜未憾迟。白石苍松瞻雅度,丹枫黄鞠入新诗。题襟吴苑情逾厚,炳烛深宁志不衰。更喜招延多旧雨,开怀且尽手中卮。

附原作

卢文炳俦庐

闻声久已结相思，唱和虽频识面迟。篱菊能采高士躅，江枫爱诵古人诗。同研文史渐疏浅，闲涉园林话盛衰。难得倚楼人小住，为招亲故一倾卮。

留别侣笙仁安冶庵宾讽承粢云楼朔青

梁溪重到足盘桓，簪盍欣联匝月欢。三凤楼常烹茗待，九龙山爱卷帘看。绮黄仍冀为时出，松柏相期耐岁寒。青眼高歌望群彦，恢张旗鼓振骚坛。

寄峤若玉虬

重逢俱白首，驹隙感流光。都讲刘瓛舍，千金思邈方。名山冀互勖，嘉惠永难忘。明岁登高会，还期共把觞。

寿许仁安舍人八十(代藻丈)

薇省回翔岁月深，还山未感鬓霜侵。工书矩度追韩蔡，乐志林峦慕向禽。七碗风生耽沦茗，一囊诗满快题襟。钓璜不羡龙彨梦，松柏凌寒自可钦。

隽逵为藻丈作重宴鹿鸣图奉题

原贡同科嘉话传，霓裳重咏大罗天。写图为晋眉梨颂，伫看琼林再启筵。

寄邹颉文诸少甫

老去重逢意倍亲，卌年世变感桑尘。难忘讲舍横经日，剧忆春明傫直辰。暮景飞腾双鬓短，名园点缀一番新。陪游招宴饶嘉惠，更盼离怀寄素鳞。

梁溪三凤社诸老均有篇什见投率赋奉答三凤,茶社名

捧到瑶章次第吟,新知旧雨各情深。藏山互勖千秋业,炳烛同珍一寸阴。触拨老怀添别绪,赓歌盛世有元音。偶然雪上留泥爪,乘兴他年倘再寻。

寄陆尹甫苏州一九五六年

不见尹公三十年,天涯相望各华颠。杜陵空慕千间厦,鲁望曾无一棱田。茂苑差池失交臂,比游吴门,公适在木渎,未得晤。京曹出入记随肩。何当共把灯前盏,细雨檐花续旧缘。

钱荪卿七十寿诗(代杜掌如)

清芬名德冠吾乡,犀角龙文美誉彰。得志当为天下雨,忧时早见鬓边霜。谟陈啧室经纶远,劳任仔肩利泽长。喜觌新邦臻郅治,摛辞应谱寿人章。

谢家兰玉盛门庭,颜诰巾箱重一经。独乐园开集朋侣,太邱道广仰仪型。探怀新获黄神印,君近游都门,得清高宗御印。访古频登白下亭。云笈陈签春正永,相期介祉颂椒馨。

藻亭丈以八二生日诗见示次韵奉祝

峻望岿然尊鲁殿,期颐老福有谁同。纪闻载笔深宁叟,抑戒陈诗卫武公。喜睹扶舆臻郅治,每欣隅坐煦和风。梅开东阁芝生岭,并作今朝淑景融。

附原唱

岁岁生期原惯事,今朝朝气不相同。三农合作歌丰产,百业无私乐大公。共道乾坤光日月,遥看江海迓春风。著书闭户堪娱老,尤爱朋来笑语融。

和刘焯南京饭店春宴韵(代)

高会虹桥快举杯,隔旬大地已春回。阳和布惠新猷展,灿烂如荼美景开。设醴特隆引年典,过江群仰济时才。凌云健笔推公干,得句奚烦击钵催。

和觉之春夜公宴赋呈同座诸君子韵

芳序上元近,宾筵集旧儒。九軏协轨度,万汇庆昭苏。对酒襟情郁,如松风貌癯。鲰生一何幸,获与众仙俱。

附原作

严伟觉之

老作诸侯客,文惭君子儒。宾筵歌杕杜,社酒献屠苏。龙象天人画,酒坐画壁皆仿敦煌壁画。黄鲐山泽癯。夜阑瞻北斗,喜与岁星俱。

和觉之春望韵

种柳金城已十围,寻春南陌总芳菲。花随风起偏多态,山被云遮见渐稀。顾我襟情仍懒散,诵君诗卷识归依。倦游双鬓垂垂白,犹喜缁尘未染衣。

附原作

春日迟迟缓带围,斜阳门巷斗芳菲。从知水暖池鱼跃,却恼风狂海燕稀。杜老四松新濯濯,陶公五柳故依依。烟蓑雨笠寻常事,身是江南大布衣。

陈修南六十晋九寿诗(代)

锵风高闳衍泽长,迈盘遂志乐徜徉。经传伏郑尊都讲,笔妙斯冰发古香。甘谷菊泉宜寿考,所居有甘泉。谢庭兰玉有辉光。添筹恰际芳春节,《道经》:二月八日为芳春节。四座欢腾九酝觞。

和区澄芬韵

江湖羁悴倦游身,往事奚须感劫尘。结习未蠲文字障,余生幸作太平人。镂冰刻楮才原拙,传韵分笺愿倘申。尺一遥颁荷矜宠,玉台词笔总清新。

和藻丈韵

疏记旧闻勤史职,兴来弄笔走云涛。紧余愧学邯郸步,小技何缘奖奏刀。

赠陈伯赓次见惠诗原韵

相逢陈正字,雅度自堪钦。风雨青灯老,江湖白发深。小窗常把卷,倦羽未归林。冷癖耽吟讽,期成百炼金。

丙申上巳集复兴酒家禊饮次觉之韵

雅集恍同竹林会,旁人错拟少微星。征文考献吾曹事,野史于今尚有亭。会者七人多数为文史馆员。

时际雍熙景运新,风光赏胜永和春。柳塘花坞夸佳句,下笔严维总有神。"柳塘春水漫,花坞夕阳迟",严维诗也。

诗成曾付雪儿歌,西抹东涂笑阿婆。三五少年今老大,临觞那不醉颜酡。

力田犹是豳风旧,伯房谈参观沙洲圩农业合作社情况甚详。如砥欣瞻周道平。黄金可成河可塞东坡句,共揩老眼看澄清。觉之诗:"伫看人寿更河清。"

春暮游北湖樱花向谢怅然有作

薄雾轻云晻霭中,傍湖闲策一枝筇。繁花如海春如梦,浩态狂香惜未逢。

几番误却看花期，已是红蔫粉褪时。不怨封姨太无赖，寻春只恨我来迟。

俦庐有骑省之悼诗以慰之

绕赋重谐花烛词，无端白首靳齐眉。云窗纸阁凄清夜，此是黄门断肠时。

弹指流光六十年，赁舂偕隐早称贤。不嫌井臼操持瘁，得俪才人便是仙。

雪意图成忆旧踪，寒梅晓梦倘能通。伊墨卿为金青侪作《雪意图》，汪叔明为杨礼堂作《寒梅晓梦图》，皆写悼亡意。洞房绛蜡游仙枕，都入卢郎诗句中。君悼亡诗有“合眼心惊绛蜡消”及“百年仙枕梦初回”之句。

奚须作达效蒙庄，亦莫神同奉倩伤。勉就藏山不朽业，定应遥慰九原望。

丙申三月十七日北湖禊游予未与觉之有诗见示依韵和之

黑龙今不见，湖水尚腾波。竹石留题少，风花过眼多。骚怀寄兰芷，旧梦眷烟萝。兀坐吟髭捻，传来暇豫歌。

湖游偶兴

风光三月暮，晴翠落轩楹。芳草如茵软，春波似镜平。林深藏窣堵，柳老暗台城。径欲牵舟住，相寻鸥鹭盟。

题独立苍茫咏诗图为南通胡孝俨作(代)

孤怀冷癖世谁同，高挹群言斧藻工。写入画图增气概，振衣吟啸起天风。

人文渊薮数崇川，海色江光到眼前。朱范当年推作手，好承衣钵继乡贤。

挽柳翼谋师

南雍讲幄已云遥,北固江声咽暮潮。犹及追随执丹器,一楼灯火话松寥。己巳、庚午间,《江苏省通志》编纂委员会设焦山松寥阁,师任常委,余亦忝与执役。

东南耆宿圮灵光,著作长留百代芳。晚岁深情荷湔祓,只惭陆氏一庄荒。

偶　　成

投老金陵为六朝,楼台烟雨总魂销。轻波荡得游人醉,何处垂杨系画桡。

旧院风流迹已赊,画栏凭遍夕阳斜。酒歌琴调都消歇,剩有残笺纪梦华。

题彭城徐在兹著贤俪张书舫夫人仙逝百日回忆

逐队朝朝入市阛,奉餐为博细君欢。绣花巷是皋通庑,耐得清贫共岁寒。

南天讲肄比河汾,爱傍缁帷问字勤。何意白头靳偕老,不留蚕室伴田君。

话来天上胜人间,入梦依稀杂佩珊。夙生勤修征慧业,飞琼仍返列仙班。

和务真集句见赠原韵

半生萍踪懒回首,马足车尘倦趋走。本无才谓誉龙超,讵睹文光射牛斗。西风客思厌江湖,三箧书亡夫何有。穷途邂逅识文强,伐木断金欣得友。摊笺觅句共书灯,抚衽论臆倾杯酒。君今犹滞蜀山云,我已归看白门柳。枉投篇什盛词华,自顾容鬓憎老丑。耦耕倘遂石户农,歌芝愿逐商山叟。

题胡孝俨独立苍茫咏诗图

耸壑昂霄志不群，偶将翰墨策高勋。胸中灵气畴堪拟，天半朱霞岭上云。

耽吟雅道赖扶轮，千仞冈头好置身。海气江光都入画，此中端合着诗人。

和化诚见赠韵

成连瞻海上，足使我情移。行箧癸辛志，编年甲子诗。兴来惟命酒，客至偶观棋。感事怀人候，茶烟飏鬓丝。

山河穷两戒，文史足三冬。稠叠多幽事，杜句。菑畬愧老农。居慳二分竹，兴寄六朝松。相望隔云树，难招邴曼容。

和怿青六五生日自述韵

长嬴应候景方长，祛暑宜斟冰齿浆。初日芙蓉传丽制，晓风檐葡度微香。未除豪气陈同甫，不比沈忧盛孝章。岁岁添筹盈海屋，徽言祝史效揄扬。

题达庐诗稿冯君翰飞之尊人子玖先生遗著

识公远溯卌年前，杖履翛然望若仙。大邑弦歌留雅化，清秋幕府富新篇。谁知沧海横流日，已迫桑榆暮景天。卷内知交半零落，却欣继起有斜川。

翰飞将有都门之行赋此为别

重逢已隔廿年余，犹记鄘南识面初。精诣周官考工学，绍闻晏子凿楹书。江东独步真无愧，冀北空群复孰如。聚首几时惊又别，盼将缄札慰穷居。

寄吴慎因苏州

负笈南雍俱少年,闻鸡奋着祖生鞭。而今老大成追忆,弹指光阴四纪前。

季重才名满一黉,新诗远寄见深情。我羁建业君吴苑,踪迹何时得合并。

百家争鸣

在昔晚周际,诸子应运出。挟其所专长,奋起各立说。意见判畦畛,流衍成派别。论战得发舒,词锋无涸竭。矫若百川腾,朗如众星晔。学术放异彩,煌煌照简册。惜乎遘秦火,讲学之迹熄。汉兴诸草创,未遑事扶植。董生沟瞀士,妄见逞胸臆。崇儒黜百家,籍固统治业。沉沉二千年,拘囿感蹋蹐。寰宇蔽阴霾,至道几衰歇。世运有转移,真理无终屈。五四学潮兴,青天起霹雳。解放告功成,苍藜登衽席。庶政崇民主,巨害祛三敌。工农缔联盟,宪法示准的。国际地位高,社会面貌易。倡导知识界,遵循政府策。百家复争鸣,又异战国日。辩证依唯物,矩矱宗马列。计论贵自由,思考须独立。屏弃主观论,阐扬先民烈。科技水平升,加速大建设。

张菊生先生九十寿诗(代藻丈)

刘井柯亭迹未芜,更欣奉手在江湖。史才一代推南董,隽誉当年轶顾厨。早羡名山成绝业,晚传文采耀亭衢。期颐老福人争羡,看写真形五岳图。

郑勉刚八秩晋一寿诗(代藻丈)

硕望枌乡重老成,清芬高密劭家声。承休谢墅芝兰盛,传业缁帷桃李盈。搜耆旧闻记风土,摩挲老眼看升平。濠溪何异磻溪叟,介寿朋簪快举觥。

欢迎苏加诺总统

亚洲东南有大国，岛屿重叠山峥嵘。其地温暖宜树艺，其民淳朴勤耨耕。三百余年受压迫，饱经苦难求更生。一朝独立脱枷锁，帝国瞠目骇且惊。百折不挠坚抵抗，谁欤领导加诺兄。总统在北京市欢迎大会讲话，要求吾国人称彼为加诺兄。奋勇前进获胜利，努力建设臻繁荣。五项原则定国是，一九四五年提出“建国五原则”。万隆会议蜚英声。今兹枉驾莅中土，擎花举帜纷郊迎。贸易往还历史久，率先承认隆友情。此来参加我国庆，衢歌巷舞欢声盈。一编新版演讲集，亿万众心起共鸣。余事亦复耽文艺，鉴赏不亚项子京。杰出领袖人同仰，伟大功业辉寰瀛。两国愿望趋一致，相互团结奋斗争。殖民残余扫除净，康衢携手赋偕行。实现理想弘建树，造福人类永久呈和平。

国庆前一日民革联系社会人士诗书画观摩会

观摩会上集群贤，佳日欣联翰墨缘。桂尚敷荣菊初绽，秋来景物胜春妍。

百家今日复争鸣，四壁琳琅照眼明。更喜诘朝逢国庆，衢歌巷舞尽欢声。

欢迎印度尼西亚总统苏加诺莅宁(代伯房)

艰难历尽睹光明，独立旗飘岛上城。堪佩邻邦贤领袖，力排侵略现和平。

敦盘玉带往还频，巩固邦交久愈新。此日飙车临白下，万人空巷迓嘉宾。

重九后五日登雨花台吊烈士墓

旧是招提镜，今来吊国殇。翠微遥作障，碧葬永流芳。《坚瓠集》：新都殷司徒掘地得古冢砖，字云“歙东萧司马碧葬”。汪伯玉曰：“凡忠死而不得尸者得血以葬，曰‘碧葬’。”草没长干里，云迷石子岗。登临多胜侣，高会展重阳。

题钱濛叟春秋百咏补编十二月

斯文一脉系麟经,大义昭昭炳日星。祀阅二千薪火接,精微剖析契心灵。

把玩鸿篇扩见闻,一时群啄息纷弦。大同理想今朝见,省识尼山道愈尊。

中山先生诞辰九十年纪念

牖世推先觉,匡时赖哲人。弘猷超百代,主义揭三民。未竟经纶业,迟清战伐尘。大同今实现,遗志料应伸。

追溯钟祥始,名区说翠亨。一心惟爱国,众志果成城。帝制从兹熄,平权肇始萌。煌煌明训在,共产即民生。

迈伦钦卓识,友帝与师俄。建国弘纲具,藏山名著多。仪容瞻肃穆,陵寝峙巍峨。魂魄兹邦恋,英风耿不磨。

送藻亭丈还广州

早掇巍科孰比荣,晚栖白下盛逢迎。几年撰杖光风被,此日歌骊别恨萦。留赠诗篇何恳款,著书岁月自峥嵘。轩车重莅期春暖,更盼清言接老成。

务真膺重庆文史馆聘喜赋

昔岁同游处,相怜类蟨蛩。风尘嗟久客,离索想前踪。话雨巴山隔,为云东野从。羡君勤枕葄,文史富三冬。

生涯似脉望,消息报刍尼。稽古儒林重,扶轮大雅推。冰衔同耐冷,藜阁许探奇。鸣盛传新制,诗名万口知。《鸣盛新声集》选君诗多首。

和冶盦见赠之什即次原韵

迎春又际颂椒时，深巷寒窗动客思。揽镜吴霜惊满鬓，结茅陶径苦无资。查初白诗："一庵犹欠结茅资。"风波已打回帆鼓，尘海犹争急劫棋。隔岁看花朋侣散，笼纱剩有壁间诗。客春寓锡，曾偕诣沈庄花园看花，侣笙及君先有题句，余与玉川后均有诗纪事。

客　感

浣花溪畔草堂幽，倦客西来此暂留。作记无才惭入蜀，请缨失计愧依刘。磨空盾墨书生老，弥望云山异地愁。此日东南犹苦战，凭轩涕泗泪难收。

寄公远

名园策杖亦徘徊，万树梅花手自栽。鸡塞壮游虚霸略，龙川豪气掩诗才。二年风雨联吟袂，百感沧桑付酒杯。离别寻常何足憾，云罗只雁盼书来。三语指经画新疆事，兼暗用稼轩"却将万字平戎策，换取东家种树书"诗意。

寄怀怿青

题襟汉水记前尘，峡里重逢意倍亲。满地虫沙逃浩劫，一春柑酒负芳辰。思归张翰添憔悴，伴读清娱共苦辛。卜肆酒垆懒搜访，泽梁我亦倦游人。

武侯祠

翠柏参天丞相祠，云霄万古想英姿。成功终限三分局，拜表争传六出师。遗爱犹存蜀父老，灵风长护汉旌旗。渭滨屯戍纡筹苦，何似隆中抱膝时。

和公远化龙桥山居花木诗二首

曾托仙根汉殿栽，猩红点缀到山隈。绝稀过客停车赏，一树凌霜

独看来。枫

枯枝僵蹇曾巢鹤，老干枒槎欲化龙。疏径虚窗留伴我，羞随岱顶受秦封。松

题王霜虻参议游青城山诗后

龙标豪气贯星虹，蹑屩今登第一峰。池访牛心穷胜概，牛心山有石池，为仙人藏剑之所。塔寻鸡骨识灵踪。新诗待刻岩前石，清梦犹萦涧畔松。君诗有"蘧蘧清梦白云乡"之句。我欲从游羁簿领，几回天际望芙蓉。

偶　　成

观河面皱总心惊，人物推移岁月更。少住幽并余侠气，老栖巴蜀减豪情。麒麟玉简淹中业，龙虎珠钤纸上兵。万事蹉跎成白首，所期栗里遂归耕。

弃　　婴

墙外一弃婴，览之实可伤。头颅类瓠扁，手足同蚕僵。无人识姓氏，忍心怨爷娘。甫得睹天日，遽遣归北邙。身世等蜉蝣，性命轻蚊虻。啄肉任鸟鸢，腓字少牛羊。缅昔昌盛世，县有育婴堂。掩骼与埋胔，月令纪青阳。今也设保甲，规制尤周详。如何置不顾，镇日委路旁。敛藏乏帷盖，掩袂徒彷徨。

题石雪绘半园烟雨图

名贤遗墅有光辉，云客当年此息机。云客为荆川先生玄孙，讳宇昭，自号半园，盖先世第宅，至是仅存其半也。际明亡，隐居不仕。归去尚余陶径菊，狂歌终恋首山薇。重寻烟雨痕犹在，饱阅沧桑境已非。丛竹萧森入图画，辋川梓泽认依稀。

重九前夕寄怀怿青

佳节重阳近，无由共举杯。停云黄歇浦，怀古志公台。影共篱花瘦，来诗有“剧怜人似黄花瘦”之句。颜看镜雪催。绿衣款蓬户，知有好诗来。

附和作

徐行怿青

佳节吟佳什，大著以九日颁到。披襟尽百杯。身羁沧海曲，梦绕凤凰台。书有娇儿读，租无俗吏催。何时寻旧约，相与赋归来。

答冶庵见怀之作兼示侣笙

邱壑萦怀慕幼舆，礼贤今喜驾安车。龙山怅望三年别，风纸相思八月书。照眼秋光无限好，关心旧约几番虚。因君更问荆川子，可有新诗慰索居。

附和作

谢鼎镕冶庵

金陵形胜壮坤舆，不是名流不驻车。两战曾萦秋士梦，数行惯奉故人书。多君有笔传瓯北，笑我无才赋子虚。壮宦京华老归隐，相应梁孟共侨居。

庄丈羲序七十寿诗

南华族望冠乡闾，仍世芳风绍玉余。万里仙槎新学富，卅年郎署宦情疏。看山阳朔饶豪兴，息影金陵慨瑟居。一事人生最堪羡，稀龄犹曳老来裾。今年太夫人称九十觞。

头白归来喜结邻，坠欢历历记前尘。两京歌酒流连夕，三峡云山语笑晨。遁世梁鸿共贤俪，授经伏胜有传人。候逢腊尾春光逗，椒颂琼觞看并陈。

怿青次音今韵见和叠韵再答

爨下焦桐获赏音,云霞托契廿年深。已嗟负腹惭边笥,仍荷称诗铸贾金。胜地流连成昨梦,浮名侥幸愧初心。钟山不改青葱色,俯首沈吟慨昔今。

次诚之丈重九沪上公园雅集韵

贫交气谊几人同,长在和风披拂中。濡沫能纾涸辙鲋,忍饥愧作信天翁。已惊蔗尾年光晚,除夕前三日。渐见枝头晓日曈。为怯寒威近炉火,映来面似醉颜红。

黄务真六十寿诗

旧德高江夏,传家在一经。孤骞霭风雅,懋绩著平亭。兴至摊书卷,诗成倒玉瓶。苔岑惭托契,相望眼终青。

迟就名山业,仍殷广厦怀。庭阶森玉树,乡思系琼厓。介祉朋簪集,同心佩黼偕。七签云笈启,眉寿正无涯。

冶庵侣笙各有诗见贻次冶庵韵奉答

题襟联胜侣,情好未能忘。篇什看稠叠,云山入渺茫。心期想嵇阮,踪迹慨参商。惭愧听鹂约,清游何日偿。本拟春间续作锡山游,以资斧无出,不果。

樵苏嗟不继,兀兀坐深更。已息扶摇想,犹思烟水盟。墙头谁送酒,纸上漫谈兵。瑶札期频寄,能宽旅寓情。孟襄阳句。

题玉虬六十读书图徐石雪绘

壮怀横草与凌烟,晚岁仍闻守一毡。爱国诗篇追务观,藏山事业绍荆川。襟情澹远人宜寿,松竹萧森境是仙。积习老犹耽典业,书灯有味恍髫年。君诗有“六十我今疑十六，读书兴味似儿时”之句。

赠朱伯房士振步门尊韵

栖心禅悦慕桑门，二谛圆融泯寂喧。开径望三盛朋侣，传经结一溯渊源。先德大理公结一庐，藏书甚富。羽仪瑞鹭兼威凤，气味红蘅闲碧荪。衰白漫嗟相逅晚，从游频得傍琴尊。

步止可偶成韵

高楼易成暝，虫语碎秋心。老我思焚砚，期君共入林。商飙时序换，短鬓雪霜侵。随处堪栖遁，无为起越吟。原诗有“故乡何日到”之语，故及之。

藻老以诗见贻次韵奉答

初地重寻似隔生，故交结念每回萦。已钦雅道扶轮业，更荷灵襟下士情。风雨湿毫开笔阵，缥缃插架拥书城。抡材大匠吹枯朽，我似敦弓愿受檠。

和沈仰放陶然亭感旧之作次韵

选胜城南记堕鞭，春明韵事至今传。流觞曲水重三节，断塔残阳尺五天。桑海屡更疑隔世，林亭重到待何年。红尘一梦迢迢远，忆看前钬倍惘然。

藻老依前韵见和再次奉酬

寂寂空斋感易生，风花遇眼梦犹萦。蓬飘全减飞腾意，樗散仍叨翦拂情。偶话昔游疑隔世，频颂佳什抵连城。尚期炳烛余光借，敢效昌黎赋短檠。

附原唱

商衍鎏藻亭

自甘获落老余生,贻我新诗万感萦。好句如逢佳士至,损书信见故人情。十年梦境渝州水,几日幽怀建邺城。豪兴琴尊收拾起,知音尚赖有长檠。

附和作

商衍鎏

羽箭觩弓善射生,君诗有"我似敦弓愿受檠"句,特释之。高歌射猎好旋萦。凭将跃马横戈志,一寄雕虫小技情。莲幕宾稀凄渌水,梅花曲弄落江城。相逢莫问当年事,惆怅墙根已弃檠。

和务真韵

遣愁无好计,兀坐只瞢腾。迹忝安巢鸟,情如退院僧。尘裾缁易素,世变谷为陵。高致惭渔父,沧浪濯未曾。

呈商藻亭太史

文星硕果岿然存,人指灵光鲁殿尊。上第五云开荣榜,清标一代仰龙门。著书偶续《归潜志》,投老堪追独乐园。更羡青箱传业早,契文还与后昆仑。嗣君承祚精于甲骨学,著有《殷墟书契类编》。

重逢白下鬓添霜,世事奚须问海桑。昆弟齐名刘贡父,京华流寓杜于皇。爨桐不尽怜才意,丹术无烦却老方。一事穷途差自慰,论文近喜接津梁。

杜掌如先生七秩晋二寿诗

雄心雅慕弃繻生,为肄龙韬万里行。建国谟曾参幄帟,持衡器早识干城。叠主保定军校毕业试,邓晋康锡候、张文白治中诸将军皆出门下。皋比讲学从游盛,幕府雍容坐啸清。桴鼓辍鸣舆诵吉,士元百里政初成。

负郭曾无一棱田，惟凭著述送流年。弓裘喜有元方绍，井臼群推络秀贤。寄远尚芳苏氏锦，兰君夫人留居梁溪。避嚣且托蜀江椽。遨头启谳筹添屋，正是喧妍二月天。

答务真二首

寸笺来万里，旧好隔三年。有酒凭斟酌，无官稳睡眠。离情诗卷见，乡思梦魂牵。一事差堪慰，循陔子弟贤。

失路同悲叱，谁怜爨下桐。我惭赋穷鸟，君倘慕冥鸿。山谷有《题冥鸿亭》七古。旧梦峡中雨，新愁江上枫。西风凝望处，频盼寄诗筒。

方修陈君五十生日兼与董蕴辉结褵廿五年纪念赋此为祝

昔赞度支绩，今栖海澨踪。未成玄豹隐，且就伯鸾舂。味爱虀盐淡，情耽水墨浓。双修砚福慧，同听一楼钟。伉俪并工绘事，曾额所居曰“福慧双修楼”。

垂荫高堂健，趋庭子弟贤。何须慕荣显，即此是神仙。金谷辞官日，兰陵游学年。闻名迟识面，先晋鹤飞篇。

仰放以步冶庵韵二律见贻次答

收身爱岩壑，结念在朋簪。宏愿千间厦，神交两地心。题襟延胜侣，敛志入微吟。爽气何时接，西山望转深。

把臂缘犹阻，怜才意最真。输君边笥富，顾我阮囊贫。炳烛光堪借，停云句更新。琼瑶脱手赠，赓和愧阳春。

画竹歌赠徐石雪丈即题所作墨竹诗后

宋代以来重画竹，神品无过文湖州。息斋得真长公妙，各骋烟墨穷雕锼。仲圭更能究其变，后有作者罕匹俦。徐公挺生千载下，心摹手写追肯修。彭城一派瓣香在，东坡《文与可画竹记》：“与可以书遗余曰：

‘……吾画竹一派,近在彭城。可往求之。’”潇湘万顷烟霞收。兴来解衣纵盘礴,墨花四溅香光浮。枝枝叶叶精神萃,笔所落处天为愁。羡公已得此中秘,玄珠象罔非他谋。我初识公自庚戌,庚戌应学部试,始识公于京师。即钦高致超恒流。不羡郎潜趋粉署,不羞市隐持牙筹。偶作便面脱手赠,照眼玉唾兼银钩。山谷《次韵钱穆父赠松扇诗》:“银钩玉唾明茧纸。”遭乱百物荡焉尽,仅此短箑箧底留。疑有神物为呵护,宝之何啻千琳璆。别来疏忽逾廿祀,遗我良翰情绸缪。新诗烂然照几案,句句写出品格遒。名高已邀当宁赏,价重宁止鸡林求。闭门人海事挥洒,此乐足傲专城侯。自惭怀抱多纡郁,展缄豁朗忘百忧。我诗拙劣不足道,桃瓜琼玖难为酬。灯昏重作宣南梦,何当撰杖追清游。

赠朱叔达兼题近岁诗草后

讲舍曾为同队鱼,重逢已隔卌年余。饱经世变添华发,屡顾贫交慰索居。堪羡才名兼仕隐,自惭冘散混樵渔。把君诗卷耽吟讽,高论还期一起予。

和石雪居士斋居漫兴韵兼呈研因丈

丛丛修竹影参差,秀绝徐熙笔一枝。品诣宁居柯赵后,风流恍睹宋元时。贯虹堪羡米家舫,乞画还惭初白诗。查初白有《乞正麓台山水诗》,时方丐君画《摊书听雨图》。忆别高斋逾廿载,拈豪想见鬓添丝。

浮云富贵等闲看,自抱冬心耐岁寒。雅度光风兼霁月,游踪洱海又长安。赓吟且喜联元白,偕隐应堪比鲍桓。研丈甫自滇中东还,又挽鹿车游京师。指点五湖烟水阔,几时同把钓鱼竿。

为玉虬题五言楼高咏图

陈渡草堂在吾郡城西南五里陈渡桥之左,为唐荆川先生读书处,有楼额曰“五言”。玉虬取名其集,并属徐石雪为绘此图。

城南佳气何郁苍,中有乔木参天长。世阅桑尘几易主,认是君家旧草堂。清溪一曲环陈渡，指点大贤栖隐处。辋谷如开摩诘图，斜川曾赋渊明句。皂荚苍藤手泽存，草堂有荆川手植藤及荚树。即今绳武有贤孙。陵颜轹谢骋词笔，耀日熙天纪昔勋。玉虬撰《荆川公传》并辑《年谱》。半生坛坫争雄长，汐社月泉堪嗣响。邱壑萦纡忆旧题，荆川诗："便欲题邱壑，于今总姓愚。"烟云摹写寄遐想。我亦疏狂耽啸吟，一编怀往思何深。还君画卷三叹息，剩欲他年策杖寻。

冶庵叠韵见和再答

门生谁为举篮舆，周道何必赋偈车。胜会难追梁苑侣，承以戊己钟录见寄。衰年耽玩漆园书。山中丛桂思招隐，天末凉风想步虚。白饭青刍忆前度，几时重访鹿门居。

商藻亭年丈八十寿诗

遥承家绪在羲经，早策天人对大廷。荣转省郎膺异数，清季翰林院增设秘书郎，秩五品，公首膺是选。弘敷讲幄际重溟。民国初元讲学柏林。贞元朝士稀行辈，正始余风见典型。文献东南赖撑拄，纪闻今看续深宁。

闲门深巷冶城隅，米舫曹仓足自娱。书局随身优国老，岁星炳曜协台符。蓬山接翠楼夸凤，哲昆云汀年丈与公同捷贤书，先后入词林。彩脉盈阶树是珠。长君承祖、次君承祚皆任教大学，三公子承祺供职榷局。海鹤姿清仙骨健，梅花香里晋康觚。

怿青以廿钞见饷赋此报谢一九五四年

鹊噪当檐送好音，鹤缠馈我意何深。烟升邻舍疑增灶，债了旁人讶点金。远道加餐怀袖字，来书有"聊作助膳资"之语。轻裘共暖故交心。寒郊漫慨松颜褪，解带高风复见今。

题星来唱和集为强小劲作

千里郑庄驿，八义温尉才。羽觞春禊盛，吟社月泉开。妙句点香屑，君有《春游集句诗》，甚工。高情拟吹台。龙山饶胜概，谦赏失追陪。

邓湛叟写寒夜祀杜读诗图卷为唐玉虬赋

瓣香夙奉杜陵叟，剩馥残膏沾丐久。心期旷世证遥源，所憾迟生千载后。西游袯襫过锦城，草堂谒像怀英灵。子西学古有同癖，邂逅逆旅联诗盟。寇平先我整归棹，故山祠宇幸完好。插架百城罗缥缃，借榻一廛安鼎灶。大寒之夕饬几筵，崇祀杜公兼青莲。配食鼎鼎十五子，谁其殿者唐荆川。缅公一生多失意，入蜀浮湘俱左计。长饶托命语尤悲，广厦庇寒愿讵遂。高吟杜集当神弦，童叟起舞咸蹁跹。宝苏设祭踵盛举，翁覃溪常祀东坡于宝苏斋。怀杜建阁思前贤。有清中叶，李松云、任晓村、蒋立崖等于苏州建怀杜阁，先瓯北公实促成之。邓侯画笔何潇洒，展卷欲下杜鹃拜。兹图兹事并千秋，留与乡邦作佳话。

为玉虬题徐石雪所绘霜红买药图

巾屦修然劫外身，牛车安稳胜蒲轮。药囊书卷亲收拾，活国无方且活人。

唐子清才世罕同，依稀出处似霜红。白沙翠竹柴门近，便欲寻君画卷中。

题淮客同吟集即用集中客感原韵

应有闲愁似海深，天涯同感二毛侵。一编唱和西昆体，廿载江湖魏阙心。匣剑能鸣犹自奋，衣珠在握不须寻。道乡风骨盈川笔，负手空斋为遍吟。

重到汉上作

依旧浮萍断梗身，重来已隔廿年春。稽天浸退犹留迹，汉上前年大水,侵痕犹在。拔地楼高迥出尘。珠箔飘灯帘外雨,芳皋解佩梦中人。隔江孤影招黄鹤,与证迢迢世外因。

秋日同葆怿金湖晚眺

金湖之水何潆洄,东汇群渎趋江隈。保障一隅概百甲,守险润物功能该。即论景物尤清淑,澄波如镜岚光开。隔岸峰多若环拱,含蕴大气青成堆。长堤蜿蜒亘南北,中有杰阁高崔巍。浮图倒影荡寒碧,林扉久闭生莓苔。临流相望隔咫尺,杭之一苇招可来。延睇更欲纵幽步,未觉西岭斜阳颓。同游况得胜侣共,陇西城北皆奇才。平生微尚寄岩壑,忘机鱼鸟都无猜。披襟当风足快意,胜地何必夸蓬莱。所惜兹邑三遘劫,不堪屡话胡僧灰。我闻此语意惨怆,欲去不去重徘徊。野色暝黯夕将夕,戍楼已有笳声催。

题郡斋课子图

圣门诗礼重过庭,扶阳教子惟一经。熊侯家传理县谱,分符蜀徼隆专城。时清讼简日多暇,衙斋芸帙纷插架。经训菑畬贻子孙,麈尾风流陋王谢。世间万事读书好,过隙驹光恨草草。经时风木怆丘吾,有味青灯梦萦绕。紫金山下溪壑环,峦光杉影当窗轩。咿唔一室识真乐,披图如对阳和春。我早西游稔蜀故,循良儒林能追数。已钦桑雉化岩疆,复见石麟辉门户。卅年世变感沧桑,堆有故家遗泽长。一编留得楹书在,努力修途遂显扬。

和向北翔鹤山卜居原韵

津梁卅载倦遨游,归卧松风百尺楼。天以辋川待摩诘,人传大泽有羊裘。狂来岸帻青山晚,醉后题襟铁笛秋。丹椠随身足娱老,自成札记署潜邱。

曾记闲厅长绿莎,参军才调比阴何。褰帷问俗牂牁水,画荡班春楚泽波。为政风流化桑雉,忧时涕泪洒铜驼。莫嗤宦橐无长物,赢得诗章俊语多。

五岳归来劫后身，田园生计爨余薪。三湘兰芷多骚怨，千里淮徐入战尘。遣闷懒搜枕中秘，浇愁且试瓮头春。鹤山咫尺桃源路，何日乘槎与问津。

垂老西游过急滩，临流自惜羽毛残。经时药里思求艾，胜日风光忆采兰。冷眼只防猿鹤笑，旧盟岂竟鹭鸥寒。仙乡倘许移家住，翠柏明霞约共餐。

赠陈慕扬医师

频岁论交仰太邱，郎君绝技迈时流。神针应手回春速，痼疾今朝喜顿疗。

精究桐雷积岁年，跻民仁寿志常悬。功侔良相宁虚语，已听鸿名万口传。

赠郑庆章(代)

郑君庆章辞官后改执律师业，喜其得遂初服，兼祝其志事之展舒也。

郑侯轶群姿，闽海标清望。精究法家言，△△未多让。早岁涉仕途，揽辔气弥壮。祥道覆疑谳，中怀每恻怆。孝克息妖讹，前史纪贞亮。来暮颂仁君，盘错见哲匠。论交始彝陵，饮醇襟抱畅。近局辄见招，嘉言屡相贶。益都喜重逢，鬓斑神益王。从政三十年，清瘁客中况。峻秩伫超迁，高蹈慕禽向。敝屣一官轻，轩冕意久旷。自兹息尘累，云壑恣疏放。纳楹晏子书，鼓枻渔父唱。托业在辩护，人权藉保障。美意自延年，遐福讵可量。

寄怿青

无情岁月去骎骎，一赋停云思不禁。瓠落更增游子感，绸缪真见古人心。饱经忧患诗弥进，相慰沈沦意转深。何日轻艭下巴峡，与君把臂快联吟。

寄研因文

寥落苦无侣，衰迟倍忆君。淹留巴峡雨，怅望点苍云。频枉诗篇责，仍劳翰札勤。相期归栗里，把酒细论文。

庆祝中苏协约游行纪事

同盟新约订中苏，软绣天街列队趋。旗展五星像双举，游行各队多揭斯大林、毛主席像。云霄响彻听嵩呼。

寄谢博居

昔我客扬州，始与君相识。倾谈每移晷，文讌恒接席。饥驱各奔走，踪迹十年隔。闻君膺鹗荐，烹鲜临大邑。鸟凫耸清标，桑雉表异绩。神君美誉腾，去思舆诵切。岛夷犯中原，烽烟遍南北。间关涉三峡，生事苦煎迫。益都喜重逢，相顾鬓俱白。长剑伴深杯，豪气犹夙昔。竭来宦京曹，薄领劳晨夕。奉使驰轺车，毒卉期扫灭。雪山与剑屏，名区遍游彻。诵君纪游篇，不异躬亲历。走也因少贱，陈编恣渔猎。戎幕聊栖迟，客怀动骚屑。偕春愧赁屋，齿刍惭伏枥。桑榆景已迟，稻粱谋犹拙。秋风动地起，铙歌竞献捷。百郡宋山川，重光汉日月。诗书且漫卷，喜极转呜咽。承平及身逢，此日足珍惜。愿君奋羽翰，匡时益努力。致身青云端，宏霈东山泽。他时得把臂，快话鸿泥迹。朗吟老圃篇，同葆岁寒节。

寄春祺二绝句

避地曾吟《蜀道难》，书来海上报平安。遥知散学归来早，彩服青春博母欢。

喜汝能吟旧授诗，嗟予双鬓又添丝。流光容易三年别，何日重逢慰苦思。

暮春偕萧公远洪范民刘石渠庄羲序南山看李花

倦客厌尘嚣,选胜计良拙。容斋好事流,导游遣骚屑。良朋萧庄刘,榼觞互携挈。言陟南山隈,空翠若可撷。遍山李花开,琼霙间冰缬。高下千万树,盈望似积雪。清晖互激射,着雨尤皎洁。路转景弥佳,小桥流泉咽。时或烟云开,遥峦耸嶙嵲。粉沾衣裾鲜,清映冰壶澈。恍登群玉峰,缟袂众仙列。又疑荆高徒,白衣易水诀。往观超山梅,已叹东南绝。及览兹地胜,奇观信堪埒。所惜知者稀,空山罕犹辙。美服患人指,良金长扃鐍。桃源隔凡境,终恐渔父泄。寄语林栖徒,休向俗士说。芳阴久留恋,磴滑忘疲苶。胡尘满中原,万里正流血。已嗟铜狄迁,苦被微官绁。聊寄一朝娱,遣此百忧结。好景知难驻,风花感飘瞥。重来路恐迷,徘徊不忍别。

除夕和韵

垂老愁同战鼓频,殊乡又际岁华新。扶摇迟奋垂天翼,转盼欣回大地春。难处形骸缘物累,自甘淡泊葆吾真。椒盘梅盏迟迟进,独倚危楼望北辰。

元日和韵

留滞惊心日月除,迎春作计竟何如。枝头倦羽翔还集,天际闲云卷复舒。讵有百城堪坐拥,难从三昧证无余。怀人忆事偏多感,自愧年时学道疏。

叠前韵

催诗击钵不辞频,好句芙蕖出水新。薄宦无成思遁世,羁怀难遣况伤春。浮名换得终何用,远讯传来恐未真。独立苍茫搔白首,百忧交集属兹辰。

三径蓬蒿懒剪除,年时冗散更谁如。花须随意浑慵数,柳眼迎阳已渐舒。斯世由来儒最贱,诗人常是食无余。新知几辈频垂顾,陋巷休嗟到客疏。

徐友梅先生立身清介文章政事卓然为世所称今逝世三稘将举易名之典敬赋

渊岳丰姿迥英攀，长留清节照人寰。声施远出龚黄上，品概宜居夷惠间。淇竹墕流奠瓠子，津桥卜宅拟商山。易名有道真无愧，百世闻风砺懦顽。

送人参军

男儿慷慨事长征，跃马横戈万里行。指日台澎看解放，扬威东海振天声。

负固一隅笑螳臂，奋飞万里羡鹏程。恢宏版宇消侵略，伫见寰球庆弥兵。

小溟道兄没已三月令兄坃屏书来始闻凶耗悲来填膺诗以当哭

自赋停云百感生，鸰原书到倍堪惊。伤时踪迹同王粲，病肺心情似马卿。江阁扁舟三载别，郎曹敝屣一官轻。剧怜玉树生摧折，头白高堂老泪横。

参佐湘东俱逸群，一时年少最推君。曾权□□□□□[①]，同赏扬州月二分。歧路江波难入梦，高斋尊酒歇论文。他年重泛琴川棹，邻笛声凄不忍闻。

题断齑课孙图

经训菑畬贻子孙，艰劬冰蘖独持门。能文百药名先著，辞辟叔卿道益尊。蔬薤自甘忘世味，杯卷余泽忆慈恩。飘零廿载风林感，今日披图有泪痕。奉题《断齑课孙图》，即希峤若道兄教正。

---

① 此处原作“花县游三辅”，修改后字迹不可辨认，故缺。

偶感和韵

慵来闹扫艳新妆,漫说温柔别有乡。记曲霓裳曾按拍,缄愁锦字总回肠。绮窗几见逢王母,香案虚传侍玉皇。梦影零星懒追忆,人间无赖是欢场。

落　　花

秾华回首怅成空,乐府新词唱懊侬。一昔香消春有恨,五更灯炧梦无踪。生来命薄憎风雨,别后情深恋蜂蝶。此去溷茵任飘堕,繁英又待来年逢。

踏遍空廊日几回,春心寸寸渐成灰。绿章枉向东皇奏,羯鼓虚劳唐殿催。落月啼鹃余怅惘,残魂化蝶费疑猜。翠楼深闭帘垂地,尚有多情燕子来。

题甘棠卜地图

松楸护吉壤,云壑自萦旋。士行寻山日,庞公负土年。祥休验棠荫,圣善述泷阡。誓墓惭初志,披图重惘然。

怀诚之丈沈阳庚申

飘忽十年别,相思鬓渐摧。高歌仍出塞,多难况登台。市骏谁奇士,呼鹰失霸才。烟尘纷满眼,怀抱郁难开。

辽海藤床在,吾思管幼安。才怜并世少,名当古人看。载酒欣奇字,谈经陋小冠。何时重剪烛,风雨夜窗寒。

附和作

庚申端午客沈阳得敬谋寄诗次韵奉答

吕思勉诚之

浮海雄心在,摩天健羽催。饥驱长作客,多病一登台。话雨思前事,镂云减昔才。山榴少颜色,倦眼向谁开。

几人问田舍，吾亦稍怀安。岁月催人老，风云袖手看。科头思野服，负腹为儒冠。薄酒酬佳节，狂歌白日寒。

酬务翁兄见赠之作即次原韵

与君托同心，邂逅欣识面。灵秀毓海疆，南金兼东箭。逢迎企席珍，称誉副邦彦。颙颙群玉峰，烨烨中天电。屡最平亭绩，遂膺卓异荐。迁榷众论孚，正直天心眷。谢墅盛芝兰，晚福尤堪羡。抱膝耽长吟，追琢不知倦。世已轻儒冠，考尚事笔砚。聆君金玉章，增我桑榆恋。陋巷乐箪瓢，骄人惟贫贱。

失　　题

飙车飞度万重山，恍驾青鸾海上还。鸟过插天人迹绝，芙蓉朵朵落尘寰。

蓬莱负峤景依稀，千仞冈头一振衣。待叩琳宫峦壑杳，叱将篠杖化飞龙。

寄惕庵青岛

讲院松阴迹未遥，母校六朝松尚存。灵松殿柳想丰标。津梁游倦神弥王，忧乐怀殷志不摇。咏绍玉台共仙侣，夫人工吟咏。居当海澨隔尘嚣。老余独向青溪卧，盼遣双鱼慰寂寥。

次韵严严山春分

好春刚及半，晨夕燠寒分。草长如丝碧，花侬似酒醺。何心怀往辙，多事证前闻。扶病推窗望，怡情只白云。

送藻亭丈返穗

才喜清言接老成，无端候雁促规程。犹劳命驾先蓬户，未遂临歧唱渭城。卧疾未能远送。五岳云山迎瑞霭，三江烟水动离声。祝公颐养神明健,春暖安车早达旌。

赠　友

晓珠长对碧氤氲,细语还愁隔坐闻。贪逗袜香频惹袖,许冲鞋绣不遮裙。冰脂定自肌无汗,睡靥多应梦作云。直恐如花太娇小,芝田才尽枉殷勤。

沧州喜晤怿青

秋风苏倦翮,巴峡又相逢。幸脱虫沙劫,难追鹓鹭钒。行藏休筮易,江国尚传烽。回首金湖梦,豪情减昔浓。各抱劳薪感,漫为歧路吟。底须谈骨相,且共励冰心。荐袮情何挚,攀嵇分独珍。抟沙慰羁绪,莫遣鬓霜侵。

舟中望远

三千里路一人还,九派江流咫尺间。望里小姑饶秀色,游余大别藏名山。珠帘卷雨涛声壮,铁笛彫风鹤梦闲。卧看好峰窗际落,清孱快与浣尘颜。

某军固守四行仓库感赋

落日荒荒照大旗,孤军八百尽登陴。捐躯报国平生志,得死沙场是健儿。

和翰屏西塞怀古

铁锁沉江霸业空,黄旗紫盖想雄风。千秋不尽兴亡恨,都付渔歌樵唱中。

萧萧古垒认孙刘,芦荻荒凉起暮愁。事业已随流水去,路人犹指散花洲。

江干古寺岿然存,门额犹看署报恩。家国沧桑两愁绝,不须遗恨说金源。

拍拍江头飞鹭鸶，日斜风定放船迟。绿蓑青笠平生愿，输与烟波一钓师。

感　赋

宿鸟投巢恋故林，飞鸿过渚尽哀音。济时几辈侪厨顾，高隐平生慕向禽。冰雪漫天愁无路，沧波弥望隔泖心。京华南斗西山戍，都入伤时杜老吟。

留别冶庵贞木侣笙即次冶庵见送诗原韵

风光过上巳，花发又将离。文酒流连地，湖山寂寞时。投闲欣合契，选胜快题诗。邂逅逢三老，羁怀亦足怡。

飘然挈长剑，又作白门游。过眼繁华歇，无情岁月流。前程惟任运，旧事忆从头。伫盼足安驾，期赓山木讴。冶老不久将游宁。

次　韵

东序又见岁华新，相望天涯意倍亲。吴苑莺花犹似梦，巴江烟月正愁人。豪情应比陈同甫，佳咏何惭谢茂秦。头白穷途各憔悴，伤春况是倦游身。

和董逋叟自题半园肄雅堂图诗原韵

陋室奚须别制铭，西山不改旧时青。春明往辙图中认，望断斜阳木末亭。

栖迟何必定吾庐，异代但留庾信居。赋到小园工体物，两三芋竹寸余鱼。

弹指流光露电多，平生致力在三余。闲开芸帙咿唔诵，彷佛荷衣上学初。

谁貌先生杖履春，问奇载酒不惜频。那知如海王城里，犹有长吟抱膝人。

一九五九年己亥中秋政协会邀同人北湖雅集予以病未获与补成此什

一年最好是中秋，难得名区集胜流。玉宇璃楼吟水调，方壶员峤拟仙洲。逾旬庆日连佳节，万里清光豁远眸。欲奋病躯乘火箭，凌风快作广寒游。

书庄通老继配陈夫人事迹后

亦儒亦侠亦温文，慧质灵襟世罕伦。吟到流芳遗挂句，怎教泪不洒安仁。

乐育端推养正功，肇开风气谤疑丛。几年辛苦栽桃李，赢得清阴遍里中。主持涤氛蒙养院凡八年。

抽将秒绪同功茧，栖共云山比翼鹣。无赖罡风吹梦断，由来福慧古难兼。

仙踪缥缈隔层城，人世春秋换蟀鹏。难得多情贤夫婿，含悲泚笔记平生。

寒梅晓梦事难征，雪意披图感不胜。吾乡汪叔明为杨礼堂绘《寒梅晓梦图》，见《听云仙馆集》。又，汀州伊墨卿为金青侪绘《雪意图》，见《尚䌹堂集》，皆写悼亡意也。钗断香销逾卅载，思量往迹[1]渐瞢腾。

老去弥深故剑思，侠肠豪气忆当时。纪将嫩女辉彤管，不似安仁徒费词。

不羡易安录金石，赵明诚《金石录》李易安作序。惟耽韦幔启童蒙。即今枌社菁莪盛，才彦端推乐育功。相夫子，董涤氛蒙养院课务。

---

① “迹”，原作“辙”，后改。

题秦良玉太子太保总镇印拓片

洗却胭脂上战场，宝刀绛袙共辉光。当年白杆兵成壮，漫道军中气不扬。

召对平台礼数隆，敕加太保秩尤崇。请缨第一推巾帼，多少须眉拜下风。

螭匾虫书镂刻精，钤来字字欲生稜。衰年眼福真填诩，宝燕名斋陋羽琌。龚定庵得飞燕玉印，筑宝燕阁庋之。

先人曾赋锦袍篇，遗迹摩挲赣水边。今日同看还赵璧，宝藏端赖子孙贤。《瓯北集》有《秦良玉锦袍歌》，云旧藏南昌某氏所，今袍已归石柱马氏。其裔孙某夫人叙述得袍始末甚详，昔年成都展玩时并此印皆见之。

奉酬剑逸见寄之作即步元韵

难将泥絮证禅心，却喜宾鸿送好音。满地烟尘迷望眼，一灯风雨伴愁吟。多君瑶札殷勤贲，愧我华颠老病侵。长忆花溪旧游乐，几时把臂与重临。

和周子可韵

羞结王生袜，谁贻范叔袍。寓言肘生柳，忧世自成蒿。焦尾无人赏，牙筹几辈高。砚田生计拙，未敢惮形劳。

题杨妃出浴图

华清承诏试温汤，水殿风来度暗香。娇倩人扶移步懒，侍儿更进荔支浆。

出水芙蕖意态殊，霞绡雾縠称轻躯。恍同朱鸟窗中见，绰约仙人冰雪肤。

题白头翁牡丹

霞朵云黄分外妍，人间富贵驻华年。青莲诗句黄荃画，合伴瑶台第一仙。

为陈长熙题画

水墨偶成江畔树，栖枝翠鸟语关关。小堂借问着何处，知在先生灵府间。

得研因文书因寄

壮游如昨日，鬓发倏已换。老至耄将及，独居每兴叹。百岁曰大齐，蹉跎遂过半。胡为逐尘鞍，万里长羁宦。骏奔徒尔劳，鸡肋奚足恋。矧余山野性，宁久甘靰绊。昨得故人书，殷勤荷深眷。贶我琳琅篇，光彩璨几案。荒徼苦饥躯，衰年迫世乱。洱海隔千山，大诏烟云幻。分题共角艺，往事忆童丱。踪迹今难睽，精神应无间。何当逐云龙，相将游汗漫。归卧具区滨，耦耕待时宴。

示　剑　逸

宵深漏点故迟迟，恰是西窗过雨时。料得倚栏人未睡，经春憔悴为相思。

贾　谊

才调西京第一流，如何命竟与仇谋。青蝇见抵伤冯衍，火色无年类马周。前席终虚宣室召，遗书并少茂陵求。多情湘水空凭吊，同是天涯放逐愁。

又

痛哭陈词忤重臣，才高遇蹇志难伸。吴公以外无知己，屈子而还有替人。斜日坐隅惊集鹏，秋风大野遽伤麟。吾谋不用甘沦废，宣室何劳问鬼神。

题　画荷

田田君子玩，烨烨美人妆。池畔觇鱼戏，风来水亦香。

又菊

高卧东篱遗世情，白衣虀酒饷渊明。晚香老圃秋容淡，欲效骚人餐落英。

题牡丹凤呈

一捻鞓红呈艳质，九苞翙羽集仙禽。好将拂槛春风句，谱入箫韶盛世音。

谒柳侯祠

丰碑矗立柳侯祠，下马临风奠一卮。蕉荔丹黄罗异物，山川雄秀发奇思。生婴党祸人争惜，死得高名身岂知。老我乘槎来万里，愧无健笔壮南陲。

郁　孤　台

荒台峙古今，落日壮登临。望阙孤臣泪，题诗羁客心。河流汇章贡，云气杂晴阴。何处鹧鸪唤，南飞伴苦吟。

登独秀峰

危峰兀兀压江流，六诏三湘眼底收。柱峙伏波功不朽，岩题光禄迹犹留。山麓有题"颜延之读书处"。高高星斗疑堪摘，矗矗烟岚似欲浮。暮景飞腾豪气在，何年乘兴更来游。

歌者张蕴馨解文字束身自好诗以表之

玉质亭亭不染尘，韩娥史凤是前身。女儿花发都梁馥，看取诗篇百轴新。

佳侠含光那易寻,绕梁一曲发清音。悬知落叶繁霜奏,中有循陔负米心。

不须身世感蓬萍,听到雍门泪已零。老去夙怀惭渐减,懒将词句写旗亭。

送谢柱生淦生还沙羡

乌衣才望著清门,十载相交气谊敦。失路还家非左计,殊方赋别倍消魂。故园陶径余松菊,大被姜家好弟昆。他日翦灯重话雨,可堪追忆旧巢痕。

和怿青五十九生日自述韵

才似微之与牧之,论诗何幸得同时。偶搴芳芷成孤赏,微惜深杯不共持。阅世海桑闲处老,系怀民物几人知。佳辰览揆占星聚,绕膝欣看蜡凤儿。

寄研因丈蒙自

履綦南徼久淹留,相望天涯并白头。故里已荒元亮径,他乡仍上仲宣楼。山川苍洱供诗料,风月江关记梦游。每念朋俦多铩翮,不缘羁悴始添愁。来函询宁沪诸友近况。

筋力欣闻似昔时,开缄聊复一轩眉。名场已换新花样,舞态谁怜旧柘枝。难息尘劳牵物累,久经离索想风仪。耦畊倘许偿初愿,七十归田未算迟。

一卧江城几阅春,古苔丛篆伴闲身。岩栖终竟输高士,樗质犹容作散人。尽有云山供啸傲,且凭书卷慰沈沦。交亲斯世惟公最,尺鲤遥颂莫厌频。

奉和吕笙泛舟太湖之作即次原韵

明霞高敻讵堪餐,岁晚长歌《行路难》。弄翰我惭诗境窄,逃禅君觉醉乡宽。半生邱壑存微尚,万顷烟波此大观。挈伴快探具区胜,旧盟鸥鹭不曾寒。

答治庵

怅望龙山畔,良朋阻盍簪。年光催蔗尾,世事感蓬心。白社虚前约,黄垆入苦吟。频挥思旧泪,一往见情深。来诗屡有悼贞木语。

故人传尺鲤,纸短意偏真。频念相如渴,同甘原宪贫。家声兰墅改,诗境草堂新。何日清光接,追陪笑语春。

唐企林先生挽诗

忽得骑箕讯,惊疑并一时。精强老难继,生死见无期。[1] 顾影伤迟暮,追欢绝履綦。山阳闻笛后,霜鬓更添丝。

美政传畿甸,牛刀绰有余。流民介夫画,水利震川书。耕凿兴垸堉,弦歌动里闾。十年心力瘁,勤勚世谁知。

牧守任弥重,遗思楚豫留。悬鱼励清操,露冕布弘猷。大府殷推毂,军谘重借筹。东旋偕仲雪,海澨得优游。

先德名山业,穷年致力探。草堂复陈渡,遗著辑凝庵。高会宾朋盛,闲情书画耽。前朝文与董,骖靳定无惭。

散质侪樗栎,偏蒙眷顾深。疏庸劳翦拂,谦赏必招寻。竟负结邻约,曾约卜邻沪堧,卖文为活。长怜歧路吟。一哀三峡暮杜句,情竭为知音。

天不慭一老,乡邦失典型。风流余翰墨,河岳想英灵。私谥孚群议,循称溢鼎铭。诒谋微式谷,裘冶绍芳馨。

和若飞韵

江上连峰不断青,洲边兰茝自芳馨。琼扉不闭葳蕤锁,绮阁闲觇

---

① 本句原作"恸挥知己泪,难释毕生悲"。

琯朗星。冷倚蘅皋愁宓女,罢弹瑶瑟怨湘灵。云津游戏偏多感,药捣蟾宫夜未停。

和味园韵

摩挲铜狄慨流年,呵壁湘累漫问天。垂老雄心消马槊,耽吟幽思托鸾笺。小山人去余丛桂,陋巷身闲似散仙。极望江关遥寄忆,鱼书迢递倩谁传。

答冶庵见寄之作兼示侣笙并悼贞木

蓉湖邂逅逢三叟,乐事桑榆在得朋。啜茗春风谈屡接,看花胜日兴堪乘。放怀身世忘愉戚,纵目河山慨废兴。别后停云有余恋,重寻残梦易瞢腾。

玄晖贻我诗篇隽,唐勒曾夸赋笔遒。堪羡才华俱绝世,何期离别又经秋。论交幸遂攀嵇愿,忆旧还思追[1]戴游。莫怪书来迟作答,端缘琼玖句难酬。

噩讯传来疑未真,遽惊好友丧卢纶。衰迟每恨逢君晚,题赠还欣得句新。寄祸无端肇骨肉,此才毕竟委蒿尘。堕栖巷是西州路,他日经过倍怆神。

次务真韵

散栎知何用,还丹岂易求。漫歌桑十亩,奚羡橘千头。弄笔聊乘兴,衔杯足散愁。闲身得潇洒,此境即巢由。

寿沈仰放七十生日兼题所著养性轩吟草

清门峻望仰吴兴,作赋才高备九能。早敛词锋归蕴藉,独撑傲骨见崚嶒。丹霞盈卑颜常驻,彩服森阶训夙承。更喜晚吟添逸兴,朝云

---

① “追”,原作“访”,后改。

长伴读书灯。

相慕奚须榜道寻，一编惠我胜璆琳。恍陪弥勒龛中坐，如听成连海上音。里号崇仁依日下，庵题老学似山阴。久钦寿世文章贵，名字长垂著作林。

冶庵复以五律见贻奉答一章仍次时思韵一九五二年七月

霸才何幸得同时，别后高斋系梦思。东野词新多苦语，西曹望重惜华资。偕春仍赁三间庑，拨闷闲消一局棋。事萦名山待商略，漫吟平子《四愁诗》。

题冶庵北游集

形胜三朝旧帝都，羡君逸足骋天衢。玉河云树资吟眺，琼岛烟波入画图。拄笏西山延爽气，建瓴高屋想宏模。剧辛郭槐今谁在，遗迹金台长绿芜。

一卷新诗脱手成，旧经过处记分明。移盘欲下铜仙泪，击筑偏多变徵声。广武登高追阮籍，租船咏史慨袁宏。繁华已醒春明梦，触拨前尘感易生。

偶感仍用时思韵

秋菊春兰誉一时，岁年江海系怀思。难求世上丹砂诀，苦乏山中大药资。运去挥戈三退舍，兴来赌墅一枰棋。只嗟同调今垂尽，箧衍犹存毕曜诗。

酬止可见惠之作仍用前韵

判袂巴江又几时，断鸿声里一相思。消磨奇气凭书卷，收拾豪情减酒资。丛桂还期寻夙约，烂柯奚用问残棋。已甘牖下无闻老，惭荷东阳数寄诗。

与庄通百史封叔周甘荪安乐屋顶花园消暑

长安万人海，襬襶争趋炎。奔驰烈日中，流汗体足沾。不然退直辄闭门，展簟高卧忘朝昏。谁能好整还多暇，挈伴陶陶乐良夜。我友漆园兴最豪，闲来爱客勤招要。掩关兀兀胡为者，披衣急起同登高。安乐之园援屋顶，杰阁三层拟宏景。去天尺五若可攀，俯视行人磨蚁旋。灯光辉辉焰初吐，新月如钩照万户。清风生掖茗荈香，此时酷暑几令忘。周颙轶才超流辈，史起宦成有多慨。各征所阅恣剧谈，时而燕北时周南。枯鳞塌翼宁足计，明灭跳荡犹嬉酣。倏然裙屐影零乱，舆马纷拏急嘶唤。起看天上斗杨迴，狂歌忽发重徘徊。君不见客中会合亦非偶，莫使出门搔白首。

庄丈通百莅锡见访赋此奉赠

别君十年强，相望关山阻。中间遘世变，报讯乏鳞羽。似闻沪海堧，仍赁伯鸾庑。爱客不知疲，耽吟忘巾履。挟椠复握铅，命俦兼啸侣。荏苒寒燠更，历碌生事苦。走也客西川，井梧吟幕府。吹竽南郭滥，倚啸北门窭。湖海气输陈，江关词惭庾。一朝陵谷迁，失职困羁旅。买棹及秋深，聊此返乡土。归来才匝月，劳君函札屡。欣然远命驾，情奚减嵇吕。握手蓉湖滨，肝膈互倾吐。艰难话行藏，晦明慨风雨。相逢迫岁阑，未暇谋樽俎。双燕倏分飞，孤萍渺何许。时予亦将去锡。平生臭味投，驽钝谬见取。顾余学殖荒，感君风谊古。晚景莫蹉跎，犹冀桑榆补。

咏雪和务真韵

向晚寒威重，空庭霰集初。散花来丈室，喷玉到阶除。漫羡销金帐，疑临飞白书。聚星吟禁体，清兴有谁知。

苦忆梁园侣，离怀各惘然。骑驴思灞岸，语鹤托尧年。黄竹歌天半，琼楼幻眼前。破春梅萼茁，得气让渠先。

题沈绶箴夫人诗册(代)

斑管香浓试锦笺,绿窗才调女青莲。吟当邛海荒寒地,思寄荆山缥缈边。夫婿上头龙节贵,儿曹盈膝彩衣鲜。采芝不羡神仙侣,韵事鸥波合共传。

祝诗庵八十和自述韵

茶村旧爱金陵住,赢得诗名万口传。行地称仙平格寿,和声鸣盛皞熙天。辰邻九日催花放,兴寄孤云看鸟旋。十载追随仰山斗,每披佳咏辄欣然。

留别东阳

同客巴江久,蹉跎识面迟。译曹夸傲吏,文阵展雄师。游自耽三雅,书频借一瓻。不辞经过数,披豁见襟期。

连朝风雨急,歧路怅分襟。各有飘零感,难为去住心。老犹惊梦短,归已及秋深。待践偕耕约,无劳慨越吟。

若飞用若飞韵

歧路难为别,愁深我独行。离筵杯滟滟,深夜月明明。能话巴山雨,期偕栗里耕。多才输贾傅,作赋更论兵。义山诗:“贾生游刃极,作赋又论兵。”

和怿青五十八生日诗韵

悬车已赋觉身轻,此事虚舟了不惊。暮齿无成惭伏枥,佳章叠赉胜贻琼。沃洲山好宁堪买,下潠田芜且待营。火枣交梨堪驻景,未须范甑叹尘生。

海燕和韵

万里难寻博望槎,营巢今定傍谁家。曾依绣幕窥妆镜,偶啄香泥事落花。上苑倘随莺作侣,丹山一例凤伤篼。翦波何处寻仙影,梦绕天涯更水涯。

失题残篇

(前缺)蠲忧谁致程乡酒。即今阳和苏万汇,步屧春风逐花柳。览兹景物悦纷华,顾我形容增老丑。世变沧桑且莫论,采芝待访商山叟。

和若飞除夕用东坡赠段屯田韵

百岁曰大齐,蹉跎已逾半。思往托长吟,抚事惟永叹。缅昔少年时,坟典恣耽玩。抗志希曾史,作宧轻黄散。坐拥百城居,古人为我伴。握椠兼怀铅,兀兀穷昏旦。众论究说郛,儒术考学案。发之为文章,金碧光凌乱。狂来纵啸歌,兴至忘栉盥。每诮子桑简,仍慕安于缓。朴学守故辙,拙谋循旧贯。食贫讵足病,鼓勇期胜懦。是非泯丹素,寒燠融冰炭。暮景迫桑榆,穷居乏池馆。修门望非遥,旸谷冀回暖。诗成夜向阑,仰视繁星粲。

忆昔五叠前韵

忆昔层城过往频,窗窥朱鸟晚妆新。琼筵卜夜繁花艳,镜槛凝香一室春。小字偶闻呼简简,香山诗:"苏家小女名简简。"画图漫与唤真真。浴兰斗草偏多事,畅好风光上巳辰。

着袂天花拂未除,金经礼罢意何如。海棠经雨红微减,蕉叶临风绿渐舒。检点春蚕彩画后,沈吟冷蝶粉残余。裁成锦字凭谁寄,怪煞遥天雁讯疏。

喜友人见过

陋巷车辙稀,柴门昼长闭。遇雨减寒威,复此春光丽。刍尼送好音,佳客联翩至。江夏推无双,读律究奥秘。安稳辽海帆,间关秦岭骑。明允誉早腾，平亭绩屡最。朅来游蜀徼，诗才益横厉。历块骅骝驰，摩云鹰隼鸷。戎幕得追从，论交敦气谊。方欣禄秩迁，俄讶市朝异。鸾翮虽暂铩，片刀冀再试。元龙湖海客，能文擅众艺。翰墨妙无伦，笺章任屡寄。兴来事挥洒，洛阳纸为贵。忆昔客淞滨，所交皆贤智。载酒常命俦，踏春每联辔。谐谑相间作，百斗不辞醉。弹指二十春，忽忽昨日事。是日话昔年客滨时与况夔笙、易大厂诸名流游谦事甚详。因君慷慨谈，触我轩腾意。早岁旅京华，裙屐乐纵恣。倒屣动公卿，题襟几名辈。即今老无成，殊方愧留滞。下潠少薄田，江东靳归计。跫然空谷音，羁绪差足慰。二君岭尚秀，并是瑚琏器。胡为困歧途，瓦缶同弃置。荐祢力未能，攀嵇愿幸遂。涸辙宁久羁，危局待匡济。会当餐五鼎，终见奋双翅。作诗聊写怀，辞殚意未既。

和若飞韵

吾衰往事惮回首，年少踆踆只浪走。贫逾季子余敝裘，愤甚亚父碎玉斗。富贵浮云不可期，美誉空花复何有。牛宫马磨漫择邻，凤举鸿骞欣得友。学道难寻勾漏砂(下缺)

三叠前韵

刍尼送喜噪檐频，风纪初更霁景新。望远兵氛犹照眼，题诗人日恰迎春。人日立春。漳滨留滞同公干，鉴曲徜徉羡季真。罢直归来问长铗，料无宝气动星辰。

积习年来愧未除，难将妙谛契真如。已知横草雄心歇，犹盼抟霄健翮舒。丝竹消沈中岁后，文章寥落劫灰余。耽吟了不关生事，自笑迂顽与世疏。

酬剑逸见赠之作

多感邮筒数寄诗，开缄聊此一伸眉。从容幕府纡筹日，寂寞书窗坐啸时。异地莺花倦吟赏，故园鰕菜系怀思。关山戎马催头白，何日相从把酒卮。

四叠前韵

来往诗筒不惮频,名篇络绎发硎新。繁花当户如含笑,玉瓮浮香好贮春。坐阅升沈惊世变,饱经忧患丧吾真。江南风物还依旧,柳老蒲新属此辰。

中岁名心渐屏除,文成封禅陋相如。命宫每慨临摩蝎,曜景还欣对望舒。生事但靳温饱足,坠欢难拾乱离余。闲居辜负春光丽,话到嬉游老更疏。

次韵奉和怿青得子

旧雨分携动隔年,乱离执手又南天。投怀玉燕符佳朕,藏树金镮信夙缘。君诗谓貌似亡女颖儿。山色晨窗宜拄笏,鬓光宵烛喜差肩。石麟原是君家瑞,歌赠徐卿愧昔贤。少陵徐卿《二子歌》“定是天上麒麟儿”,用宝志摩徐陵顶事也。

贺霜虬续娶

几年待阙鸳鸯社,今日双栖玳瑁梁。朱鸟窗前闻笑语,果然天壤有王郎。

春逢佳节风都软,月转华灯影更娇。那用玄霜寻玉杵,锦城西畔是蓝桥。

大杨村舍芍药盛开

婪尾春光倍有情,笼烟浥露总神清。我来正值花开候,仿佛佳人笑靥迎。

佳种知从胜地移,底须金带始称奇。费他几许栽培力,半晌流连未忍离。

和程癖叟硕果轩看梅韵

照眼光疑白氎巾，听歌枨触忆前尘。依稀纸帐清宵梦，邂逅琼枝四座春。月底微吟情不隔，檐前索笑意相亲。多生绮习知难忏，我亦天花看袂人。在北都听畹华曲逾百次，《天女散花》一出尤酷嗜之。

和张宓公见赠韵（代）

江南春静雨如丝，天际飞鸿慰远思。闲却屠龙钓鳌手，燕郊权作牧羊儿。

谢花瘖老赠赤松图诗（代）

漫云甲子纪年讹，十载光阴隙驷过。待到九三开岁日，为公更谱寿人歌。

卷　下

奉酬藻丈见赠之作

旧是金门大隐身，今时雅道赖扶轮。耆英讵料科名重，披豁尤钦气谊真。偶恋六朝烟水地，关心五岭故园春。曰归且就兰陔养，粤秀峰头题句新。

瑶笺琼什一时颁，恍坐春风嘘拂间。忝缀鹓行称后辈，同在江苏文史馆。敢期骥尾附名山。冰心铁骨劳相励，藜杖蒲轮倘获攀。不少旧游同引领，白门柳绿待公还。

附原作

前以俚句留别金陵诸友时得和章赋此奉答

锦绣珠玑落九天，怀人远别路三千。自知桂老芳条少，却羡兰丛秀色妍。月隐江云犹有影，风高沧海浩无边。岭梅先放折枝赠,铁骨冰心期共坚。

答诗庵病起见示次韵

维摩偶示疾,消息定中知。香拨炉灰细,腰量带孔移。畏寒宜袖手,得句足轩眉。指顾阳和转,春郊共举卮。

附原作

病起口号报谢枉顾

我本疏狂甚,今还不自知。耽游春梦杳,小病岁星移。听《牡丹亭》,归晚。讵意艰思食,因之未展眉。巡檐花索笑,会与倒琼卮。

题沙仰三画梅祝段熙仲六十

姑射仙人冰雪肌,丹青貌出岁寒姿。最难玉局生同日,好献南飞鹤降辞。

黄蔚如八十寿诗(代)

清才文擅一黉俊,雅量群推千顷陂。著籍门徒夸北海,归因歌啸寄东篱。牙签玉轴收储富,棐几湘帘位置宜。难得齐眉兼寿考,称觥合谱鹤飞辞。

周芳溪六十

山河两戒遍游踪,蜡屐赢粮兴尚浓。著述早传霞客记,著有《北游纪略》。生涯聊寄伯鸾舂。高歌白石多仙侣,未就丹砂有壮容。盛世优贤兼励善,齐眉周甲庆遭逢。

藻丈邮示八三生日自寿诗次韵奉祝

岭树江云隔几重,天涯相忆又经冬。渊明旧宅开三径,子美吟情寄四松。曲谱鹤飞梅正绽，杯浮蚁绿酒初酞。养生自致佺乔寿，不饵丹砂有壮容。

附原作

云兄八十六以余生日寄诗有四代一堂保持修德之语兄在北京余居广州勉答一章即以自寿

商衍鎏

万里燕山冰雪日，我居南海不知冬。暖含春气芳篱菊，风送晴空健岭松。兄弟唱酬诗思远，孙曾歌舞酒香酞。老来进德期无负，愿效潜修邴曼容。

和诗庵丙申除夕韵

腊鼓声催一岁过，寒炉灰剩拨阴何。清游寥寂心情减，短发鬅鬙霜雪多。骖靳追从洵有幸，鸟马雠勘岂无讹。颂椒惭乏生花笔，犹慕高人作楚歌。

附原作

止止长康八载过，深杯独引喜如何。怀人诗寄江乡远，用兄年八十五居里。对镜愁添白发多。未可笔生花入梦，将无文汇墨加讹。焚香扫地山妻事，扰我眠迟醉复歌。

和 伯 庚 韵

钓矶归未得，编集愧徐寅。唐徐寅归老延寿溪，作《钓矶》、《探龙》二编。献岁椒花颂，开尊柏叶春。肴臑邀客共，花鸟入诗新。是日招饮未赴，原诗有“飞花能入醉，好鸟自迎春”之句。各有担当事，无为羡逸民。

寄 侣 笙

若忆高人唐子西，声华藉甚拟县藜。一篇赋就江涛壮，万里归来岫影低。晚捧鹤书名愈重,新膺江苏文史馆聘。早探鸡次典堪稽。遥知三凤楼头友,唱和新诗烂漫题。

附和作

唐鸣凤

残星数点雁横秋,我爱金陵赵倚楼。不见两年正西忆,飘然一简下南州。吟朋渺渺商盘去,才藻翩翩阮璃留。万树寒梅着花矣,可能挈侣九龙游。

锡兰茶园和陆澄溪韵

大好园林茶遍栽,不堪往事首重回。锡兰产茶最富,久为欧西诸国产本家所垄断。殖民主义今垂熄,寄语主人归去来。

藻丈以叠自寿诗见赠次韵奉和

梦回水复更山重,花发迎春间款冬。佳句遍题南汉寺,雅怀常系六朝松。频颁瑶札情逾厚,如饮醇醪味倍酞。堪羡雁行遥应和,交修进德自雍容。

附原作

叠前自寿韵答敬谋觉之两兄并简肃老伯房诗庵天白诸友

望眼春云路几重,别来不觉已非冬。清标映月窗前竹,老干临风雪后松。江海有情诗句远,河梁犹忆酒杯酞。勤劬半载丹铅苦,沾溉群儒展笑容。

藻丈仍用冬容韵作诗见示三叠奉答

才展春云叠几重,蓦然降雪又成冬。惊蛰后大雪。怀人南园吟红豆,叱石金华陋赤松。黄初平亦号赤松子。摩垒交绥师愈整,衔杯乐圣味添酞。自惭不是青云器,谬荷山公奖仲容。颜延之《五君咏》:"仲容青云器。”山涛有《荐阮咸启》。

附原作

擘笺裁锦思重重，可爱真如暖日冬。自笑腹空成老树，却钦骨耸健贞松。义山翦烛情何限，公瑾醇醪味更酡。独坐每愁朝暮雨，江南红杏忆春容。

挽缪蟫庵

识公逾数稔，温雅自堪钦。久典龙威秘，精研牛铎音。精于乐曲。春风才啜茗，斜日罢弹琴。咫尺黄垆路，前游忍再寻。

徐鹤章七十寿诗次述怀韵

乡望交推井大春，徜徉诗酒属闲身。早研货值经纶裕，晚际时亨俗化醇。挺秀芝兰看绕膝，未荒松菊足怡神。云签开笈霜华茂，生日为农历九月十三。偕老赓歌意致新。

四叠冬容韵答藻丈

岭上花开锦绣重，江南二月尚如冬。春分前后剧寒。婆娑我愧灵和柳，矫健公真泰岳松。铅椠生涯勤纂述，齑盐滋味胜肥酡。谰言自审多疏放，大度休休服有容。

附原作

三叠自寿韵寄敬谋诸友

论文尊酒几时重，我在炎方不觉冬。满眼常看花似锦，连林那独树奇松。交深声气翻平淡，道味清虚厌厚酡。金玉尔音劳远望，白圭同咏想南容。

五叠前韵

难遣离怀积思重，别来不觉判春冬。寰中耆宿群瞻斗，天半清音恍听松。网集珊瑚无限富，尊倾醽醁自然酴。昨宵银幕匆匆现，仿佛抠衣觐德容。昨赴中苏友好馆观北京影片公司所摄《商探花晚年》新片。

附原作

广州立春后四十日阴雨连绵肃老自金陵贻诗有昼慢晴窗日影重春来景物胜寒冬句穗垣适与相反四叠前韵呈诸老友一笑

连天雾雨压檐重，料峭寒风反逊冬。篱畔抛残黄绽菊，庭前黯对白皮松。三江波浪痴云影，广东西、北、东三江皆汇珠江入海。卌日春阴负酒酴。试问六朝烟水客，乞晴可许借韶容。

又五叠冬容韵答敬谋并呈肃如诸老

啼鸟声声入耳重，寒消何事尚号冬。攀条梦记台城柳，错节师宜泰岳松。月落春山人缱绻，云停秋水意深浓。酴、浓通用。定怜八十无盐叟，絮语犹为悦己容。

赠钱贯之

阅世频惊桑海迁，戚愉离合总前缘。甘临协繇邀天眷，此事应知非偶然。

事业重恢复旧观，盈阶挺秀茂芝兰。时亨更喜逢家庆，景福骈臻古所难。

风光二月春刚半，花发青溪分外娇。老凤还巢雏得耦，长留佳话纪南朝。

又(代)

艰辛奋斗志弥坚，人定由来能胜天。旧业更张新运转，珠还合浦镜重圆。

克家有子励戎行，得婿乘龙美誉彰。堪羡门阑多喜色，万年福禄诵鸳鸯。

单蕴功七十寿诗

南安表望家声懋，实业精研学行优。操励廉隅坚晚节，志殷康济展弘猷。芝兰绕砌都呈瑞，花萼腾芳早筑楼。鹤寿松贞人共羡，冈陵晋颂祝添筹。

上巳前二日偕李松山施伯珩洪玉林陈修南米伯房易在田计凤鸣蒋育生常延龄诸君游孝陵

出郊春色畅幽怀，樱乍含苞杏正开。纵使梅花已零落，不须惆怅叹迟来。

难得良朋意志同，剧谈野逸坐生风。嬉娱自得天真趣，更有垂髫两幼童。李、施两老各携内外孙女同游。

两陵巀嶭东西峙，华表空存鹤不还。若论遗思千祀永，高皇那得并中山。

丁酉寒食北湖禊集

说法台荒讲院芜，明应天府学在鸡鸣山下，后改国子监。南朝遗迹认模糊。垂杨夹岸春波绿，风景依然似画图。

难得良辰结队游，岚光塔影足句留。百花齐放春过半，红紫纷披映白头。

一笛悠扬雅韵流，最怡情处是清讴。霎时微雨催人散，犹有余音耳畔留。汤肃如、甘贡三、邬砮丹、张女士诸人度曲。

六叠冬容韵寄藻丈

琼篇稠叠锦书重，惠我真如日在冬。胸具渭川千亩竹，丈工画竹。

气凌泰岳五株松。秦始皇封松为五大夫。五大夫,爵名也,或讹为有松五株。便须榔栗从师乞,若论醍醐比酒酥。望远含情江海阔,青溪花发为谁容。

附原作

六叠冬容韵寄肃如伯房敬谋老友

崎岖往事万千重,履薄冰心独抱冬。近爱和风飘陆海,喜看旭日照杉松。琴弹调古知音解,书味灯前胜酒酥。游府双塘淮海路,江天梦想好颜容。

又七叠冬容韵答敬谋肃如天白光治诸老

雁足传书入户重,风声檐马响丁冬。春波荡漾朋千里,烟雨苍茫岭万松。柯烂棋秤忘世改,茶香舌本泻瓯酥。放怀宇宙纷人海,啼笑悲欢各异容。

又曾孙辈极淘气八叠冬容韵戏作一首

慰我童孙喜见重,语文简字读三冬。解衣捉鸟忙除草,执笔涂鸦乱画松。任性随时啼与笑,难防恣啖淡兼酥。都言此是国家宝,发展宜凭非纵容。

和景溪上巳韵

老尚贪嬉鬓已星,起看新绿满前庭。春波蘸影春衫薄,约伴重寻木末亭。

禊堂高会几人同,《晋书·礼志》:"天泉池南石沟引御沟水,池西积石为禊堂。"画壁笼纱句各工。遥想清游饶逸兴,流觞何减晋贤风。

如皋沙君士度与黄琴夫人金婚征诗赋此为贺

吟成却扇记当年,佳话金昏今又传。五纪河汾弘教泽,一门子弟奋戎旃。田居蚕室夸偕隐，孤宿嫦芒看烛天。笙磬同音鸣盛世，颐园花好影婵娟。所居曰“颐园”。

又(代)

早夸璧合与珠联，弹指俄经五十年。崔李门楣著方雅，刘樊眷属是神仙。裁成桃李纷呈秀，孕毓芝兰喜象贤。玉烛方调岁星朗，清和时节颂团圆。

欢迎苏联伏罗希洛夫主席

中苏壤地接，睦谊敦自古。十月大革命，震霆发朦瞽。导我以前旌，示我以崇矩。四十余年中，相依若车辅。东倭肆侵陵，荷戈同御侮。解放大业成，支持我建树。迭遣专家来，前后接踵武。中东路轨长，慨然相赠予。凡此深厚情，更仆数悉数。今兹贵宾莅，礼隆而意巨。香花夹道迎，衢巷纷歌舞。欢呼彻云霄，广筵罗觞俎。主席盛名昭，辉煌耀寰宇。缅昔云电屯，缔造历艰苦。帝祚庆推翻，赤帜看高举。察津保卫战，大将建旗鼓。统率武装队，桓桓若貔虎。击溃法西斯，金瓯固疆图。精神老弥振，讴歌久益普。惠然顾我邦，兆庶方延伫。阳春景物妍，穆如惠风煦。两国领导人，相视笑而语。精诚愈团结，肝膈互倾吐。谊则师友兼，情则昆弟伍。和平堡垒坚，世界赖支柱。从兹亿万年，永永笃绥祜。

荫甫次余答谢强化诚韵见赠依韵奉酬

华年如梦隙驹过，十载重逢鬓各皤。才调似君当世少，诗篇投赠感怀多。草玄有愿惭余拙，览胜无缘奈病何。时余适婴微恙。依旧春江花月好，时清犹得共酣歌。

附原作

陈祖庥荫甫

风尘十载屡经过,十年前在渝州始与敬老相识。笑说平生鬓已皤。学比河汾华国重,贤如梁孟食贫多。堂堂斗宿看星耀,落落诗篇奈酒何。予与敬老均不善饮。知是声名继瓯北,好从豪翰一高歌。

怿青六六生日有诗自述次韵祝之

潆洄如水抱中和,自是谦冲获福多。尽有广居容啸傲,不须往事叹蹉跎。佳辰款客罗觞俎,彩服看儿制芰荷。欣值仙筹添海屋,矢音遥与谱卷阿。

附原作

翻因落落得人和,雅俗交融乐事多。六六年华欣老健,三三风月悔蹉跎。三十三岁初度,云姬及其姊妹行先后称觞,有诗纪事。举杯笑唤凌雪鹤,倚仗闲看映日荷。静待儿曹循序长,好携笠屐访岩阿。

赠林君守白

家世孤山与霁山,风流文采照人寰。回翔台省声华懋,阅历桑尘鬓发斑。俊侣旧参稽向席,清名合位顾厨间。百花此日看争放,适野休嗟吾道艰。君著有《野花吟》。

附和作

丁酉初夏蒙惠赐佳什依韵奉酬

林　素守白

历遍天涯千万山,忽逢霖雨洗尘寰。绕枝谁恤乌三匝,彩笔初窥豹一斑。驹隙光阴风雪里,鸿泥踪迹水云间。平生事事惟堪笑，炊淅深惭说险艰。

登楼饱看六朝山，一室琴书照九寰。清镜衣冠风蔼蔼，闲阶苔藓雨斑斑。人逢赤日黄尘里，诗在苍葭白露间。杖策闲寻交恨晚，不愁剥啄叩门艰。公重听，访时必高叩门，末句故作戏语以博一笑。

丁酉立秋日同人集复兴酒家澹然有诗予亦继作

邂逅良辰快举杯，凭栏望远思悠哉。披襟气爽迎秋至，泼墨云浓挟雨来。难记昔游如梦过，相逢胜侣尽怀开。彭亨扪腹欣无负，刻烛成诗愧逸才。

附原作

汤　靖澹然

凉云沁醁泛荷杯，小集秦淮亦快哉。骤雨频催残暑去，清风忽送好秋来。蝉鸣西陆余音袅，风翥中天景运开。沾得六朝烟水气，诗成胜地不关才。

陶孟晋玄母章太夫人八十寿诗

京陵礼范宣文训，四海观型颂母贤。仁智无惭中垒记，徽芬早耀女师篇。才夸不栉堪传业，雅肄循陔看比肩。玉烛方调金粟茂，跻堂燕喜祝年年。

拟题月圆人寿图

丹桂飘香候，刍尼送喜辰。添筹庆贤母，斟醴集嘉宾。林下风能绍，陔南乐最真。丹青堪寿世，光景看常新。

寿谢冶庵八十

乘兴题诗见性情，论交倾盖若平生。寻春雨笠烟蓑共，入坐垆香茗碗清。业绍韦簏夸济美,春偕梁庑早蜚英。钓璜欣际雍熙盛,献颂还惭瓦缶鸣。

寿朱子爽六十

覃思邃学迈前修,物望无惭第一流。文献百年勤考订,著有《近百年史考订》行世。竹梧三径足优游。清才踵武荀陈亚,令德偕臧下传俦。六十平头犹绿鬓,桂花香里颂添筹。

藻丈来书奖饰备至并以中秋望月怀远诗见示赋答

蓬莱旧住忆仙寰,玉宇琼楼想象间。竟夕清辉千里共,出尘高致几人攀。分携骨肉时萦抱,啸咏林峦足启颜。一作"乡心五处萦怀抱,史笔三长视等闲"。愧我迂疏百无就,犹承期许到名山。

附原作

丁酉中秋康乐村中山大学舍斋望月怀远

藻　亭

澹抹微云秋气清,南荣对月到深更。高寒玉宇蟾宫影,照彻瀛洲马帐明。坐觉肺肝尘尽洗,还从圆缺悟无生。茫茫碧海情何极,吴楚江波又两京。余与祚儿在粤,云兄、婉女在北京,祖、祺两儿在南京,斐女在上海,倩女在武昌。

藻丈枉和拙作再次奉答

由来仙境在人寰,胜住方壶员峤间。尽有烟霞供啸傲,曾无崖岸阻跻攀。集成《击壤》词源富,录著《归田》意致闲。我欲追随江海隔,梦魂飞绕白云山。

附原作

敬谋兄寄和望月怀远之作次韵奉酬

木天一梦落尘寰，万事浮云瞥眼间。久卧沧江劳怅望，深惭秘殿枉跻攀。琼楼蜃气原如幻，珠海鸥波且自闲。头白归来读书处，迂疏那敢比匡山。

赠沙仰三宗炳

萍蓬偶然合，芥珀自相亲。于我独情厚，荷君枉顾频。瓣香商岭在，君为藻丈再传弟子，又从丈学诗。尺幅白眠新。明沙鸥字白眠，工人物树石。近局招延数，琼琚报未申。

秋分后一日仰三招饮大杨村舍赋谢

招延朋侣频开径，雅量吾钦好事沙。藻丈赠诗："今日偏闻好事沙。"娓娓清言霏玉屑，离离小院艳秋花。薪传早接商山叟，兰秀堪追谢傅家。巾屦修然尤可羡，诗情画意寄生涯。

人造卫星

大邦展奇绩，人造卫星成。绕地恒依轨，一时若干分飞绕地球一周。推时可计程。云师应避席，月驭敢争衡。堡垒和平固，寰区庆弭兵。

邓诗庵有骑省之戚诗以慰之

捡到春蚕尽后丝，白头夫婿有深悲。诗庵挽陈夫人联云："已伤老凤双飞翼，剩有春蚕万缕丝。"梦回长簟空床际，泪洒繁霜落叶时。聚窟神香那可觅，妙鬘仙境倘堪期。夫人虔修净业，属纩时神志湛定，合十诵佛号而逝。懿徽缕述光彤史，不似黄门但费辞。

题钟黄唱和集(代)

竟陵诗格足名家，山谷才高一代夸。角艺分笺饶逸兴，还将余勇斗尖叉。

胜侣题襟字水滨,流风逸响并堪珍。佳篇能继西昆美,省识杨亿刘筠有替人。

狎主齐盟数二英,范张生死见交情。钟君郁久病逝。抱扬风雅资椽笔,文苑长留不朽名。

苏联十月革命四十周年纪念歌

十月革命炮一鸣,八纮四宇咸震惊。世界历史辟新页,劳动人民庆更生。缅昔沙皇肆淫虐,贵族地主恶贯盈。农工不堪受压迫,镰斧联合红旗擎。赤卫之军智勇备,振臂一呼冬宫倾。推翻专制建新国,谁欤领导惟列宁。整军经武国防固,立纲陈纪百度贞。马恩学说获贯澈,剥削消灭阶级平。二次大战骤发难,意德封豕日长鲸。侵扰边疆迫几甸,工厂停业农辍耕。情势岌岌难终日,国人奋起与抗争。察里津区保卫战,终摧强敌完坚城。法西斯崩纳粹毁,倭人甘为城下盟。从兹一意事建设,经营惨淡忘劳形。五年计划数届六,一一奇绩当前呈。煤矿施工机械化,水电设站国模弘。和平利用原子能,洲际导弹试制成。更有伟大惊人业,火箭发射新卫星。科学技术俱飞跃,生产压到美与英。侵略诸国震且骇,舌挢不下目徒瞠。中苏壤地本相接,邦交辑睦如弟兄。见贤思齐愧兼奋,胜利示我以典型。中山先生识卓越,宙合大势频盱衡。以俄为师联中共,三大政策何辉荧。惜哉良谟不见用,蹉跎坐叹星纪更。赖我英明毛主席,建党建国展大经。卅年奋斗志弥励,神州解放瞻澄清。更仗邻邦支持力,助军助财推赤诚。轻重工业为设计,专家络绎来轩軿。主席访苏邀厚待,伏老答聘增隆情。长江大桥亘南北,表现友谊之结晶。昔日理想今实现,在天足慰中山灵。十月革命卌稘届,衢歌巷舞腾欢声。世界和平作砥柱,社会民主坚阵营。异制国家可共处,寰区从此庆销兵。我作斯歌申颂祷,惭乏雅韵赓韶韺。

初冬偕马凌甫何宇铨顾燕嘉陆曼延诸公游清凉山

寻幽又到石城隈，曾说高人扫叶来。怀往顿增异代感，题诗愧乏挟天才。饱经忧患闲身健，坐对云峦倦眼开。莫笑阮囊太羞涩，犹期觅醉一衔杯。

附和作

沙丙宗仲三

西风落木漫山隈，联袂曾寻扫叶来。少长五贤修古契，马凌丈七十五、顾燕老六十五、何宇老六十六、陆曼兄五十、敬丈七十二。文章一代拜高才。瓯北先生诗："江山代有才人出，各领风骚数百年。"丈主持诗坛，群相倾重，非敢浮词贡谀。渐消翠黛峦光淡，重染燕支梅蕊开。循诵新篇动游兴，何当追伴共倾杯。

寿瞿镜人七十次感怀续咏第一首韵

明德由来启达人，盛时未许作闲民。芝兰荟蔚都呈瑞，桃李滋培不惮辛。高咏自饶三径乐，盅襟常备四时春。藏山事业如山寿，只手看扶大雅轮。

钱杲斋七十寿诗

保赤殷怀著勚勤，仲阳而后有传人。宋钱乙字仲阳，以小儿科著名。门风世守俞庐业，家法群推韩穆伦。《唐书》："贞元间言家法尚韩、穆二门。"韩，韩休；穆，穆宁。生趣满园林是杏，大年纪瑞树为椿。眉齐玉案颜常驻，既醉赓歌景福申。

次韵答务真

早擅无双誉，风裁自可钦。胜游共嵇吕，佳咏逼高岑。写集期名世，匡时盼作霖。重吟紫薇句，一往感情深。君咏紫薇有"未约中书劳独赏"之句。

附原唱

黄绍裳

琴鹤家风在,清高我独钦。今通兼博古,苔异复同岑。会看花砖影,畴为版筑霖。举头望东园,秋水感怀深。

赠马凌甫

传经世业绍扶风,学养深醇气自充。南国颂声潜霍遍,东京物望顾厨同。五湖迟遂扁舟愿,百步聊栖一亩宫。所居曰"百步坡"。笠屐追从休憾晚,登临犹幸蹑高踪。

附和作

马凌甫

乾嘉学派树宗风,一脉遥承余绪充。君为瓯北先生六世孙,家学相承,当世倾重。萍踪半生惭我懒,书香空愿视君同。年来共踏成贤路,文史馆与民革会址均在成贤街,常共来去。时复携寻六代宫。前度山楼题志在,初冬同游扫叶楼,君先有诗。先春豫约继游踪。

题明宋射陵先生石章拓片代斠玄作,章凡二,一镌"中秘旧史",一镌"射陵宋曹"

棱棱山骨孰琱镂,三百余年妙迹留。清操顾黄应并重,神工吾赵倘堪侔。吟当薇省芳尘远,彩发芝泥雅韵流。存古阐幽传盛事,岂徒枌社景前修。

题许令芬女史䃺画幅

绮窗梅绽发寒香,品格居然压众芳。折向胆瓶作清供,胜他点额寿阳妆。

璇闺才调拟飞琼,泼墨然脂事事精。瓶卉瓯茶商位置,一经点染趣横生。

当年曾读梅花梦，今日欣披博古图。外氏珍奇都入握，纪闻得继卷葹无。君藏吾乡陈森《梅花梦传奇》稿本，亦张春陔太守故物。

和慎因残菊韵

江海分飞不计年，转因穷老志弥坚。知君夙有渊明癖，种得黄花养性天。

附原作

吴怀林慎因

已是苍苍白发年，残枝犹示傲霜坚。缘何采撷动盈掬，室里温高胜露天。

次前韵寄慎因兼示孟韶

喧喧腊鼓又迎年，北陆永寒泽腹坚。料得吟成无个事，倚楼清话共湖天。

和吴公退遣兴韵

过隙驹光七二春，余年幸作太平人。为农有愿宁辞老，报国无能敢惜身。景入桑榆犹可爱，机忘鸥鸟自相亲。瓣香夙在深宁叟，炳烛还期蹑后尘。

藻丈八四生辰有诗自述赋此寄祝

又际南飞鹤降辰，遥瞻岭海颂生申。望崇谦抑心逾下，齿宿聪强意更新。拈句未忘倾盖友，称觥喜有及门人。秦淮烟水添明媚，杖履重游趁好春。腊月初四为丈生日，禹甸、仰三两君借秦淮水榭治觥遥祝。

附原作

突破人寰转卫星,乾坤放眼失虚灵。百年一瞬只分秒,四海九州皆户庭。神往须弥纳芥子,始知大地亦微形。吾身环顾更何有,且乐天游莫问龄。

又前诗过于放旷再作现实一章以抒怀

萧斋生意寒花足,伴我幽居情倍亲。差幸儿孙能养志,未忘书史共勤辛。祥云变化欣多态,苦雨经过事已陈。莫笑老来筋力减,愿随少壮作农民。

赠永年族侄

家风守儒素,劲节自嶙峋。汪伪时有人邀君出仕,坚却之。讲舍雷何并,诗篇鲍谢伦。欣逢郅治世,同葆岁寒身。夙慕沂溪胜,何当与结邻。君居阳羡沂溪,即鼋画溪也。

哭诚之丈

里中数交旧,往者推庄通百丈陈研因丈。岁寒备三友,厥后又得君。予时方弃繻,君已冠而婚。识丈始癸卯,予十八,丈年二十。才望称兼美,行谊夸绝伦。难得意气孚,尤喜过从频。屡扫元卿径,时开文举尊。敦盘狎主盟,谈谦无虚辰。越在岁癸丑,共事歇浦滨。讲席雷何并,经义服郑邻。挥洒每共砚,出入恒连茵。观弈啜苦荈,度曲遣佳晨。饥驱迫行役,萍逢踪迹分。皋比拥上庠,君名日以振。兄食蜷郎署,予则惭劳薪。从兹音尘隔,造膝渺无因。偶然道沪渎,契阔始一申。嵎夷肆俶扰,八表烟尘昏。外侮方游至,内战未解纷。荏苒流光迅,艰虞国步屯。伤时复悯乱,殷忧为斯民。何幸阴霾廓,百度贞惟新。仍闻乐育宏,不改钻研勤。走也西蜀归,北门歌窭贫。轩车翩然莅,相视鬓添银。别来二十载,话旧情逾真。借箸筹前席,分沫呴涸鳞。不惮口舌劬，说士乐津津。晚得栖息安，实赖湔祓仁。迢迢双鲤来，近况时相闻。初言病在肺，未致剧损神。小极会当疗，良觌或可循。岂意龙蛇厄，遽殲我哲人。牙琴恸绝轸，薛剑终委尘。会葬悭执绋，马策徒挝门。所幸藏山业，已有不朽存。伏女传遗绪，简策腾炳磷。南华与颍川，频岁慨离群。同悼失石交，恻怆当何云。五纪等逝水，万感付浮云。俯仰念存殁，涕泪沾衣巾。

汤肃如先生挽诗

皓首东还慨寡俦，论交晚幸得汤休。招携近局频相就，题赠新篇每互投。灵谷觞筵饶逸兴，北湖禊集转歌喉。前尘历历都如昨，今日追思只泪流。

佐政维桑绩最勤，补苴方志意尤殷。建议文史馆续修《江苏通志》。名流当代敦交契，掌故罗胸富见闻。望比灵光惊殿圮，心伤同调叹芝焚。故人徐吕悲殂谢，楚些重吟又为君。徐石雪、吕诚之两丈俱于今年下世。

贺施君禹甸新厦落成旧第在杨将军巷被征用，政府别于巷内隙地为建新宅

门称通德里亲仁，更喜商芝早结邻。爽垲为营晏子宅，坐看栋宇一时新。旧居与商藻亭丈为邻，新厦仍毗连，因丈宅亦经改建也。

山宾不藉昭明助，杜老无劳录事资。儒士遭逢迈前古，操觚作颂愧奚斯。

王秋实与高夫人结褵六十年纪念赋此贺之

三星户牖记绸缪，笑说神仙也白头。桑海饱经身更健，江山入咏句添遒。偕春吴下齐眉案，俪影钟陵写韵楼。世际隆平荣黼佩，待看盛事迈前修。

寿郁景溪七十

枌乡佐治托同僚,壬子岁同佐屠敬山丈幕。桑海频更鬓未凋。春禊联吟才昨岁,古稀介祉又今朝。亭寻华萼家风在,君家铧园有华萼亭。社结苔岑雅兴饶。曾主持里中苔岑吟社。正是百花齐放日,和声鸣盛谱咸韶。

赠孙淑君石君光莹配,金陵京剧团团长

艺苑之杰,巾帼之英。菊部雅奏,巍然盛名。一解

往事回思,艰辛备历。儿女啼号,奋斗不辍。二解

全国解放,环境转变。现身氍毹,大众欢抃。三解

响遏行云,喉转如珠。忘劳忘我,跃进前驱。四解

领导艺人,为民服务。易俗移风,增荣益誉。五解

跃进四首

高呼增产有工农,干部纷纷改作风。六亿人民齐跃进,乘潮破浪气如虹。

趾高心傲是书生,积习如何不去身。思想而今须改造,脱胎换骨作新人。

为党为民矢一心,力求红透与专深。精研政治钻科学,爱古尤应不薄今。

奋斗全凭立志坚,红旗影里各争先。赶过英国非难事,苦干何需十五年。

和秋实七六生朝自咏韵

遭逢盛世乐余年,对酒当歌欲放颠。捧到新篇百回读,羡君笔底绕云烟。

果然驻景有神方,杖却青筇步胜常。画意诗情两超绝,终朝弄笔为谁忙。

画堂银烛溯从头，甲子于今岁又周。黼佩雍和兰玉盛，高门钑镂迓天庥。

频年幸奉属车尘，同是龙华会上人。我信大才必有用，伫摅蕴抱济斯民。

附原作

王 果秋实

壮不如人负盛年，只余霜雪满华颠。浮生何必回头看，瞥眼云霞淡若烟。

千古难求不死方，稀龄过六亦寻常。自惭食肉无他技，中馈还须老妇忙。

勤俭持家到白头，结褵偕老甲初周。而今环顾孙曾满，同度和平待百庥。

衰颓蛰伏谢风尘，自笑犹称健步人。笔砚丹铅堪送老，暖衣饱食作平民。

南通重建曹公亭名顶，明嘉靖间殉倭寇之难

横戈跃马气何雄，家绪犹堪继景宗。勋业狼山应并峙，不须镌鼎复铭钟。

却敌身歼志不回，怀贤长使后人哀。平倭未遂留遗恨，四百余年又劫灰。

时清喜复旧时观，亭子嵯峨夕照间。更盼范金铸遗象，英姿重见耀人寰。

寿戴果园克宽**八十**

重席家声继侍中，一经传德百祥钟。人夸兰玉门庭盛，我慕枌榆文献宗。辑《青浦县志》。再撷泮芹温昔梦，同栖梁庑寄高踪。藏山事业如山寿，不羡金华问赤松。

和果园戊戌元旦韵

何曾鸿烈著刘安,讵有诗才拟李端。酒上尘颜添酩酊,盘罗乡味杂甜酸。条风应节初阳动,美景当前刮眼看。触拨闲情缘底事,玉钗昨梦挂臣冠。

附原作

一九五六年春节农历戊戌元旦口占

行年八十尚平安,盛世躬逢又履端。黄发弄孙新岁乐,青衿周甲秀才酸。清光绪戊戌岁试入泮。问心每愧虚声盗,引领还贪远景看。再两个五年计划。寄语亲朋仍故我,从来不悔误儒冠。

校订太平天国史料告竣口占

太平遗迹百年过,简册丛残费网罗。雠校武英庸可企,流传文献岂无讹。分光讵藉然藜照,扫径仍推落叶多。接席欣偕二三友,等闲心力共消磨。同任校订之役者为何宇铨、陆曼炎、顾燕嘉诸君。

和耐庵六七生朝自述韵

窗纱一碧映池荷,策杖临流意若何。恋别曾吟折杨柳,忏情偶谱《定风波》。龚定庵《定风波》二阕有"拟聘云英药杵回"及"他生缥缈此生休"等句,与淮云事颇相似。望中海屋看筹积,愁里年光似墨磨。安得凌风生羽翰,与君把臂共高歌。

务真次予寿藻丈韵见怀依韵奉答

乐事渝州数夕晨,别来缄札意难申。参横月落相思苦,砚北香南断句新。逭暑宜为河朔饮,息机倘慕汉阴人。何因驾得凌风翼,一昔重逢笑语春。

附原作

春日怀敬谋同寿藻丈韵

曦光辗转又佳辰，未获联翩愿未申。曾记涂山綦履在，肯忘字水雪痕新。交游四海谁知己，事业千秋有故人。回首东南搔短鬓，几时共醉太平春。

挽吴稼农

遗笺在笥墨痕新，恶耗惊传泪湿巾。鹗荐终惭负湔祓，旅蜀时屡为予推毂。牛刀犹未展经纶。向来似舅推无忌，此际承家有故伦。小印自镌五湖长，难忘惠政在吴民。

苦忆燕台薄宦时，郎曹出入每肩随。看花同踏斜街月，载酒同寻信国祠。十载襟尘隔江海，千秋琴轸歇牙期。鸳巢告咎虞歌起，东望何由荐一卮。

民革省市代表大会颂词

大会今开幕，英贤萃一堂。谟猷资靖献，团结矢勗勷。文技追先进，资无辨立场。光荣叨列席，起舞效轩鼚。

过絜漪园旧址

梁园宾客盛邹枚，击钵催吟胜会开。喜是南华主坛坫，雕龙绣虎各呈才。絜漪园为袁海观制府树勋别墅，在南京三元巷。岁癸丑庄丈思缄督浦口商步①，即其园为公署，暇辄集宾僚为诗钟之戏，与斯会者为沈友乡、吴夔厂、赵韵丞、姜伯亮诸公暨史朗存舅氏、陈研因丈，余亦忝获附骥，历时数月而辍，距今已四十五年矣。

沧桑几易我重来，树古池平认劫灰。何止空桑三宿恋，卌年綦辙尽低徊。

---

① “步”，当作“埠”。

呈钱自严馆长

及听声华五十年,晚来何幸接高贤。任膺文献东南重,名并苏黄日月悬。刘井柯亭萦昔梦,松身鹤骨俨飞仙。龙门咫尺非难近,倘许追从愿执鞭。

题果园诗钞

相慕奚须榜道求,一编珠玉荷先投。建安风骨曹刘伍,长庆声名元白俦。摩垒甘为三舍避,携笻冀逐五茸游。把君诗卷回环读,咳唾烟云隘九州。

果园次求州韵见贻二律依韵酬之

夔蚿相惜岂须求,芥珀由来性易投。鱼素互通情不隔,凤翎遐举世谁俦。每思载酒陪高会,更拟题笺纪胜游。此愿未知何日遂,梦魂夜夜绕南州。

附原作

赋赠敬谋即次赐题拙集韵

松雪风流寤寐求,无端且试一砖投。果然引玉欣如愿,毕竟论才叹寡俦。绣虎于今谁不识,听鹂何日许同游。吾侪结契良非偶,况有先容柳柳州。指贡禾。

又叠韵酬敬谋

佳咏频来不待求,明珠未免暗中投。七言协律岑高调,千里相思嵇吕俦。爱我殷勤评月旦,佩君澹荡与天游。躬逢盛世同欣幸,试听讴歌遍九州。

再叠前韵赠果园

寸楮璆琳岂易求,惠然琼什荷频投。迂疏我愧倚楼誉,洒落君真安道俦。当代扶轮推大雅,何时撰杖获从游。百城坐拥堪娱老,作督奚须羡八州。

寿沙仰三六十

仰三教授学养深醇，笃于伦纪，嗜友朋如性命，率子弟以义方。执教上庠者有年，成就甚广，奉手白门，过从靡间。兹值杖乡旧典，悬弧令辰，运际隆平，候逢清节，踵簪萸之盛会，协添筹之休征，聊贡卮言，藉侑康爵。

大杨村舍柳阴圆，投老金陵寄一椽。圭璧饬躬敦孝友，缥缃插架苦钻研。育才早见门墙盛，养志尤难子弟贤。夙昔瓣香在商皓，高歌遥和采芝篇。藻丈在粤。

风尘每憾识君迟，骑省年来鬓有丝。爱客尊常倾北海，题诗兴自寄东篱。杂花红紫当阶植，妙笔丹青信手为。阛闾秋清云物丽，鬓筵齐进寿人辞。

果园以阎公文存见贶赋此为谢四叠前韵

衰迟于世百无求，寂寂门稀半刺投。正喜萧辰开霁景，只凭缃帙当良俦。恍披元老《梦华录》，如接卢敖汗漫游。一卷殷勤劳寄赠，慰怀何啻获荆州。放翁书："异书浑似借荆州。"

侣笙重游泮水有诗见示赋此贺之

鹏程发轫溯当年，芹藻重吟鲁颂篇。如故将军临旧垒，从僧祇劫证初禅。轮扶大雅群流仰，赋著长江众口传。以《长江赋》为督学使者瞿丈慎公所赏。更喜联镳有康乐，穷经皓首志同坚。指谢冶庵。

秋日杂述

隙驹逝水总堪惊，渐迫颓龄百念平。远道亲朋疏问询，旧游綦辙每回萦。云烟过眼都成幻，缃帙当前尚有情。盛世由来无弃物，昌黎休慨短灯檠。

负郭曾无一棱田，囊中并少卖文钱。马卿懒著《长门赋》，鲁望迟成《笠泽编》。四壁厌闻虫作语，一生怕与蠹为缘。幸无芳屋秋风叹，跂脚闲窗自在眠。

江光岚翠爱金陵,选胜探幽病未能。桃叶渡头歌板歇,莫愁湖畔晚烟凝。已虚旧雨题襟会,却似闲身退院僧。输与[1]少年腰脚健,报恩寺塔赌先登。

金飙憀栗入萧辰,药里诗囊不去身。从菊冲寒开有意,丹枫绚彩景疑春。黄尘游倦抛乌帽,白水盟坚岸角巾。莫笑迂疏慳活计,读书聊可遣长贫。

陈明棂结婚贺诗

嘉礼逢元日,良缘缔自今。习劳资互助,报国励同心。俪影夸鹣鹣,和鸣协瑟琴。家庭臻美满,百福贲然临。

寿藻丈八秩晋五寄广州

刘井柯亭迹已赊,犹余梦影纪东华。望中五岭龙门峻,书到三山雁字斜。此日尊荣侔绮季,频年觞谳共侯芭。丈反粤后每届孤辰,禹甸、仰三在宁遥祝必见招。春回指顾安车莅,杖履重亲语笑哗。春间将莅宁。

一月廿九日杨仲杰洪玉林虞复五刘刚夫顾尔绳诸老衔民革市委会命莅舍慰问口占为谢

强起摊书病少差,猥蒙组织剧关怀。蒙蒙细雨西街路,五老同过赵叟家。

果园惠贻玉照媵以新篇次韵答谢

高材讵敢说常州,龚定庵有《常州高材篇》。访戴还思接胜游。玉照远贻如奉手,秀眉朗发迥无俦。由来气味芝兰合,深愧琼瑶瓜李投。诗笔脱尘尤可羡,金针更拟向君求。

---

① "输与",原作"犹记",后改。

附原作

倒次求州韵再赠敬谋先生附以一寸小照

戴克宽

风骚树帜古升州，安得相从艺苑游。瓯北清芬传有后，江南名士信无俦。谨将麋鹿尘容献，渴盼夔龙玉照投。礼尚往来先自我，不然曷敢贸然求。

徐复初同学作喆八十寿诗

高士南州素业存，师承家法溯遥源。舌耕十余代。匠成翘秀门墙盛，世阅桑尘齿德尊。讲舍松阴萦昔梦，母校六朝松尚存。故园菊径敞清樽。最难卞传能偕老，商岭磻溪未足论。

和果园己亥元旦口占韵

迎年饯腊未经旬，腊月廿七日立春。闲酌屠苏自在身。海上有缄传悃款，炉边断句斗清新。平原无事书求米，翁子何劳叹负薪。大集有句云"乞来朝朝帖写颜"。盛世优贤隆禄糈，羡君八十健精神。

附原作

戴克宽

何幸衰龄过八旬，婆娑还是自由身。家风范粥朝朝画，国事汤盘日日新。歌颂太平同击壤，惓怀亲故半劳薪。元辰早起浑无俚，一琖屠苏聊养神。

和俦庐己亥元旦韵

自昔通儒多寿考，孙卿伏胜并高年。题襟友萃东南美，造士材呈杞梓贤。有女传经依膝畔，栽花生意满庭前。春来鸣盛饶新制，待献中和乐职篇。

附原作

一九五九年春节余年八四喜赋

卢文炳

赞宁史馆编修岁,唐赞宁充史馆编修时年八十四。郑据香山与会年。唐龙武军长史郑据年八十四,与香山九老会。天许余生观盛世,我惭硕学绍先贤。吟朋差喜神交广,息女能随时代前。我女莹现任苏州市七中教师,工读并重,参加劳动。春到东风齐解冻,老人击壤富诗篇。

书吴曼公怀旧诗后

南华坐客今垂尽,剩有吴均与赵歧。卅载飘零头并白,难忘话雨对床时。

如听雍门一曲歌,酒垆咫尺渺山河。故人几辈俱黄壤,触拨闲情涕泪多。原诗四绝分赋庄思缄、陈季略两丈,方德公、史羿圃二君,四人者皆下世矣。

次韵李云僧

济时早负清流望,金石同坚志不移。啧室雄谈畴与并,鄱阳雅谑亦堪师。芒鞋竹杖闲身健,沅芷湘兰故国思。

琴　台

萧辰意不惬,南迈适旧楚。未逢解佩人,思访息机侣。鸣榔诉烟萝,鼓枻入沙溆。柳丛倦犹垂,蓼花疏可数。湖风凉袭袂,岫云淡依宇。岿然古琴台,云是绝弦所。缅彼牙与期,赏音动千古。高情山水邈,遗迹亭榭补。寥寥曲中怨,泠泠弦上语。空明拓虚襟,旷朗羡遐举。操缦愧夙嗜,流泉邀谁谱。鼓瑟迟湘云,刺船待渔父。过津几来往,前尘一仰俯。怀古感萧寥,长歌微林莽。

即 事

梦影堕天涯，春归史风家。酒痕欺月晕，吟绪绕灯花。绣被熏都懒，屏山望不遮。听歌吾意倦，枨触感年华。

猗 玗 洞

匝月荒城久闭关，今朝登陟一开颜。倒流难挽悬崖瀑，陡起欣看对面山。古洞劈疑巨灵迹，异泉涌自翠微间。待寻漫叟诛茅处，行仄雪深不可攀。

金湖署斋秋日杂感

几日秋随落叶深，闲愁如海思愔愔。怀人听雨三更梦，说剑停杯万里心。苍狗厌看云燮灭，金门甘与世浮沈。刺船竟去缘何事，为感成连海上音。

插脚风尘二十春，依然旋转逐飙轮。虞卿马齿愁加长，仲叔豬肝讵累人。结习未除词侧艳，歧途难别话酸辛。诗坛酒社休轻负，百纸瑶华压轴新。

半间矮屋俨团焦，欻鼓声声起丽谯。樽酒且谋良夜醉，弓书难却故人招。渐看华发星星换，略似残膏寸寸消。樗散只宜空谷置，虚名愧说阿龙超。

斋阁终期薄领劳，题糕胜会阻登高。狂歌幸免弹长铗，归梦须愁折大刀。白发无情催老境，青山有分属吾曹。眉低眼缬君休笑，筹笔还曾展六韬。

戍楼画角送凄寒，顾影真同旅雁单。吏隐敢希周柱史，素餐合号楚枝官。登楼赋好愁频读，绕郭山多许从看。风景此邦原不恶，只缘羁悴损清欢。

题 陆

留枕逢仙事有无，旌桡极浦怅何如。芝田蕙圃依稀认，环佩天风想步虚。

珊珊罗袜悄生尘,照影惊鸿洛水滨。旧日斑骓记曾系,重来何处弄珠人。

别金陵

经年白下滞游骢,又向天涯叹转蓬。鹰以苦饥常侧翅,马因失路惯嘶风。行藏且漫咨詹尹,同异还休比敬通。投笔未能试磨盾,书生事业笑雕虫。

柳色长亭易怆神,西风吹雁下前津。亦知散木宜空谷,为有深情感故人。惜别泪弹今旧雨,谈玄心了去来因。明朝挂席沧江远,蒋阜秦淮入梦频。

清宵乙巳岁作

雾縠冰绡弱不胜,春愁黯黯思腾腾。欲通软语情犹怯,偶露微颦态更增。宝镜慵开闲倚瑟,玉钗斜拔漫挑灯。清宵卧后思量遍,银汉红墙隔几层。

谒庄院长丈墓

平生隅坐接温言,今日新阡奠一尊。事业千秋归信史,孤寥几辈泣深恩。净因合向泥洹证,谥议欣看直道存。再世交情知己恸,哭公无泪只声吞。

鄂中怀古二首乙巳岁作

上游形势控荆蛮,雉堞嵯峨夕照殷。东睇小姑饶秀色,北来大别几名山。钓鳌客逐沧江去,跨鹤人携玉笛还。闻道此邦多胜迹,登临聊为破愁颜。

怀古伤时百感并,凭栏一笑大江横。题楼我自惭崔颢,作赋人谁拟祢衡。历劫山川秋有色,倦飞乌鹊夜无声。孙刘已事谁凭吊,回首荆州旧垒平。

答孙儆庐见赠之什即步元韵(代)

雕胡饭伴露葵羹，退食遥知宦味清。烟水一江萦昔梦，缣缃千里见深情。愤时欲试横磨剑，听法应思折脚铛。华发渐生心力退，惭无彩笔报琚琼。

答曾孝谷见赠之作步韵(代)

昔别韶颜今白首，劳生蓬梗各漂流。十年早筑横经舍，万里初来入峡舟。漫话行藏思雾隐，本来心迹任天游。瀛洲旧侣怀春柳，在日本同结春柳社。何日重赓白雪讴。

赠孙伯约

报国心期从此始，传家韬略似君稀。他年图象云台上，方信功名出佽飞。

汤澹然以辛卯生日诗见示依韵奉答

身闲便是傲飞仙，石枕匡床自在眠。笔妙丹青畴比健，文雄坛坫孰争先。岩峦寄兴贫仍乐，竹柏盟心老更坚。携得米家书画船，羡君美意自延年。

生事何曾计稻粱，一篇《齐物》契蒙庄。心耽隐遁希禽向，客许周旋杂魏张。丹穴携雏皆秀茁，恢台测景正舒长。荷(下缺)

题企先先德

任恤敦周礼，杨溪世泽绵。公方绍物望，孝义本家传。大启庇寒厦，闳开续命田。耳鸣阴德恶，济美有英贤。

积善致悠久，高门度有余。麦舟范公谊，水利郑侨书。诵美稽文献，扬徽式里闾。炽昌知未艾，经训本菑畬。

送王文纲司李梁山

缭绕巴山远送行，使君心迹水同清。早夸家世槐堂贵，更羡儿童竹马迎。飞练亭边秋月朗，翔云楼畔晚霞明。他年循绩腾三异，丹扆应看署姓名。

和　　韵

灺尽更残思悄然，祭诗仍此滞南天。去来弹指成今古，物候惊心有变迁。解放已纾倒悬厄，匡扶端赖济时贤。自嗟衰日无他望，料理看山更廿年。

呈李任潮副主席(代友人作)

桂邕间气毓人豪，重见临淮壁垒高。北伐军声咸草木，南陲专阃拥旌旄。黔黎解放筹谋切，寰宇澄清翼赞劳。班绝百僚功盖世，遐稽往册谥夔皋。

鲰生夙昔受恩知，到处频承说项斯。弱质萍逢叨厚荫，华堂谈谳记前时。一枝未遂鷦鷯借，小草仍期雨露滋。北望觚棱云路阻，江天极目总神驰。

灵　　虬

亲策灵虬驾七香，云裾珮履内家妆。漫愁阿阁三层隔，未许明珠十斛量。汉殿浪传今作屋，卢家艳谈玉为堂。分明朱鸟窗前见，休恨蓬山路渺茫。

露华如水濕秋衣，屈我玲珑叩玉扉。环佩音通香细细，罘罳低界影微微。愁经桑海逢王母，冷坐芝田忆宓妃。辛苦天台重到日，胡麻饭熟便思归。①

① 作者眉批："稿字如无法辨认，只得弃而不录。"

送庄羲序之南昌

十载春明类岠蛩，晴危岂必怨途穷。狂歌天地凭栏外，浩劫山川揽辔中。拙宦经时笑虞诩，壮怀此日羡终童。微闻海上传烽急，咫尺乡关路不通。

滕王高阁俯晴川，胜会豪情忆昔贤。握剑空知腾虎气，挂弓还冀静狼烟。地连南浦多往事，船泊西江接水天。此去壮游畴不羡，书成好寄雁头笺。

旧梦二十四韵[1]

亚字沈香槛，回文牡蛎墙。仙人兰作室，神女桂为梁。屈戌重重闭，罘罳隐隐藏。三层拟阿阁，九折认回廊。覆素珊瑚几，承芳玳瑁床。轻安华蓐安，低护翠帱长。照影窥圆镜，攲肩倚隐囊。图慵描蛱蝶，裙懒绣鸳鸯。蛾晕双眉绿，鸦施半额黄。玲珑钗凤颤，绰约鬓蝉飏。琱履重台袭，罗襦百琲装。辟邪汉殿佩，闹扫魏宫妆。艳想搜琼笈，瑶情寄玉珰。麝烟新试润，蟾滴暗生凉。贤并描妘丽，名同琬琰芳。簪花临幅幅，倒薤写行行。绛树寻声缓，红牙按拍忙。弦调中妇瑟，韵协女娲簧。采伴遥罗郁，雏鬟问郭香。漫传青鸟去，虚见紫鸾翔。弱水诚难涉，明河讵可航。诉愁空宛转，写恨更微茫。澹月疏帘畔，纤云画阁旁。碧城迷处所，旧梦总荒唐。

绣　　被

绣被空教忆鄂君，锦书谁与寄双文。漫吟旧曲翻团雪，自写闲情托彩云。江上几时逢解佩，楼头前度记题裙。莲塘不见鸳鸯宿，粉泊香飘影渐分。

---

① 作者眉批："迦陵艳体诗有嗣音矣，不录入。"

华　灯

月转华灯影正娇,坠鞭曲巷认条条。漫来好语传红药,可有新词写绛绡。憔悴生涯名士饼,凄凉心事玉人箫。箧中检点春衫在,隔岁余香尚未消。

送震权归成都

人海休嗟识面迟,忘年何范重心期。春深戎幕论诗地,潮长离亭折柳时。爨下良才谁见赏,垆头醉眼漫相疑。只予寥落荒江畔,一榻茶烟感鬓丝。

漫将歧路惜华年,归及樱红梅熟前。写韵好偕玉台侣,下帷更注豹韬篇。奋飞待振云霄翮,后会期联香火缘。濯锦江边草堂畔,诗成频寄雁头笺。

夜坐二首用定盦韵

遥夜闲欹六曲屏,偶然诗思入空冥。歌翻阿子偏多怨,语卜刍尼总不灵。倦拂么弦弹绿水,惯搴珠箔数春星。断肠莫唱吴娘曲,莫雨潇潇未忍听。

吹来铃索语丁东,袅断炉烟半偈空。窥牖娟娟前度月,持群冉冉昨宵风。狂来倚剑仍天外,老去看花只雾中。绮习未除才渐退,更无豪气托长虹。

闭　关

闭关却扫羡初明,病渴依然似长卿。绛树寻声辜昔梦,红楼写怨入闲情。消除绮习余琴趣,跌荡豪怀厌酒兵。薄宦无成归计阻,待将消息问君平。

岁莫偶述

椒盘腊鼓景蹉跎,岁月真看掷似梭。庭雪余晖犹互映,砚池剩墨不成磨。诗吟禁体愁才尽，赋写闲情奈老何。旧日天花还着袂，谁将清影试维摩。

杂　诗

一枕凉如许，池塘过雨初。远山浮晚翠，疏树称幽居。借石支茶灶，焚香读道书。安心如有悟，尘虑尽消除。随意追凉好，园林日日过。径荒生碧藓，池静长圆荷。丛篆留阴密，苍松阅世多。迷津倘相问，生计在渔蓑。几见风轮劫，间参祇树林。菩提慧能偈，丘壑幼舆心。面讶观河皱，身宜避世深。天风吹月上，如听海潮音。高阁长辞客，青山惯笑人。哀时寄歌酒，濡足尚风尘。槐市谈经倦，菱舟入梦频。欲裁居士服，投老□湖滨。侧帽吟怀懒，题襟旧迹荒。弄舟忆淮月，点鬓见吴霜。世乱愁戎马，家贫急稻粱。乞火青枫晚，弹綦白石凉。何当访支许，一为采松肪。

和务真韵

青山仍满眼，宦海幸抽身。老病支离叟，江湖澹荡人。散樗甘自弃，尺蠖尚求伸。翻遍灵枢集，何方可疗贫。

疏懒嵇中散，牢愁屈左徒。检榆鸠自奋，啄栗扈争趋。沆瀣交情在，酸盐世味殊。怀人当此夕，搔首一踟蹰。

蕲春桂末辛重游泮水有诗征和赋此贺之

六十年前事，青青咏子衿。文章华国业，忧乐秀才心。轫发鹏程始，劫更龙汉深。华颠遭郅治，鸣声谱新音。

和怿青五五自寿诗即步元韵

旧梦淮云隔翠岚，新诗粉水景光涵。豪怀蒙史夸吹万，吉语华封效祝三。绷褓佳儿人共羡，蓼荼世味我绝谙。迟归欣捧天涯袂，同听西窗夜雨酣。

送鲁斋还彭泽

季鹰乡思寄鲈莼，归及橙黄橘绿辰。砚几欣添红袖侣，兵戈犹见彩衣人。君携玉霞夫人归觐。长空目送飙轮迅，短劫心惊景物新。后夜相思溢浦月，天涯搔首鬓添银。

琼　瑶　吟

连朝雪纷飞，庭砌积不扫。霏霏蔽遥空，失羽障晴昊。高下漫不择，随风任颠倒。覆檐疑冠玉，着树类衣缟。伟哉造化工，费此刻镂巧。白旄奋一麾，四野同皓皓。一层遍九陌，极望炊烟渺。农夫喜相语，谓是岁丰兆。贫女寒无帷，夜绩翳蓬葆。频年经丧乱，四野兵戈扰。传烽遍郊原，积甲齐城堡。哀鸣集泽鸿，何处安巢鸟。神州将陆沈，念此心如捣。矧余苦穷累，万军不自保。长安米价贵，侏儒艰一饱。尘甑颜范云，舞袖笑鲍老。萍絮本无蒂，空说还乡好。寒重雪意阑，映窗疑月皎。蛰龙气潜动，大地春回早。阳和煦万类，氛祲清八表。敢诩琼瑶辞，但为黔黎祷。

感　　赋

俱有弹冠庆，斯人独向隅。获龟讵用卜，待兔况无株。世与君平弃，饥仍元亮躯。新来添白发，揽镜一长吁。

忆亡友诗

陈茂才章

天葩惊耀目，知尔不凡才。讲舍皋比拥，词坛旗鼓开。云龙一相失，风雨倏腾哀。凄绝山阳笛，犹疑击钵催。

余秘书光粹

国门一为别，从此死生分。消渴相如病，寂寥扬子文。朝班非不达，歧路更何云。竟阻寥天翮，哀鸿怅失群。

刘孝廉富槐

建业刘巘舍，扶风子夏冠。穷途为客久，斯世赏音难。文字联深契，琴尊惬古欢。如何三日别，刮殡北风寒。

徐处士潜

跃马向并州，相逢缟纻投。衙斋欣接席，沧海奋同舟。挂剑言终负，停觞涕不收。清声有雏凤，他日绍箕裘。

史表弟宝年

廿载同游宦，夔蚿踪迹亲。伶耽酒为命，丹讶釜生尘。掌故罗胸富，音容入梦真。一棺千里后，断肠倚闾人。

刘农部德孙

同受薛门业，韶年早缔交。遣愁资博塞，占象讶焚巢。故宅不戒于火。宦味孤生竹，生涯久系匏。清漳终奄卧，归计断衡茅。

岳忠武王故垒

鄂王垒畔夕阳红，人说山河百战功。铁骑横驰军莫撼，黄龙痛饮事成空。沈冤谁与论三字，遗恨犹思返两宫。重过废墟频洒泪，古今失计是和戎。

汉获嘉故城

故城连雉说新中，武帝旌旗望眼空。下濑戈船夸走敌，大常彝鼎此铭功。太行云气依微辨，卫水波涛宛转通。九郎坐看皆内附，请缨多事笑终童。

汉冯石故城

荒凉断甃子城陬，思泽东京说故侯。废垒畴将铜镞洗，《县志》：冯石城在县西南十里，土人每于雨后获古铜箭镞，长五寸余，或屯兵处也。深潭几见络丝留。《县志》：冯石城济渎庙旁龙穴深邃，古称以络丝探之方及底，今淤浅。按：故城络丝为新乡八景之一。铭勋带砺山河改，过眼沧桑岁月遒。玉玦犀刀今在否，当时荣宠等浮沤。《后汉书·冯鲂传》：石砻母封获嘉侯，为安帝所宠，赐驳犀具剑、佩刀、紫艾绶、玉玦各一。

题凿石浦唱和册

东到姑苏侈壮游，暮年湘岸偶维舟。名区岂便长湮晦，题咏篇章尽胜流。

宁同屈子黜湘滨，迟日风花入望新。曾是昔年吟赏地，河山终古属诗人。

奉和季略八兄见赠之什即次元韵

相望嗟寥廓，殊方惜滞留。琼琚来远道，坛坫峙中流。揽辔惭初志，题襟忆昔游。几回搔白首，看镜又添愁。

次季略丈韵

蹉跎成白首，复此异方留[①]。道在仍吾党，名尊仰万流。难追文字饮，空忆旧京游。洗马过江久，言愁始欲愁。

又集杜句

吾徒自漂泊，心折此淹留。野润烟光薄，山添雨雪流。竟无宣室召，欲伴习池游。浩荡风尘外，何时免客愁。

---

① 本句原集杜诗作"心折此淹留"，后改。

调 霜 虼

连朝微雨坠红多，酒渴风寒不奈何。赖是多情有天女，散花亲慰病维摩。

范五承审于斋中新辟一牖小窗多明绿阴昼静可以延眺可以祛炎诗以美之

向阳新辟牖，一室绿阴添。暝色烟峦入，高情吏隐兼。风前驱野马，檐隙逗银蟾。讼简客高卧，图书信手拈。

凉 夜

廊深阁迴此屏营，羁思离愁向夕生。怪底流莺飞不起，一庭丝雨湿帘旌。

倦翮翩翻恋故栖，梦痕回忆总凄迷。风光争说中秋近，可有疏香逗木犀。

客 感

世乱长为客，他乡月信明。酒添今夕恨，笛岂去年声。霜雪看侵鬓，家园正苦兵。砌蛩鸣断续，入耳总凄清。

偶 成

殊俗还多事，胡为此滞留。秋听殷地发，月涌大江流。凫雁终高去，园林非昔游。吟诗重回首，身老不禁愁。

西 塞 山

停舟傍山椒，言访古西塞。危峰郁嵯峨，惊涛源澎湃。襄樊资屏障，吴楚若襟带。奇石幻虎豹，溟波潜龙怪。径仄衣频褰，藤危足屡碍。万竹鸣寒飙，孤松扼清籁。元真栖隐处，欲往没榛庵。遐蹇到天半，高峰出霞背。俯视江北山，直似培楼对。览胜激古怀，抚往发深慨。铁锁久沈埋,旧垒亦颓败。天险讵足凭,霜图今安在。南园画笔工,荆川尤雄迈。言将各濡翰,写此烟峦态。从游二三子,登陟不辞惫。鼓勇气未降,谈深意各快。为乐欣及时,期游倘能再。长啸一振衣,咳唾落天外。

奉答公远道兄见赠之什时余将移居绣壁街

经月萧斋共啸歌,无端倦鸟又移柯。知音难得青琴赏,顾影终惭白发多。咫尺传笺情不隔,酕醄从饮日亡何。天涯蛩驱还相惜,未息雄心抚太阿。

看 花 四 首

相携谢朓共卢纶,步屧春风笑语亲。隔岁子西长卷在,同游难得尽诗人。侣笙戊子岁有七言看花长篇张于壁间。

胜侣还欣具胜情,看花雾里转分明。主人岁许滋培力,留与吾侪细品论。

空谷亭亭绝代姿,天将眼福慰衰迟。莫嫌车马经过少,也似幽人世罕知。

不定阴晴卯色天,晚番徐度姿流连。年来清思消将尽,犹为名花一狂颠。

酬冶庵见赠之作

赏樱曾有约,濡滞意云何。气谊欢倾盖,光阴感掷梭。游踪稀客共,诗料入秋多。牛首枫丹候,期君策杖过。

春日偕梅秀谷罗剑逸泛舟花溪

乱峰如障水平铺,溪上风光胜舞雩。飞瀑倒垂戛寒玉,清漪微漾浴新凫。胜游喜共烟霞侣,嘉会谁传笠屐图。终逊江东才思捷,剑逸诗先成。欲追清景已难摹。

前诗意有未尽再赋一律

夹岸花繁路未迷，渔人又到武陵溪。悬崖是处藤垂壁，短棹经行柳拂堤。浴试温泉涤尘垢，洞寻仙女倦攀跻。十年游侣嗟星散，自扫苍苔觅旧题。十年前曾偕欧阳士詹、吴龙交游此。

观蔚乾参议书展

闳肆精严两擅场，云烟落纸墨花香。一波一磔全神注，直溯平原到二王。

论诗戎幕久钦迟，碑版今看四裔驰。指日磨崖纪平寇，待君大笔染淋漓。

和藻丈病起忆金陵元韵

论诗记昔品蜂腰，昔年民革钟集课卷内丈评阅嵌弟四字为蜂腰格。此日南天鹤望遥。离别心情江海隔，太平时序雨风调。吟余丈室维摩句，候近兰亭祓禊朝。伫盼篮舆旦夕莅，从公愿罄酒盈瓢。

化诚招游惠山病未能赴赋谢

寄畅园中花似锦，诵豳堂畔水平湖。诸公览胜方乘兴，贱子无聊独向隅。岂是老来慵懒惯，总缘客囊病贫俱。主人雅意难辜负，后约他时定不渝。

藻年丈自粤来宁喜赋

难忘高斋撰杖时，三年江海苦萦思。恰当明月怀中堕，重获春风座上披。白下河山顿增色，清秋景物最宜诗。怜予夙抱文园疾，咫尺芝颜展谒迟。

除夕与震权联句

今夕风光好敬谋，他乡胜故乡。觞浮春酿绿震权，牖映暮山苍。

腊鼓喧邻舍敬,华灯灿远廊。梅开红万点震,柏荫翠千章。说剑情怀壮敬,衔杯兴味长。沉沉消玉漏震,隐隐度寒篁。触绪新愁起敬,填膺旧愤扬。乾坤龙血沍震,梦幻鹿蕉忙。投老思松菊敬,谋生耻稻粱。何妨同一醉震,高咏寄沧浪敬。

题画

唼喋云光灿锦鳞,一泓无底绝纤尘。漆园漫诩豪梁乐,输尔江湖自在身。

绿草南园正及时,玉腰奴逞好腰肢。凭君一管生花笔,写出娉婷百种姿。

旧披画卷爱滕王,今见斯图喜更狂。一枕秋凉酣客梦,可容栩栩学蒙庄。

赠某医师

海外龙君旧献方,杏花春雨满林塘。济时功本侔良相,不羡人间棨戟光。

酬剑逸见赠之作

落唾成珠玉,才高志未酬。漫凭南郭几,且倚仲宣楼。日暮烟波阔,风寒枳棘愁。会乘青翰舫,同访秣陵秋。

舟中看阳朔诸山

我生慕禽尚,寄怀在泉石。夙闻桂林胜,欲往限南北。何幸奉简书,莅此山水窟。扁舟下漓江,丹碧照眉睫。已看烟岚开,渐觉岩岫迫。连峰拔地起,断壁撑空立。或如狮怒蹲,或如叟拱揖。玉泉百丈飞,崩崖一线裂。白鹤与斗鸡,几案可罗列。浩浩江流放,拱此真仙宅。匡庐失嵚奇,蛾嵋逊雄杰。得非鬼斧镌,或者巨灵擘。平生快意事,欲图难下笔。青鞋与布袜,垂老思投迹。所憾林翠稀,江山坐减色。何当罗万松，一为补其阙。高处更筑楼，游侣恣偃息。顾笑语朱玖莹罗东峰，弘愿偿何日。青莲涵楚诗画伯，浏览不忍释。濡翰各分写，清景虑易失。作皴师石涛，纪胜惭霞客。记取骖鸾游，他时画中识。

赠谢冶庵

乌衣门望仰岑崟，早岁名传著作林。班历棘槐频奏最，手栽桃李渐成阴。耆英待续香山会，胜侣仍联汐社吟。愧我迂疏劳翦拂，往还得似故交深。先生主陶社有年，因庄丈百通为之介识君，并承以丛刊等书见赠。查初白诗："往还谁似故交深。"

题徐养吾万竹庐图书馆图

万竹图成万轴收，平生此愿倘能酬。风尘扰扰吾游倦，汗马难期且汗牛。

绝胜嫏嬛宛委储，观经阛阓走鸿都。他年楼阁连云起，应识徐陵心力劬。

谁向春明纪梦余，廿年游辙感蘧庐。何当重泛潞河棹，补读人间未见书。

怀友

弱岁嬉游迹最亲，相望俱是白头人。滇南万里羁栖久，每忆僧弥倍怆神。丈顷署斋曰"思复"，盖纪念复广丈也。

姻连累叶比朱陈，词翰尤推席上珍。情谊难亲踪迹阔，不将鳞羽慰沈沦。

东山学术最淹通，海上悬壶且寄踪。远道昔曾劳问询，云龙何日得相从。

幼安诗礼溯渊源，词翰雍容气度温。滂喜宾朋早星散，宣南难认旧巢痕。

把袂欣联范郑姻,范仲淹与郑戬为僚婿。卅年游处更相亲。看山阳朔归来日,已是江关老病身。

彭城情谊最绸缪,延客开樽辖屡投。锦树门庭看重振,林泉羡尔得优游。

江海分飞岁月迁,青云无路各华颠。风檐文战矜才捷,犹记兰成射策年。甲辰岁同应童子试。

因君时复得良朋,慰我穷愁意独殷。马帐鳣堂宏乐育,门墙桃李盛钗裙。

君家棣萼最情牵,跌宕莺花忆往年。古谊何惭文举表,深情总负绕朝鞭。累介予入农行及水利公司,皆未赴。

见山书画早驰名,嗜古尤推鉴别精。重遇锦城俱老大,不堪梦影忆春明。

从学堪夸籍湜伦,获联姻媾更情亲。偕春未遂梁鸿隐,受禄难纾原宪贫。

三径家风故足豪,扬州筦榷盛宾僚。秋声坠绪难重振,鸾鹤分飞不可招。

老去西庄目力衰,悬车且壮遂高怀。暮春能整东归棹,携酒听鹂倘得偕。

艺事多能致力勤,高材洵足嗣清芬。定庵《常州高材篇·为若士先生赋》,君为先生后裔。二分同赏扬州月,万里相望海上云。

楚金自是人中隽,绩学工文负盛名。一赋蛾眉世谁敌,试教掷地作金声。

徐卿才调久超群,世阅沧桑结念殷。喜有清娱伴高咏,不须影事忆淮云。著有《淮云忆语》。

鹤楼分袂寄怀频,筦榷仍传政令新。皤鬓书堂觅行迹,杨枝去后剧伤神。

安生嗜画复能诗,河朔从游屡问奇。折柳锦城促骊唱,停云赋就一相思。

家声六一最高华，幕府清才政足夸。遥想金牛三亩宅，春来遍发旧时花。君营君[①]于成都西郊之金牛坝，略莳花木。

谈空谈有畅玄机，握芹筹边壮志违。才力精强老犹昔，奏刀挥翰两如飞。君通晓边事，工书，兼精治印。

大邑鸣琴雅化孚，岩疆筹苇展良谟。膝前爱子侔文度，定是吾宗千里驹。

潜霍将叔美政传，巴江沪海主诗坛。焦桐谬托中郎赏，欲报知音动掭难。

希音偏赏伯牙琴，歧路仍分鲍叔金。挥手图南扨鹏翼，海天万里暮云深。

赁庑萧斋投分深，客渝时僦居君舍。一灯风雨夜联吟。别来学与年俱进，讲《易》能窥天地心。近岁为人讲《易》。

入蜀能追杜陵踪，高歌青眼气如虹。国声一集侔钟吕，多少才人拜下风。

彦先辨口似悬河，保障人权绩最多。记取南华昔时语，为人演说意云何。庄抱闳丈尝谓君曰："云何为人演说。"

谢庭蔚起芝兰秀，有丈夫子五人，皆敏慧于学。马帐森罗桃李浓。余事更欣耽技击，内家宗派衍三峰。精太极拳。

扶风天水本同源，马氏祖马昭君。十载戎帷气谊敦。更喜能文夸小阮，竹林游处素风存。

笼鹅世重右军书，叱驭何如下泽车。谕蜀文成早临隐，君有小印篆"谕蜀侠者"四字。名园栖阁敞清虚。所构新居有园林之胜。

感　赋

孤客不成寐，宵深百虑煎。苦忆萦母病，生事赖妻贤。一雨寒如许，三山望渺然。吾衰同泛梗，漂泊又经年。

---

① "营君"，疑为"营居"之误。

赠大林法师[①]

海中曾偶值，山上又相逢。未听生公说，偏追慧远踪。人天仰龙象，云水荡心胸。欲学无生法，从今识所宗。庚午之夏有事旧京，邂逅法师于渤海舟中，今岁又遇于庐山之大林寺。师拈首二语，谨足成五言律一首，呈奉教正。

谢友招饮

踪迹年时慨系匏，交君久似饫醇醪。广文艺事能兼擅，湖海情怀故自高。

留客屡为投辖饮，赏音谁识爨桐劳。海滨会有重逢乐，此际天涯首漫搔。

留别渝州

居连衡宇往还勤，蛩距相怜意最殷。治谳久推于定国，吟诗今见鲍参军。漫嗟揽镜生华发，还冀为霖作大云。沙散重抟知有分，高楼风雨更论文。

归舟寓感用尚䌹堂集中韵

世情悟澈是虚舟，归梦频年绕故邱。疏越朱弦成绝调，凄清白纻入新愁。难将旧约寻鸥鹭，且任旁人唤马牛。似此行藏太无赖，辞家真悔少年游。

何曾蜀道说难行，望里云山是去程。且拥琴书作良伴，肯将歌酒

---

① 本诗又见于《海潮音》1933 年第 14 卷第 10 期，题作《庚午之夏于渤海舟中得亲太虚法师道范今岁立秋后一日复相值于匡山之大林寺萍逢聚合洵非偶然师拈首二语谨足成五律一首录呈斧正》，除尾联上句别作“欲证三摹地”外，余皆同。太虚大师和诗如下：“海上昔曾遇，山中今又逢。音容似相识，萍水认前踪。拂拭匡君面，扪摹谢客胸。此心本无住，缘在即成宗。”(载《海潮音》1933 年第 14 卷第 10 期)

换浮名。鹤凫多事争长短，鼎瓠何劳较重轻。衰白雄心消未尽，催人起舞是鸡声。

结习多生悔未除，闲云作态卷还舒。漫夸箧贮淹中策，岂有人传纪上书。山色送青看未厌，鬓痕添白慨何如。推枰且醉黄封酒，一枕蘧蘧太古初。

分笺传韵不辞忙，旧雨当时忆对床。好句难酬《青玉案》，真仙幻想白云乡。堪怜蹩躠邯郸步，一样蹁跹傀儡场。游倦束来还自笑，萧然琴鹤是归装。

题补梅亭图(代企老)

秉钺桓桓上将坛，双城夹峙古南安。岩疆形势称雄峻，一线青天万仞湍。

千夫畚臿费经营，才复城隍更筑亭。别有闲情工点缀，红梅万树斗娉婷。

水边篱落一尊开，我亦曾从画里回。待到南枝花发候，更烦驿使寄诗来。

昔闻种柳金城畔，今见栽梅庾岭旁。要与南陲添故实，异时留荫比甘棠。

六　　言

好鸟枝头款语，候虫叶底深潜。煮茗轻烟缕缕，窥帘初月纤纤。
幼舆一壑自负，元亮三径未芜。迷离幻梦蕉鹿，蹉跎归计莼鲈。
子云久甘寂寞，公叔自守贞孤。漫说恩牛怨李，任他霸越治吴。
桑海劫经几度，云山梦绕中宵。且办芒鞋竹杖，去寻樵径松寮。
岁月消磨铅椠，风物领略溪山。兴托羲皇以上，居惭廉让之间。
竖义妙参支许，用心苦学阴何。懒随时流俯仰，且任老子婆娑。

六合张菊叟枉诗见投次韵答之

物望咸推通德乡,驻颜不藉养生方。论交湖海稀同辈,传世诗文揽众长。爱菊餐英宁慕屈,采芝谱曲合歌商。猥承青睐兄加礼,云汉荣题愧报章。

再赠怿青仍用前韵

雅韵犹闻正始年,回看烽火照江天。谢池梦好添新句,君与令弟耿青同官交部。鄂被香熏证夙缘。滚滚黄尘仍扑帽,萧萧白发渐垂肩。羡君已遂商瞿愿,麟阁铭勋盼后贤。

明庄烈帝崇祯三年召见太子太保一品夫人前军都督府同知充四川总兵官秦良玉诗

学就西川八阵图,鸳鸯袖里握兵符。由来巾帼甘心受,何必将军是丈夫。

蜀锦征袍自翦成,桃花马上请长缨。世间多少奇男子,谁肯沙场万里行。

露宿风餐誓不辞,饮将鲜血代胭脂。凯歌马上《清平曲》,不是昭君出塞时。

凭将箕帚扫匈奴,一派欢声动地呼。试看他年麟阁上,丹青先画美人图。

刘锡嘏诗

桃花战马锦征裙,召见平台策大勋。多少登坛飞将在,须眉都愧女将军。

赠陆澄溪

高风桑苎早垂型,华胄遥遥述祖庭。事业名山堪不朽,一编《茶史》继《茶经》。

祁红婺绿各驰名，更有滇闽制作精。讲舍弘开勤乐育，挽回权利裕民生。

寰瀛游后更遐荒，南逾岭峤北流沙。归老钟山志不懈，一生尽瘁为邦家。

般般建设胜前人，时际雍熙万家新。齿宿更欣身力健，羡君奋斗足精神。

题黄冈竹楼图

月波接咫尺，架竹偶成楼。千里楚山晚，一林枫树秋。江天穷望眼，心事托扁舟。落日黄州路，披图忆旧游。

题周立堂画仕女令嗣树帆所嘱(代企公)

谁写凌波洛水神，底须画里唤真真。茗床茶灶安排好，着个添香拥髻人。

君家仲朗画通神，奕世犹传粉本新。手泽留贻添故实，晏榼花砚此同珍。

题仙源集庆图图为贺公元靖尊慈刘太夫人作(代)

翠水仙人宅，层城王母宫。烟霞三岛外，楼观五云中。象服今垂范，麟台旧策功。板舆来往便，奇福古难同。

此境尘寰隔，层岩积翠遥。鹤栖玄圃树，水涨赤阑桥。霞佩时闻韵，飙车倘可招。钧天仙乐奏，负峤望岧峣。

题负峤仙踪图寿庄淦生先生(代)

层楼高剧阆风巅，霞帔霓裾集众仙。悟得养生齐物旨，灵椿蓂荚与忘年。

早著盘薖乐志篇，一生清福占林泉。采芝还看追商皓，赢得人呼是地仙。

又

楼观重重护紫氛，炉香不散昼氤氲。凌虚掌浥三霄露，蹑磴春环万壑云。仙籍早同茅许注，门才都是凤鸾群。佳辰蓬阆诸真集，环佩天风下界闻。

题黄小松烟柳柴门图(代企公)

南华旧藏弃，把玩感千端。画卷齐烟认，围棋谢墅残。见闻应补录，神妙喜频观。锦赙留题在，淋漓墨未干。

五年三易主，原委我能详。赠比错刀重，珍宜百琲偿。机锋禅榻语，行卷故人装。丈于病榻检此卷，将持赠隽逵，余谓："此精品，曷不自留之?"丈曰："世法皆幻，是区区者粪土耳，奚珍为?"华屋山邱换，何须问海桑。

开府人中彦，雄藩领上游。廉隅周六计，节钺古诸侯。雅尚米家舫，清风庾亮楼。浮槎江汉阔，客梦绕南楼。图旧为庄丈思缄所藏。庚午之冬，丈被疾里居，钱子隽逵尝投千金佐药饵，丈检以好书画若干事报之，此卷其一也，不知何时流转为清河节史所得。今春余以事过鄂，谒公于节署，出示此卷，触绪增欷。公谓此段因缘君不可无记，率成三律藉存故实。掷笔泛澜，不胜人琴之怆也。

题万竹庐图书馆图

文物中原数故家，潞河东去绕城斜。牙签万轴搜罗富，宛委谟觞未足夸。

写将与可胸中竹，换得长源架上书。他日矗云高厦起，绕庐更种万篠篨。

题王可鲁畏曙图

同舟仙侣忆年时，此日归云足自怡。流水石桥闲话旧，人间桑海不曾知。

竹径松窗点染新，此中端合着幽人。平生具有烟霞癖，岂必桃源为避秦。

题画赠周宜天

神武当年早挂冠，江山胜处此凭栏。烟尘何与幽人事，一枕松风草阁寒。

半天飞练界晴空，霜叶如花照眼红。何日拂衣得归老，与君同住翠微中。

题蠡园图(为杨志涵作)

太湖七二峰，烟水晚溶溶。故国曾游处，依稀梦里逢。

题蔡介如画山水小景

老树当门罥薜萝，夕阳明灭乱山多。诛茅倘许移家住，合伴高人咏涧阿。

题画(代企公)

逐水渔舟爱晚晴，绿杨城郭暮烟平。任他世上风波恶，稳放中流自在行。

题孙纯庵蒲塘香雨小幅

活禽生卉现豪端，老眼摩挲几度看。自有慧思蕴灵府，传名应不让边鸾。

又

结庐地僻远尘喧，怪石嵌空竹绕门。野服葛巾自萧散，悠然相对竟忘言。

又(代企公)

渺渺微波起洞庭，萧萧木叶望秋零。倚船又得新诗料，天际群山不断青。

题画寿费左荃七十

幽居出尘表，云气护层林。飞瀑溅珠玉，流泉韵筑琴。山多太古色，松有岁寒心。我慕鹿门侣，双栖避世深。

题　画

深谷高林望蔚然，偶携胜侣此流连。松风小阁何人住，门外沧江水拍天。

题画贺孟简涛续娶(代)

银汉红墙路不遥，鹍弦按柱喜重调。省方画荡宣风候，俪影文窗听雨宵。皋庑漫夸《青玉案》，秦台惯倚紫琼箫。临流好筑鸥波馆，坐对江天丽景饶。

题　画

疏篁交翠柳舒青，望里群峰似画屏。记取小楼斜照外，溪山好处旧曾经。

题画赠李质夫

何必迢遥访十洲(下缺)

又(代企公)

凌空两崖开，蹬道深可入。笋舆不惮远，岚翠沾衣湿。

又

园林无俗情，花木有余清。阶下流泉注，窗前松翠横。西山称偕隐，园令薄浮名。此福人天罕，何须羡玉京。

又

幽境绝氛埃，层轩面水开。幌虚延月上，松静待云来。

又

飞流百丈泻层峦，翠竹苍松清昼寒。有客修然无俗事，凭栏不厌百回看。

题画(代季蘩)

幽人爱岑寂，卜筑此山中。临水柴门辟，当崖略彴通。远峰晴后色，疏树晚来风。时有采芝客，商歌动碧空。

又

树映寒溪影倒涵，地幽山气欲成岚。偶逢林叟共清话，佳处何当便结庵。

又

沙岸波平钓艇闲，三层阁子俯姺峦。疏林添得斜阳好，一阵西风作晚寒。

失题残句

空飞瀑泻林峦

又

向夕重重岚翠，当空落落松阴。镇日柴扉不掩，杖藜有客相寻。

又

绿树萧然覆野亭,飞泉激玉洒空冥。此中尽日无人到,只有遥峰不断青。

题画(代企公)

日落川愈阔,林深山更幽。舟中有闲地,可许载侬游。

题　画

绿树溪边路,青山郭外村。船乘暮潮入,塔倚夕阳昏。漫诩居盘古,还疑隐鹿门。吾生倦行旅,归思寄邱樊。

又

楼观参差倚碧空,疏林极目数归鸿。道人双屐何曾系,策杖还来访远公。

又(代季蕖)

松阴如幕俯清流,翠竹亭边路更幽。短棹乘潮向何处,半篙新绿点轻鸥。

题画(代季蕖)

门对清溪狎白鸥,飞鸿过尽暮天秋。幽人自领闲中趣(下缺)

题画赠周树声

为爱溪山趣,闲门对小桥。雨淙应孤罄,云径识归樵。寺远时闻磬,林深或挂瓢。听泉嘉客至,不待尺书招。

题画赠陈莱青即用见贶诗元韵

平生结想在岩岑,天末书来惬素襟。林瀑晨喧疑听雨,松风夜静好横琴。因君漱石临流意，触我归云恋岫心。已办芒鞋访高躅，相期把臂快联吟。

题　画

千山雨过苍崖出，万竹风生翠幄稠。欲访仙源无路入，碧溪尽处一渔舟。

又

远岫千重翠，平桥一水环。临渊羡渔父，风定钓丝闲。

题画(代季蕖)

苍崖映高树，树缺见飞楼。雨过衣添润，鸟啼岩更幽。孤踪拟盘古，归兴托沧州。长日哦诗罢，山云当客留。

题画(代企公)

湖波澹秋色，古寺夕阳边。风急帆斜矗，崖欹树倒悬。高歌白石烂，归兴暮云连。忽动沧州想，披图意渺然。

题画(代季蕖)

婆娑夏木荫清湍，为爱青山罢钓竿。望里匡庐风景好，半(下缺)

失　题

有客青山独归隐，红尘咫尺不能侵。堕阶松叶饶寒色，绕屋溪流证道心。物外玄谈宜拂尘，闲中静课只横琴。翛然羡此幽居意，胜侣相携策杖寻。

题画祝余少舫六十

早著遂初赋，眉梨养性真。林泉幼舆志，图书辋川人。于此乐长日，相将理钓缗。篮舆兼竹杖，尘外羡闲身。

题杜小甫画

斜日云横岭断，高秋木落江清。欲问山中消息，渡头渔艇前横。

岸柳汀浦共老，波光峦影争辉。唤起幽人诗梦，悠然相对忘机。

又

奇峰孤耸接空冥，杂树扶疏列画屏。此处从无尘迹到，泉声只许隔溪听。

题画赠吴瑞伯

山亭高据白云环，万仞松崖翠作堆。石磴萦纡尘迹断，杖藜应为访碑来。

题画赠张砚农

高人爱岑寂，结屋翠微间。岚影当窗见，泉声向夕闲。呼童扫萝径，待客启柴关。便欲携家住，从君话买山。

题画赠周质夫

北来问俗此停车，雅化鸣琴未足夸。为问河阳贤令尹，春来栽得几多花。

旧闻桃李盛门墙，几辈河汾弟子行。下邑陋居君莫叹，令名从古重循良。

题画寿巢季仙

云壑松涛异境开，闲门一径掩苍苔。君家故实吾能说，巢父当年洗耳来。

宦海回帆已十年，青山白社识前缘。看云扶杖身长健，赢得人呼是地仙。

题画祝殷桂舫七十

有道论交已十年，天涯相望各华颠。一支秀绝南田笔，滴粉融朱老更妍。

飞瀑悬崖境出尘，青松寒月见精神。岩栖自乐彭乔寿，一室中含太古春。

题画寿朱稚竹六十

天际闲云自卷舒，脱身钩党早悬车。稻畦麦陇平生愿，且著《齐民要术》书。

修竹成林草待删，柴门一径路萦弯。知君别有延年术，暮听流泉朝看山。

题画赠杜友梅严博爱人[1]

题　画

秋老松涛挟涧鸣，高人衡泌足怡情。怪来画意参诗境，门对沧江一棹横。

山河两戒吾游倦，奇士由来叹罕逢。醉墨淋漓看挥洒，前身应是石涛翁。

题　画

一经烟萝罥夕霏，四山云树霭清晖。此中合有幽人住，楼阁参差出翠微。

缣素摩挲足驻颜，知君雅尚契荆关。绿沈金锁闲抛却，拄笏终期

---

① 本首有目无篇。

只看山。

题 画

连峰荡遥青,深涧涵众绿。倏然见旷朗,山限面平陆。枫柏既已丹,秔稻亦渐熟。览兹林壑美,延睇豁心目。顾念彼疲甿,频岁罹锋镞。田园久芜没,诛求困杼轴。悬知筋骨尽,讵忍事煎迫。欲拟《春陵篇》,思苦不能续。

题画赠阮

天远云荒一棹孤,江山管领属吾徒。前身倘是天随子,雨笠烟蓑入画图。

晚色离亭柳倦攀,天涯蓬转感尘颜。看山更入中原路,把臂迟君嵩少间。

题 画

随处烟峦足啸歌,小楼展卷对嵯峨。白沙翠竹江村路,尽日柴门少客过。

又

翠竹迷行径,遥峰眷夕晖。桃源如可问,愿与扫荆扉。

又

朱栏楼阁望参差,霞重岚深景色奇。待叩天门揖金母,仙山千岁长华芝。

题画赠韦达安专员

裘带雍容上将姿,玉台标格记然脂。鼓鼙声歇舆歌起,正是江天坐啸时。

又

江天佳处起楼台，拄笏西山爽气来。筇府风清容坐啸，羊公雅度仲姬才。

题　画

岚影松风入画图，五云楼阁敞仙居。抛将盾墨安眉砚，正是西山写韵初。

题　画

傍壑临流好结庐，白云消息近何如。林深径杳无人到，自向闲窗读道书。

题画祝蒋颂采寿

挂席沧江远，言登五老峰。悬流康谷瀑，偃盖晋时松。樵径不可觅，仙云倘许逢。纪游兼献寿，栗里想高踪。栗里在庐山虎爪崖下。

癸酉之夏，薄游庐山，览五老峰之胜，岩壑幽奇，爽心骇目。是年秋，颂孚世丈八秩揽揆之辰，即写图遥祝。昔贤绘山水，于阴阳向背多用焦墨，奇险之境非此不足称。兹略师其意，惟落笔重滞，知不免为识者所哂也。

题画集句

在涧幽人乐考盘，元赵孟頫。结茅曾住白云间。明高逊志。风光何处堪消兴，元李祁。闲听溪声静看山。明薛瑄。

题　画

虬枝夭矫欲凌云，疏影横斜照水滨。写入溪山清绝处，岁寒好与伴吟身。

为林朗孙画机灯课读图因题长句(代)

林家有母贤且慈，早丧所天恸摩笄。冰蘖消磨阅廿祀，折荻之教母兼师。轧轧机声幢幢焰，蕃薙作图今重见。沈渊剑气待冲霄，高春日影已难恋。嗟余亦早倾乾荫，下帷常懔北堂训。誓墓犹惭逸少文，风林长抱丘吾恨。他乡重逢并额白，杯棬尚在缅口泽。枯鱼衔索嗟何及，为君图成三叹息。

诗辑补

和显卿公园露坐韵寄研因通百

拨翳层穹散夕阴，孤光照水众星森。倦游多事陈宾戏，大隐何人叹陆沉。旧雨分张经岁别，名山辜负十年心。似闻湖海销豪气，不为悲秋感已深。

（原载《江山公报》，1920 年第 4 期）

偶于破竹笥检得旧稿一册中有奉怀五古短篇系戊申岁所作补录呈诚之丈诲正癸巳二月

大云在山中，天下待霖雨。威风隐文章，差池戢其羽。吕侯旷世姿，意气空今古。绝学穷天人，高文陋燕许。经年苦留滞，蓬蒿翳环堵。岂不怨卑栖，枉尺非吾取。宁逐鹓鸾游，耻与燕雀伍。荐尔今何人，吾思孔文举。

（据赵元成致吕思勉书信手稿）

附　词

台　城　路

题孙鹤年湖山图

凭高送目斜阳晚，关心旧盟鸥鹭。岳麓烟云，定王台榭，都入怀人诗句。烽烟几度。叹浩劫山川，枕戈心绪。草暗沙平，湖波一舸载愁去。　　孙郎妙笔天赋。画图重省识，家山何处。酒畔题襟，吟边蜡屐，长是天涯羁旅。澄清快睹。待料理归程，扬帆东渡。翦韭移灯，西窗重听雨。

蝶 恋 花

长昼愔愔芳草暖。一桁帘低，偏惹游丝罥。绿遍池塘新涨满。秋千冷落闲庭院。　　青鸟不来芳讯断。香印成灰，难把春愁遣。陌上谁歌归缓缓。玉骢嘶处层楼远。

满 庭 芳

贺金淑廉与唐端淑女士结褵

桐叶分封，兰溪衍泽，彯缨两族高门。珠辉玉映，新媾缔朱陈。闺誉早夸不栉，雄才擅、健笔凌云。谐鹣鲽，天生佳耦，惭说执柯人。

良宵秋正好，绛河清浅，月朗如银。看影摇画烛，风送雕轮。联步循陔肄雅，眉齐案、相敬相亲。祝来岁，祥征兰兆，天降石麒麟。

南 乡 子

邻家桃花

露井逗春光。恰似佳人半面妆。流水湾头，修竹外彷徨。吹拂罗襟蝶妒香。　　窥玉出东墙。几度寻春误阮郎。金谷园中，应不是思量。子美诗中黄四娘。

南 楼 令

和唐侣笙韵

江上暮烟多。流光隙驷过。愧前贤、安乐名窝。忽枉故人贻鲤讯，吟丽句、快如何。　　指点远山螺。垂杨蘸水拖。展缥协平缃、几度摩挲。承以顾梁汾先生集见贻。茗碗炉香何日共，青眼在、且高歌。

壶中天

寄瞿呼予

十年分袂,快重逢、又在浣花溪畔。绿鬓方瞳,人未老、握手深情缱绻。落日金台,秋衾铜辇,转眼繁华变。水天闲话,低徊往事何限。

且喜万里间关,一家团聚,雏凤依鸿案。此去缙云,山色好、料理深愁茗碗。烟外盟鸥,云中招鹤,堪羡吟身健。铙歌徐奏,归期与子同践。

卖花声

凉意透疏棂。倦倚云屏。茶烟篆缕伴凄清。何处人家飞玉笛,好梦频惊。　　人海感飘零。鬓影星星。无端枨触旧时情。检取箧中罗帕看,泪点分明。

浪淘沙

和陈倚楼韵

台上忆歌风。人隐芦中。行吟何事怨途穷。曾是昔年行乐地,骇绿纷红。　　抚剑漫称雄。畴佞畴忠。浮生勘破菌椿同。过尽征鸿斜照敛,翘首长空。

沁园春

题唐企林画即寿蒋竹庄六十

有客翛然,人海抽身,临流濯缨。羡胸中丘壑,幼舆高致,宅边松菊,元亮闲情。绳榻将穿,风幡不动,朝夕炉烟一卷经。漫追忆,有旧班青锁,奇字玄亭。　　披图烟水迷冥。更林外、遥峰不断青。选江山胜处,携筇蜡屐,春秋假日,课雨量晴。甲子平头,庚寅初度,此际群仙醉醁醽。飞觞祝,祝名山荣就,期羡齐龄。

日记人名字号音序索引凡例

一、本索引是《赵元成日记》(以下简称《日记》)正文中人物姓名或字号的索引,《日记》所附会计录及通信录中人名字号概不收入。

二、本索引以姓名为查阅主体,每一姓名皆列为检索条目,姓名之后括注《日记》中出现的字、号、别名、习称、昵称、官称、简称及其他能够代表人物之称谓。

三、凡《日记》中未出现字号者,以人名为检索条目;凡《日记》中仅出现字号者,尽量检出姓名列入检索条目;凡《日记》中出现之称谓未能确知其为名、字、号,或暂未考知其名者,径列为检索条目。

四、凡《日记》中出现的人物字号,亦列为检索条目,后列“见某某”,如“乐天　见白居易”;《日记》中出现的人物字号与姓相连者,仅以字号为检索条目,如“白乐天”(白居易之字),以“乐天”而非“白乐天”为检索条目,读者欲知《日记》中“白乐天”为谁,省去其姓,即可检得。

五、凡《日记》中出现的人物字号仅知其姓而不知其名者,则在字号前冠以姓氏列为检索条目。

六、索引后所列之数字为该人物在《日记》中出现之年、月、日(以公元纪年为标准),如:

吴文英(梦窗)　1911.8.27;1912.4.4

说明吴文英,号梦窗,出现在《日记》1911 年 8 月 27 日及 1912 年 4 月 4 日。

日记人名字号音序索引